文學是什麼

What Is Literature?

朱嘉雯 / 著

序

　　無論我們自哪一天起，立志要與文學終身相伴，那都會是一個好的開始。因為呈現在我們眼前的是無數的文學名著，而每一部書就是一扇窗，為我們的生命開啟了一片新視野。各種不同的人生境遇，造就了許多非凡的文學景觀，作家們透過各式各樣的書寫技巧，使我們回到他的時代，體驗他的心聲。當我們進入到文學的世界裏，我們才真正地理解到自己存在的感受與處境，我們從中體會到的不僅是作家的一部分生命史，更重要的是我們自己內心深處源源不絕的熱情與動能。這時我們才知道，人是靠什麼活下去的。在生命底層有一股熱流，它隱匿於我們不易察覺的地方，卻又不經意地從我們的眉梢嘴角處透露出它的訊息。這樣一股力量，有時光輝如烈日，有時黯沉如陰影。人們知道它的存在，所以要寫作。唯有不停地寫，才能夠一步步地探索出它的奧秘。人們也好奇它的動向，於是不想放棄閱讀。唯有親近更多的作品，才能夠發現自我與面對人性。

　　本書之於文學這個龐大課題的若干解讀視角而言，其實僅具有概略論述的功能。任何一位愛好文學的作家或理論家，均不難快速地看出它的片面不周與權宜取便，篇幅和議題的局限，也經常使我必須犧牲某些深度與廣度的進一步探測，當然我自己的學術背景與興趣專長，無疑更增添了它的

局限性。雖然我們不可能為每一位讀者尋獲最佳的觀點，藉以進入文學的天地，所幸文學這個課題也從未有蓋棺論定或賦終作結的一天。它的豐富與深遠、成長與進展，使我們愈接近它，愈懂得心懷虔敬、坦膺以納。但願本書能夠發揮一點拋磚引玉的作用，讓讀者因此體會到寫作與閱讀之間所可能發生的力量，並且因而在生活中，透過思考與實踐來繼續填補這個跨越時空、具有無限可能性的美的領域。

朱嘉雯 謹識

二〇〇五年八月

目　錄

第一章

文學是什麼？——觀念的流變

俄國作家托爾斯泰（C. L. N. Tolstoy）曾經盛讚法國短篇小說之王莫泊桑（G. de Maupassant）道：「我確信莫泊桑是有才能的，他具有在事物和生活現象中，見到人所不能見到的天賦注意力，同時他也能夠運用美麗的形式，清晰、簡潔而優美地表達他所想說的一切。此外，他還擁有一部藝術作品最重要的依憑，那就是真誠，絕不假裝愛或是恨，而是確確實實愛著或恨著他所描寫的事物。」從托爾斯泰的話裏，我們知道作家面對世態人生而提出獨創的觀點與見解，並運用適合的形式表現出來，其間飽含了愛恨情仇的真誠感受，那便是文學最重要的質素。而作家對於文學的強烈感受力，往往也正是最初帶領我們進入這個精神世界的一把重要的鎖鑰。當代最具影響力的德國作家赫曼·赫塞（Hermann Hesse）在〈我最心愛的讀物〉一文中，告訴我們：

> 這世界有一種使我們一再驚奇而且使我們感到幸福的可能性，在最遼遠、最陌生的地方發現一個家鄉，去愛那看來最難取得入室門徑的東西。

圖1-1　赫曼·赫賽像

這便是他在中國文學裏發現到的從容幽默與單純平易，以及在日本詩歌中感受到的樸實與簡明（圖1-1）。可見文學本身跨越血統、鄉土、祖先乃至於語言而具有的崇高魅力。事實上，「文學」這個詞看似容易，然而它所蘊涵的概念卻是充滿了曖昧與茫漠。古今中外許多學者都曾為了

探討「文學是什麼」，而對它的定義提出說法。

美國文學理論家亨德（Theodore W. Hunt）在《文學之原理及問題》一書中即指出：「文學是思想經由想像、感情、趣味的書面的表現，它的形式是非專門的，可爲一般人所理解並感趣味。」日人本間久雄在亨德的基礎上進一步說明：「文學是通過作者的『想像』、『感情』而訴諸讀者的想像感情，所以激動讀者是第一個條件，以非專門的形式，使一般的人容易瞭解爲第二個條件，給與讀者以所謂美的滿足的快樂爲第三個條件。不用說，運用文字寫出來的表現更是根本的條件。」

除強調感情與想像所帶給讀者的藝術性趣味外，書面形式與文字書寫也是許多學者常常關注的焦點。我國新文學史上的批評大家朱光潛，在《談文學》一書中，開宗明義即說道：文學是以語言文字爲媒介的藝術，而語言文字又是每個人用以表達思想情感的基本工具，因此文學就成了一般人最容易接近的一種藝術。當代俄國文學理論家米赫依·巴赫汀（Mikhail Bakhtin）也有相似的立論，他認爲文學之所以相異於繪畫與雕刻，正是在於文學所採用的是文字，而文字是非空間素材，因此文學的空間形式，是透過文字表達出來角色的情緒與意志。另外，美國近代文學學者華舍斯德（Worcester）則又表示，文學是「學問、知識及想像的結果」。

文學的界說因時、因地、因人而嬗變，要爲它循名責實，找出一個精確的定義，畢竟不是件容易的事。也許王夢鷗教授從人文精神的角度來觀照「文學」這個名詞，並利用比喻的方法所下的定義，更能引起大家的共鳴。他認爲文學

一詞的含義極爲豐富：「在歷史上不能單看作文字的法式或書本的學問的意思，它一向都只像一個沒有固定職位的使喚者，如果它的胚子可比喻做『人』，則似是凡人所能做的事，它都能做；而且，爲著年久月深，它就更像一個飽經世故的老人，我們不能從它一生之某一經歷或某一貢獻上去理會而說它是個學者，或是俳優。因爲這些名堂，它都充任過，也都有這種經驗，然而任何一種又似乎都不夠概括。」

　　人們對於組成文學的要素，各有不同的意見，這些並不一致的看法，正體現出每個人的價值標準，所以具有共識性的定義，事實上並不存在。它不僅因人而異，同時也因爲時代與地域的變遷，而形成觀念上的轉變與演化。以下我們就中國古代典籍到新文藝以降，文學概念的逐漸獨立與變遷進行說明，以便使我們更具體而概括地瞭解「文學」一詞包含了與時俱進的廣泛意義。

第一節　「文」的含義

　　在我國傳統文獻裏，文學一詞最早出現於《論語》。〈先進〉篇說：

> 子曰：「從我於陳、蔡者，皆不及門也。德行：顏淵、閔子騫、冉伯牛、仲弓。言語：宰我、子貢。政事：冉有、季路。文學：子游、子夏。」

　　宋代邢昺指出此處所謂的「文學」，乃文章博學之意。在孔子的時代，文學泛指一切的學識文化與制度，例如〈學而〉

篇中，子曰：「弟子入則孝，出則弟，謹而信，汎愛眾而親仁，行有餘力，則以學文。」孔子認為學生應該先做到孝順父母、敬重兄長、關懷他人，以及親近德行芳表之士，然後再努力學習書本上的知識。

另外，〈八佾〉篇中子曰：「周監二代，郁郁乎文哉，吾從周。」這裏的「文」則是泛指燦爛可觀的周代禮教文化。而子貢問孔子：「孔文子何以謂之文也？」子曰：「敏而好學，不恥下問，是以謂之文也。」孔文子因為具有聰敏好學與不恥下問兩種優良的品德，因此諡號曰「文」。〈雍也〉篇中子曰：「質勝文則野，文勝質則史，文質彬彬，然後君子。」則孔子告訴我們，人的天生質樸與後天所學習到的文飾，配合得恰到好處，便可成為有修養的君子。同一篇中孔子又說：「君子博學於文，約之以禮，亦可以弗畔矣夫！」有志成為君子者，應廣泛學習文獻知識，再用禮來約束自己的行為，這樣就不至於違背人生正道了。及至〈述而〉篇：子以四教：文、行、忠、信。則具體說明了文獻知識為孔子教學的四項重點之一。而「文莫吾猶人也，躬行君子，則吾未之有得」，則是孔子謙稱他所具備的文獻知識與他人相差無幾，至於確實做到君子的修養，還有待加強。最後〈子罕〉篇曰：子畏於匡。曰：「文王既沒，文不在茲乎？天之將喪斯文也，後死者不得與於斯文也，天之未喪斯文也，匡人其如予何？」是說周文王死後，文化傳統都在孔子身上，天如果要廢棄這文化傳統，則後世人將不再有機會學習到它的精神；反之，天如果不廢棄這文化傳統，那麼誤認孔子為陽貨的匡人，又能把孔子怎麼樣呢？

綜觀上述，孔子所謂的「文」，乃泛指個人經由後天學習

而得到的氣質修飾、文獻知識以及文化傳統。因此朱熹《四書集注》解釋《論語》中的「文」曰：「道之顯者，謂之文，蓋禮樂制度之謂。」若想瞭解孔門對於文學趣味的認知，則應該再進一步考察詩教的內容。

第二節　詩教的內容

「詩教」一詞最早見於《禮記·經解》：

> 孔子曰：入其國，其教可知也。其為人也溫柔敦厚，《詩》教也。

文史資料告訴我們，先秦時代本以禮樂射御書數為六藝，到了漢代才改用詩、書、樂、易、禮、春秋等六經為六藝。因此上述引文未必為孔子所言，但歷來仍視之為孔門的見解，並且對後世的文學創作及批評影響深遠。

唐代孔穎達在解釋〈經解〉篇時說，「溫」意指顏色溫潤，「柔」意指性情和柔，「詩依違諷諫，不指切事情，故云溫柔敦厚是詩教也」。原來古代有諷諫詩的傳統，天子聽政，從公卿到列士都可獻詩諷諫，以供朝廷斟酌採行，這也就是《論語·陽貨》中，孔子說：「詩可以興，可以觀，可以群，可以怨。」而孔安國註解「怨」為「怨刺上政」的意思。文人既要獻詩發表對於朝廷施政缺失的意見，又要顧慮到不過分露才揚己的態度與分寸。於是「溫柔敦厚」這四個字便漸漸地從對於政治家的要求，轉移到對於詩人在文學表現上的評價。

　　究竟什麼樣的作品堪稱溫柔敦厚呢？事實上這也是一個見仁見智、令人難以掌握的概念。漢代淮南王劉安在〈敘離騷傳〉中說：「國風好色而不淫，小雅怨誹而不亂。若離騷者，可爲兼之矣。」在劉安的心目中，〈離騷〉可以算是不淫不亂的溫柔敦厚之作了。然而班固卻對作者屈原的一生行止，持不同的見解：「今若屈原，露才揚己，竟乎危國群小之間，以離讒賊。然責數懷王，怨惡椒蘭，愁神苦思，強非其人，忿懟不容，沈江而死，亦貶潔狂狷景行之士。」其後王逸在《楚辭章句敘》中認爲「屈原之詞，優游婉順」，並批評班固所謂「露才揚己」、「強非其人」的說法是不夠中肯的（圖1-2）。

　　上述言論事實上應分爲作家與作品兩個層面來分析與探討，亦即狂狷景行、露才揚己誠然是屈原的歷史形象與定位，卻不一定妨礙他在作品中表露優游婉順、溫柔敦厚的一面。儘管社會現實中的尖銳問題與文學創作過程中的才氣蓬勃，可能與詩教的要求相互依違，然而自古以來，文學家關心政治與現實，卻又在補闕拾遺之間，採取婉言微辭、比興寄託的一條中庸路線，確實已經成爲傳統文學觀的主流價

圖1-2　離騷圖（明刻本）

值。

朱熹於《四書集注》中除了解釋「文」爲禮樂制度外，同時也曾指出：「文，謂詩書六藝之文。」而事實上孔子以六藝教授弟子，其間每每言及《詩》的功用。《論語・季氏》子曰：「不學詩，無以言。」孔子希望兒子孔鯉學習的第一堂課就是「詩」，因爲詩是人說話的憑藉。此外，〈陽貨〉篇中子曰：「小子何莫學夫詩？詩可以興，可以觀，可以群，可以怨。邇之事父，遠之事君，多識於鳥獸草木之名。」則更清楚地談及詩的作用，詩可以引發人內心的眞誠，可以觀察個人的心志，可與群眾感通情意，可以紓解心中的委屈怨恨。學了詩，便懂得孝順父母、侍奉君王，還能夠廣泛地認識自然界草木鳥獸的名稱。

除社會功能之外，學詩還能啓發我們的藝術聯想力。〈學而〉篇：子貢見孔子。曰：「貧而無諂，富而無驕，何如？」子曰：「可也，未若貧而樂，富而好禮者也。」子貢曰：「詩云：如切如磋，如琢如磨。其斯之謂與？」子曰：「賜也，可與言詩矣！」〈八佾〉篇子夏問曰：「巧笑倩兮，美目盼兮，素以爲絢兮。何謂也？」子曰：「繪事後素。」曰：「禮後乎？」子曰：「起予者商也，始可與言詩。」古人繪畫，先塗上各種顏色，最後再以白色塡補其間，以期加強、凸顯各種色彩的美感，這就像禮一樣，制度的設計是爲了彰顯人性中原有的情意與感受。子夏能夠從一件事情舉一反三而領悟到另一件事情，這正是文學教育開啓人們觸類旁通的具體效驗。

第三節　雅正的文學觀

　　《詩經》作爲我國最早的文學總集，它的可貴之處，正在於直抒詩人胸懷，如奔馬直行的勇健，無處不是眞情流露，絕無虛僞造作、無病呻吟的弊病。因此《論語‧爲政》云：「詩三百，一言以蔽之，曰：思無邪。」在中國文學史上，《詩經》不僅是一部最早的詩歌總集，更是歷代文人創作時，汲取靈感的泉源。綜觀《論語》各章只稱「詩」，而不說「詩經」，可知先秦時期《詩經》還未有「經」的稱號。「詩經」一詞的正式定名，可能遲至南宋。它的內容分爲國風、大雅、小雅、頌四個部分。現存三百零五篇，另有六篇在毛詩中有目無文，因此一般稱《詩經》爲「詩三百」。其中十五國風大多數爲民間歌謠，內容以表達男女之情爲主，朱熹在《詩集傳序》中說：「凡詩之所謂風者，多出於里巷歌謠之作，所謂男女相與詠歌，各言其情者也。」《論語‧八佾》子曰：「〈關雎〉樂而不淫，哀而不傷。」孔子以《詩經》第一篇綜括而論，認爲這些詩都是眞情之作，因此聽起來快樂而不至於耽溺，悲哀而不至於傷痛，是既能夠感動人心，在情感表達上又適度合宜的作品（圖1-3）。

圖1-3　孔門弦歌不輟
（宋刻本）

　　《詩經》內容思想與感情抒發的純潔雅正，是歷代文學家的共識。「雅」字在古代與「夏」字相通。《荀子·榮辱》說：「越人安越，楚人安楚，君子安雅。」〈效儒〉篇又云：「居楚而楚，居越而越，居夏而夏。」「夏」在古代是指文化程度較高的黃河流域中原一帶，因此當地的文學與音樂就被視爲正統。而《詩經》無論是男女相悅的情詩，還是反應當時社會狀況的作品，都可以使我們清楚地意識到當初作者創作時的用心是純正良善，而且往往帶有嚴肅的態度與目的。從而使我們瞭解先秦時期孔子的文學觀，是希望詩人能在不廢性情的前提下，做到發乎情、止乎禮的修養精神。於是中國傳統文學的觀念以孔子爲代表，在尙善的創作態度中，極力追求的是高尙人格的光輝，與擁抱現實理想的熱情。

第四節　純文學的興起

　　周秦時期孔子往往將「文」的概念與學術結合，成爲廣義的文學界說。至兩漢以降，文學遂逐漸脫離學術的藩籬，只是當時「文學」一詞仍多指學術而言。例如：《史記·孝武本紀》云：「上鄉儒術，招賢良，趙綰、王臧等以文學爲公卿。」又〈儒林傳〉中云：「延文學儒者數百人，而公孫弘以春秋，白衣爲天子三公。」還有當時精通《尙書》的晁錯「以文學爲太常掌故」……等，足見漢代所謂文學，實指儒學。而班固作《漢書》時，也承繼了司馬遷的用法，以文學指稱儒學，另以文章指稱辭賦，並且在《漢書·藝文志》中特別在〈六藝略〉與〈諸子略〉之外，另撰〈詩賦略〉以

表彰文學的獨立。此後，《後漢書》承襲了這樣的觀念，在〈儒林傳〉之外別立〈文苑傳〉，至魏晉南北朝以降，更有文、筆之分，則實際上就是源於兩漢的文學與文章之別。

南朝宋顏延之回答宋太祖關於他的兒子們各自對父親才學的繼承時說道：「竣得臣筆，測得臣文。」《文心雕龍‧總術》針對文、筆之分解釋道：「今之常言，有文有筆，無韻者筆也，有韻者文也。」又梁元帝《金樓子‧立言》云：「至於不便爲詩如閻纂，善爲章奏如伯松，若此之流，汎謂之筆。吟詠風謠流連哀思者謂之文……筆，退則非謂成篇，進則不云取義，神其巧惠，筆端而已。至如文者，惟須綺縠紛披，宮徵靡曼，唇吻猶會，情靈搖蕩。」我國文學觀念的發展，自兩漢、魏晉以來，已逐漸將文學從學術範圍中獨立出來，而且談論文學理論的著作日益增加，體制漸備。到了南北朝時期，文、筆觀念的分辨更趨嚴密，上述《文心雕龍》與《金樓子》等兩部書，前者將文學分爲韻文與散文，後者將文學分爲純文學與雜文，同時將「流連哀思，綺縠紛披，宮徵靡曼，情靈搖蕩」等形式的華美，作爲文學條件，使得六朝文學逐漸走向虛華與輕豔的風潮。

此外，蕭統在〈昭明文選‧序〉中說：「若夫姬公之籍，孔夫之書……豈可重以芟夷，加之剪截。老、莊之作，管、孟之流，蓋以立意爲宗，不以能文爲本……至於記事之史，繫年之書，所以褒貶是非，紀別異同，方之篇翰，亦已不同。若其贊論之綜緝辭采，序述之錯比文華，事出於沈思，義歸乎翰藻，故與夫篇什，雜而集之。」在蕭統的選文標準裏，文學有偏重形式化與駢麗的現象，更重要的是，文學已與經史諸子清楚地區分開來。這是當時文壇對於文學觀

念探討的重視，而此後文學家們日益追求文學形式的精美，理論研究與批評的學者，則在體制、源流、風格、聲律、修辭，以及文、質的相互關係上，做出更精微細密的立論。華辭技巧的進步，是此時期人們對於文學創作的主要訴求，至於內容主題的部分則有待隋唐古文運動的興起，再予以進一步的探討。

陳子昂在〈與東方左史虯修竹篇序〉中說：「文章道弊五百年矣！漢、魏風骨，晉、宋莫傳，然而文獻有可徵者。僕嘗暇時觀齊、梁間詩，彩麗競繁，而興寄都絕，每以永嘆。」由此可知，唐代古文運動的興起，實際上是針對六朝綺靡文風反省的結果，到了宋代，文學家們對於內容的主張都與唐代文以載道的觀念有關，因此明代茅坤編著《唐宋八大家文鈔》時，將唐代的韓愈、柳宗元，宋代的歐陽修、曾鞏、王安石、蘇洵、蘇軾、蘇轍合稱為「唐宋八大家」。而韓愈在〈答李翊書〉中云：「當其取於心而注於手也，惟陳言之務去，戛戛乎其難哉！」可知他對文學的要求在於「陳言務去」、「文必己出」，而他自己的詩文議論也往往朝向奇崛的風格發展。

明代的文學思想先有前後七子李夢陽、何景明、李攀龍、王世貞等人倡導「文必秦漢，詩必盛唐」的擬古風，後有公安派袁宗道、袁宏道、袁中道三兄弟提出：「代有升降，而法不相沿，各極其變，各窮其趣，所以可貴。」他們認為每一個時代都有其獨特的文學，作家唯有獨抒性靈、不拘格套，方能展現清新俊俏的詩文風格。公安派與後起的竟陵派便成為萬曆中葉以後重要的文學思想，並且影響了清初的文風。而清代學者的文學主張，應以桐城派的古文家方

苞、劉大櫆、姚鼐等人所提倡文章義法爲代表。從唐以降，文人每以宗經、重道的思想作爲文學批評的主流價值，這樣的文學觀念降及晚清，由於時代的巨變而再度有所改變。

第五節 小說理論的近代化

一八九四年中日甲午戰爭的失敗，使得當時思想先進的中國人看清了政府的腐敗與社會的黑暗。他們認爲只有學習西方的經驗才能使中國富強，於是一場聲勢浩大的維新變法運動便展開了。這時西方的各種政治、經濟、思想、文化等學說被介紹到中國來，許多報刊上大量出現反帝、愛國、科學、民主的宣傳。在這場變動中，文學領域也發生了空前的變化，而其中特別突出的是小說的表現。當時出現了一大批體現維新變法要求的小說，同時也有人開始從事西方小說的譯介工作。

小說理論的近代化腳步更在變法失敗，以及八國聯軍進攻之後，加快了它的速度。國人提出「小說界革命」與「新小說」等口號，希望藉由小說的創作，暴露社會的黑暗與政治的腐敗。康有爲在一八九七年完成《日本書目志》時，已將小說與政治、法律等著述並列，原因是他在上海考察書肆，發現經史、八股等書籍都不如小說的銷售量大，可見閱讀小說是人情所好，於是他告訴梁啓超：「僅識字之人，有不讀經，無有不讀小說者。故六經不能教，當以小說教之；正史不能入，當以小說入之；語錄不能論，當以小說論之；律例不能治，當以小說治之。」（《清議報》第一冊，一八九

八年）在此之前，夏曾佑即曾指出：「說部之興，其入人之深，行世之遠，幾幾於出經史之上，而天下之人心風俗，遂不免爲說部所持。」（《國聞報》，一八九七年）維新人士對小說社會作用的體認，並指望運用這種文學形式來宣傳變法運動的明確表述，使得我國的小說理論在戊戌變法前後幾年間，達到了前所未有的階段。

及至維新運動的希望幻滅，康、梁等人奔逃海外，小說主題與技巧等觀念就更直接地受到日本與西方學說的影響了。梁啓超在清光緒二十八年（一九○二年）於日本橫濱所創刊的《新小說》雜誌上，發表〈論小說與群治之關係〉，這是晚清小說理論發展史上最重要的一篇文章，他提出了「小說革命」的口號，並以論證政治小說的重要性作爲本文的主軸，文章開宗明義即倡言：「欲新一國之民，不可不先新一國之小說。故欲新道德，必新小說；欲新宗教，必新小說；欲新政治，必新小說；欲新風俗，必新小說；欲新學藝，必新小說；乃至欲新人心，欲新人格，必新小說。」他在強調小說的社會作用時，指出古代小說的誨淫誨盜是中國群治腐敗的根源：「吾中國人狀元宰相之思想何自來乎？小說也。吾中國人佳人才子之思想何自來乎？小說也。吾中國人江湖盜賊之思想何自來乎？小說也。吾中國人妖巫狐鬼之思想何自來乎？小說也。若是者，豈嘗有人焉提其耳而誨之，傳諸缽而授之也？……蓋百數十種小說之力直接間接以毒人，如此其甚也。」因此他希望藉由提高小說的社會地位與功用來改良群治。

此外，梁啓超也注意到了小說作爲一種文類，其藝術結構對於讀者感受生活、認識人生的重要性：「凡人之性，常

非能以現境界而自滿足也……小說者，常導人遊於他境界，而變換其常觸常受之空氣者也。此其一。人之恆情，於其所懷抱之想像，所經閱之境界，往往有行之不知，習以不察者……有人焉，和盤托出，徹底而發露之，則拍案叫絕曰『善哉善哉，如是如是』，所謂『夫子言之，於我心有戚戚然』。感人之深，莫此為甚。此其二。此二者，實文章之真諦，筆舌之能事。苟能批其竅，導其窾，則無論何等之文，皆足以移人。而諸文中能極其妙而神其技者，莫小說若。故曰：小說為文學之最上乘也。」

　　晚清文學觀將小說這一文類提升到凌駕於詩文之上，其實正是當時文人直接接觸西方文化的產物。夏曾佑等人對於西方小說觀念的推崇，可以從他在〈《國聞報》附印說部緣起〉一文中清楚看到：「本館同志，知其若此，且聞歐、美、東瀛，其開化之時，往往得小說之助。」無獨有偶的是，梁啟超也認為：「在昔歐洲各國變革之始，其魁儒碩學、仁人志士，往往以其身之所經歷，及胸中所懷政治之議論，一寄之於小說……往往每一書出，而全國之議論為之一變。彼美、英、德、法、奧、義、日本各國政界之日進，則政治小說為功最高焉。」晚清有志之士不僅對於小說倍加推崇與肯定，尤有甚者，如維新派梁啟超等人更是強調了政治小說所能達到的輿論訴求，非其他文類所能望其項背。這是因為他們注意到小說感人之深的原因，在於故事情節的曲折透達，以及描摹人物情狀的淋漓盡致……等，均使讀者在感官上受到較強烈的刺激。而晚清群治的腐敗，促使文人不得不對古代小說痛下針砭，從而將我國自來重詩文、輕小說的文類觀念徹底扭轉，其間或有言辭偏頗之處，則都可以在重視小說的社

會作用與時代價值的前提下，爲後世所理解。

第六節　五四新文藝思潮

　　一九一九年五月四日，由於巴黎和會對山東問題的決議，引發北京學生示威遊行，進而造成全中國社會的變動暨思想界的革命。五四運動影響的範圍很廣，不僅促成學生運動，同時也使得勞工階級抬頭、國民黨改組、共產黨以及其他政治、社會團體誕生，新的白話文學亦由此建立，而帝制式的儒學權威與君主制的三綱五常，也在「打倒孔家店」、「禮教吃人」等口號下，遭受致命的打擊。另一方面，西方輸入的思想則大受推崇，晚清以來「中體西用」的思維模式，在五四時期已經爲「全盤西化」的觀點所取代。

　　早在民國六年胡適（圖1-4）和陳獨秀即已發起的新文化運動，主體內容包括新思潮和新文學。在新思潮方面，新文化運動的精神在於「反傳統」與「反封建」，由於胡適信奉實驗主義哲學，所以將一切知識、思想視爲應付環境的工具，既屬工具性的作用便該與時推移。他明確地指出：

因爲從前這種觀念曾經發生功效，故從前的人叫做「真理」，因爲他們的用處至今還在，所以我們還叫他做「真理」。萬一明天發生他種事實，從前的觀念不適用了，他就不是「真理」了

圖1-4　胡適像

……古時的「天經地義」現在變成廢話了。有許多守舊的人覺得這是很可惜的。其實有什麼可惜？（《胡適文存》，一九二一年）

走社會改革路線的陳獨秀更進一步地持「進化論」的觀點以強調：

如今要鞏固共和，非先將國民腦子裏的有反對共和的舊思想，一一洗刷乾淨不可。（《新青年》，一九一七年）

誠如胡適在〈新思潮的意義〉一文中所說，這是一個「重新估定一切價值」的時代！他們在政治上樹立思想的自由，在學術上破除歷來文人學士依附統治者的陋習。其背後基本的訴求即在於倡導個人的自由，以及個體與個體之間的平等。

新文學運動實始於白話文學的革命，而民國八年的五四愛國運動，則可視為這一場大運動的象徵日期。胡適在留美時期已萌生改良文學語言的意圖，他於民國六年提出〈文學改良芻議〉（《新青年》，一九一七年）主張「八不主義」：

(一)不用典。(二)不用陳套語。(三)不講對仗。(四)不避俗字俗語。(五)須講求文法。(六)不作無病之呻吟。(七)不摹仿古人。(八)須言之有物。

其後得到陳獨秀、錢玄同等人的熱烈響應，陳獨秀更進一步將胡適的「八不主義」提升到「三大主義」，並發表其《文學革命論》，強調「國語的文學，文學的國語」：

(一)推倒雕琢的阿諛的貴族文學，建設平易的抒情的國民

文學。

(二)推倒陳腐的鋪張的古典文學，建設新鮮的立誠的寫實
文學。

(三)推倒迂晦的艱澀的山林文學，建設明瞭的通俗的社會
文學。（《新青年》，一九一七年）

五四文學革命於是如火如荼地展開，其間雖有嚴復、林
紓、「學衡」、「甲寅」等人士反對，然而終究抵不過時代的
潮流，連原先主張保留舊文體的孫中山先生都不得不承認：
「此種新文化運動在我國今日誠思想界之大變動……實為有價
值的事。」（胡頌平《胡適之先生年譜長編初稿》）

五四期間女性文學的大量興起，乃是文學史上一件蔚為
可觀的大事。以蘇雪林為例。她在一九一九年九月，由安徽
赴北京女子高等師範學校國文系就讀。雖未及參與五四愛國
運動，卻曾經傳遞過五四的訊息，其成名作之一，同時也是
她的自傳性小說《棘心》，便是藉由她個人的故事，反映五四
時代，家庭、社會、國家乃至整個時局的動盪和變遷，以及
在那樣的一個充滿激盪的時代，知識分子的苦悶、企求與出
路。因此當時這類屬於個人的敘事，如今看來卻也是整個時
代的故事。這部小說中的女主人公杜醒秋，因處於新舊時代
的交鋒，而對自己的婚姻有先是抗爭繼而屈服的轉折過程。
她曾說道：在法國的自由環境裏，本可拋卻所有禮教和婚約
的束縛，而得到獨立與自由。可是內心深處的「孝心」像一
雙抓住船舷的鐵錨，竟使她的人生不肯隨波逐流而去。文中
強烈的戲劇張力使後代作家歸人於《棘心》再版時說：

五四的人物們多已是雲飄霧散了，然而蘇雪林先生的

《棘心》，卻又將這些「五四人物」再度凸顯給我們，那追求真理、固執信仰的熱情，重新顯現給我們……（《自由青年》，一九八六年七月）

對於五四新思潮的接受，蘇雪林說：

我本是舊家庭出身，又在風氣閉塞的安慶城肄業三年，國文教師的國學根柢倒不壞，但都是熱心衛道之士，平日所灌輸給我們的都是些舊觀念。他們是老冬烘，我們也就成了小冬烘，不過我一到北京思想便改變，完全接受了五四的新思想，自命為五四人了。原來我在安慶當小學教師時，曾借來陳獨秀所編的《新青年》，傅斯年、羅家倫所編的《新潮》及《星期評論》等，有暇便閱讀，覺得他們的議論很有道理，我的思想早已潛移默化，所以接受五四新潮並不困難。（《我們的八十年》，一九九一年）

事實上，蘇雪林自民國八年起，即用她充滿新時代女性精神的筆，來記錄中國新文學的革命以及運動發展史。她以「蘇梅」、「雪陵」等名，用白話文寫作，作品發表在各種新文學刊物上，例如：《晨報》、《晨報副鐫》、《語絲》、《北新半月刊》、《新月》、《現代》、《文學》、《文藝月刊》、《人間世》、《國聞周報》、《青年界》、《奔濤》、《東方雜誌》等等。因此蘇雪林對於五四運動從學生的愛國運動，演變為白話（新）文學運動，其間各大城市的「小報」及「雜誌」，所發生的重要媒介作用有相當的關注，她說：

新潮流發軔於北京古城，震撼上海、廣州、長沙，不久

便澎湃於全國了。那時各地學生團體裏忽然發生了無數小報紙及雜誌，全用白話寫作。有人估計這一年之中，至少出了四百種白話報，有許多為學力經濟所限制，曇花一現，便歸消滅，致招「短命刊物」之誚；但如上海的《星期評論》、《建設》、《解放與改造》、《少年中國》，都有很好的貢獻。報紙也漸漸的改了樣了。從前日報的附張（即附刊），往往記載戲子妓女的新聞，現在多改登白話的論文、譯著、小說、新詩了。北京的《晨報》副刊、上海的《民國日報》的「覺悟」、《時事新報》的「學燈」是五四運動後三個最重要的白話文學機關。（《二三十年代作家與作品》，一九八〇年）

當時女性的抗爭性格著重凸顯在她們對舊式婚姻的痛惡上。許多女性原本出生在清末封建官宦之家，卻極早吸收新知，為了進新式學校讀書，以性命作為抗爭的籌碼。為了升學，不顧家人的反對，遠赴法國里昂。因為違抗父母之命、媒妁之言的婚姻而一度親子失和，然而卻也在體恤母親一生辛勤，以及對母愛的依戀下，不得不承擔了一輩子名存實亡的舊式婚姻。她們離家出走的真實遭遇，無形中成為胡適提倡「娜拉精神」的具體實踐（圖1-5至圖1-7）。

留法後的蘇雪林對於「五四運動」另有一番體會：中國的「五四運動」在與文學運動合併之後，便成為「文學革命」的代名詞。它與法國十八世紀所興起的「浪漫主義」，和德國的「狂飆運動」有相似之處，同時也有相異的地方。其相似點在於法國大革命後，雖然政治上煥然一新，可是文藝界卻仍為古典主義所籠罩，僅能欣賞整齊的、優美的貴族文學。

圖1-5　易卜生像

圖1-6　《玩偶之家》插畫之一

圖1-7　《玩偶之家》插畫之二

於是雨果（V. M. Hugo）等人出，文學界吹起了革命的狂風，浪漫主義戰勝了古典主義，使得民眾文學抬頭。德國在十九世紀也因文學格律、義法拘忌太多，而引發歌德（J. W, Von Goethe）等人所倡導的狂飆運動，以個人自我的表現，以及充滿民族色彩的風情，牽動新文學的腳步。是以蘇雪林將雨果〈克林威爾序文〉的地位與胡適〈文學改良芻議〉並列，並以為貴族文學的落敗與民眾文學的興起，可與陳獨秀的「三大主義」相呼應。

五四運動所提倡的科學精神，在新文學領域裏，乃集中表現在「寫實主義」文學的具體試驗；而民主精神的發揚則有賴「人道主義」的文學思想來實現。因此當蘇雪林及其他青年在各刊物上，秉持著寫實主義的風格與人道主義的精神，抒發其對社會、家庭、婚姻、婦女……等問題的見解時，便已經充分發揮了胡適等人所暢言的：五四運動就是重新估定一切價值的時代。蘇雪林回憶道：

> 五四左右的青年受著科學民治兩大精神之陶冶，一往無前地向前探求應走的道路。他們心胸是純潔的，態度是真摯的，信仰是單純的。他們的行動也許有點暴躁，也許有點幼稚，但那一股蓬蓬勃勃、新鮮潑剌的朝氣，卻是十分可愛的。他們那時沒有別的敵人，唯一的敵人便是傳統的思想。他們都祈求為真理的戰士，站在一條戰線上，張開如火如荼的陣容，向舊社會取包圍攻擊的姿勢，想一舉把這古老中國摧枯拉朽似的廓清了，而建設起他們理想中二十世紀的新中國。（《二三十年代作家與作品》，一九八〇年）

　　自胡適提倡白話文學要清楚明白、有力動人之後，羅家倫、梁實秋、沈雁冰、周作人……等，均針對文學的界說提出了他們的看法，其間以朱自清的解說最能使我們瞭解文學定義隨時代推移的特性，他說：「文學的定義得根據文學作品，而作品是隨時代演變、隨時代堆積的。因演變而質有不同，因堆積而量有不同，這種種不同都影響到什麼是文學這一問題上。比方我們說文學是抒情的，但是像宋代說理的詩，十八世紀英國說理的詩，似乎也不得不算是文學。又如我們說文學是文學，跟別的文章不一樣，然而就像中國的傳統裏，經史子集都可以算是文學。經史子集堆積得那麼多，文士們都鑽在裏面生活，我們不得不認這些為文學。當然，集部的文學性也許更大些。現在除經史子集外，我們又認為元明以來的小說戲劇是文學。這固然受了西方文學意念的影響，但是作品的堆積，也多少在逼迫著我們給它們地位。明白了這種情形，就知道什麼是文學。」這段話很清楚地告訴我們，文學是什麼？這個問題不會也不應有所定論，它的答案藏躲在不同時代與不同作品之間，等待我們去追求與探索。

第二章

如何欣賞？——寫作的
藝術

中國文學的內涵大致可以分為具有濃厚說教意味的作品，以及令人感發情懷的抒情文學兩大類。前者為了傳達人生與政治的道理，例如：「文以載道」等觀念，往往以客觀的說明性文字為主。至於後者，則表現了作者主觀的抒情意志，容易引發讀者共鳴，並且留下深刻的印象。然而在古代文人的觀念裏，前者的書寫志在提高社會道德水準，為思想的普遍提升發揮作家一己的信念，因此獲得了一致的推崇。在此觀點的籠罩下，抒發個人情性的文學遂被輕忽為不登大雅的雕蟲小技。此間只有「詩」是唯一的例外，它在公開的社交酬酢等場合與情境下，發揮了交流情誼的作用，而且在傳統文人的刻意經營下，展現了言志與抒情兩者兼備的特質（圖2-1）。

有趣的是，在私人生活領域裏，大多數的文人都喜愛戲曲與小說，它的理由也很顯見，因為說教的文體容易流於陳腐，許多人格庸懦的儒生一方面受制於當權者的淫威，另一方面又將獨具個人風格的怪癖與瘋狂想法視為邪說異端，因

圖2-1　杏園雅集圖

此在畏懼新思想的心態下，賡續著千百年來的仁義說教，這樣的題材自然難免重複，乃至於了無新意。於是一篇狀元的文章竟不能像小說與戲曲一般地讓作家自由發揮，以期舒展個性，讓幻想的意象活潑馳騁。

一切有價值的文學作品，無非源自作者心靈的聲音，它的本質是抒情的。十九世紀的文學批評家金聖嘆曾說：「何為詩，詩者是心之聲。可見之於婦人之心中，可見之於嬰孩之心中，朝暮湧上你的心頭，無時無刻不在心頭。」「文人非勉強說話，非被迫而說話，但意會所到，出自天機，有不期說而說者。有時敘事，有時抒其胸中積愫，所言者既已盡所欲言，即擱筆不復贅一字。」文學與非文學的區別有時不僅僅在文法、修辭與技巧上的著墨，而更重要的是作家的心胸與涵養是否能為讀者開啟一扇精神之窗，讓人突破以往的眼界與視野，進而發現各種智慧所散發的照人光彩。例如十九世紀德國作家赫曼‧赫塞，他誕生於一八七七年德國南部奧騰堡的黑森林邊緣，那是一個風景如畫的小鎮，名叫卡爾夫。這個地方日後成為他小說中一再懷念的故鄉。他是當代公認的優秀作家，一九四六年曾獲歌德獎與諾貝爾文學獎的殊榮，作品呈現抒情與詩意之美。赫塞作品中的人文主義思想承繼了歌德與尼采（F. Nietzche）的傳統，流露出對於生命的真誠自省，與靈魂的堅毅純潔。此外，他嚮往東方，聲稱在兩千多年前的中國古代文學裏，找到了精神的故鄉。他同時欣賞著從容幽默而又單純平易的孔子格言，以及樸實簡明的日本詩歌與禪風。

赫曼‧赫塞的散文集《悠遊之歌》（*Wandering*），通過〈農舍〉、〈分水嶺〉、〈小城〉、〈橋〉……等十三篇詩文，

抒發作者在第一次世界大戰期間，一個穿越邊境的漫遊者對
於國界和大砲的反感，同時也道出戰爭期間，人們嚮往親善
和平與熱愛自由的深切體認。其中〈橋——光輝的歲月〉一
文，描述作者爲了戰事趕回崗位時，對於一座曾經走過無數
次的橋，產生複雜的情緒。在偉大的時代底下，每一個人都
是可憐的服從者，戰亂將藐小的自我驅離了他的安全島。橋
下的溪水在幽咽，蘆葦在風中撕裂，赫塞的心中充滿了感
傷、狂亂與不安。等到戰爭結束後，每個人又走回自己的
路，帶著過去不幸的個人經歷，重新呼吸大地清新的氣息，
從時代精神與歷史傳統的反省中，展現出人生新的深度與廣
度。往日的憂患像是一串逝去的樂音，引領人們發現身旁景
物的特殊意義。

事實上，《悠遊之歌》除了散文之外，每篇並附有詩與
畫。猶如赫塞大多數的作品都以放大鏡式的手法來探測自我
生命的潛在輪廓，這本詩文集亦含有相當深沈的內省與自我
分析。他用「橋」這樣的實體名稱來撰述感官的體認，又以
「光輝世界」如此抽象的概念賦與詩題，映照出內心渴望的理
想生活。詩、文在虛實間交織出夢想的召喚與現實的局限，
並體現了文化與文明真空的動盪歲月裏，保存藝術家心靈的
難能與可貴。

赫曼·赫塞在第一次世界大戰期間，不同於當時多數德
國與法國人的好戰心態，而是透過許多論文宣傳了他的反戰
態度。他不僅參加了救援組織的工作，還爲被德國拘禁的人
編輯報紙、出版刊物，同時也有許多朋友與同事在他的幫助
下，逃離納粹的統治。然而這段期間卻也是赫塞生命的低潮
期，先是他的父親病故，接著是他的兒子得到重病，妻子也

進入了精神病院。赫塞在重重壓力之下，也住進了療養院。在這裏他接受心理學的啓發，不僅讓他感受到精神上的解放，同時也使得心理分析成爲他文學作品中抒發自我意識的重要源流。

　　大抵上，這段時期他開始認清了自己的意識其實是處在一種混沌的狀態中，在他非分析性以及充滿詩意的文字間，我們看不出他內心明顯的善、惡界限，正因爲突破了傳統基督教倫理是非觀念的束縛，才使他感覺心靈的解脫。也因爲混沌正是生命眞實的處境與狀態，於是我們得以在他的作品中感受到面對自然的平和與寧靜。作爲一個純粹的漫遊者，赫塞衝出了國與國、人與人之間界線的僵化思維後，在他眼前展現出的是生命回歸到本質的一片光輝世界。《悠遊之歌》是作者藉由回憶性的散文做出自我表白，在他的出遊、戀愛、思家……等行動中，我們看到他有時快樂，有時沮喪，他一再地追求，卻又永遠不能滿足，他在現實與夢想中掙扎，他的自剖充滿了矛盾，卻又帶給讀者詩情畫意的哲理氛圍。

第一節　風格與筆調

　　中國傳統的主流文學價值觀，到了十六世紀，在李卓吾、袁宏道等人主張的性靈文學思潮下，帶來了扭轉的契機。性靈派強調作家表現自我，而文章必須是個人精神與靈魂的承載。誠然個性的內涵包括了一個人的體格、神經、理智、情感、學問、見解、經驗、閱歷、好惡、癖嗜……等等，但是當時人們依然欣見藝術作品能夠不人云亦云，遠紹

先賢。因此性靈派主張文章應自抒胸臆，發揮己見，有眞喜，有眞惡，有奇嗜，有奇忌，即使瑕瑜互見，觸犯先哲，亦不顧惜。基於這樣的心態，性靈派喜愛在全篇當中截取最特別的段落，或在全段之中選取最獨特的文句，又在造句裏取其最個別之詞彙。於是無論是寫景、寫情，或寫事，皆是自己見到之景，自己心頭之情，自己領會之事。這些自己獨到的領會，信筆直書，便是源於性靈的文學創作。這樣的文學觀念延伸到十八世紀，《紅樓夢》中林黛玉說：「如果有了奇句，連平仄虛實不對，卻使得的。」至此，文學之美不外是辭達而已的信念已爲作家們所接受與傳承。而寫作的藝術傾重實見，不須過分的辭藻虛飾，不復計較字句文野，袁中郎的俚俗、李卓吾的譏諷、金聖嘆的怪妄……反而讓我們見識到了性靈文人的氣魄。因爲自古以來，文章但有聖賢而沒有自我，而這些性靈派的文人開始導正風氣，強調抒發胸襟，文主清淡自然、暢所欲言，並且反對抄襲與模仿，至此通俗文學的價值才獲得文人的正面肯定。

因此，寫作藝術的探討確實超過了技巧的問題，而更廣泛地關注作家所表露的靈魂深處。事實上，希望成爲作家的初學者，首先要關心的不是寫作的技巧，而是瞭解作爲一位文學創作者，他的基礎來自眞正的文學性格。而這個基礎建立在個人的文學、思想、見解、情感、閱讀等關於寫作的全部涵養上。當文學性格厚實地建立起來之後，風格自然就成形了，因爲「風格就是人」，他不是某種寫作方法，也不是一些寫作規則，更無關乎裝飾的多寡。風格是作家心思的性質，它的深刻或膚淺，有見識或無見識，其實就是一個人素養、學問、思想充實與否的具體表現。我們閱讀優秀文學作

品時，往往可以用許多贊詞描述它，例如：人物描寫貼切、情節刻畫逼眞、文字豐韻動人，抑或構思巧妙多姿……等等。事實上我們已經累積了許多閱讀的經驗，對於清淡、醇厚、宕拔、雄奇、辛辣、溫柔、細膩……等風格，亦多少可以判別，於是每個人心中都有欣賞文學的尺度與標準。而這些尺度與標準，將會隨著我們的閱讀經驗與人生經歷的豐富與增長，逐漸地提高它的精密度。

　　文章好壞的判準在於筆調，它是文字、思想及個性的綜合。中國古代文學家最賞識的筆調並非單純從文字的結構來看，所謂「行雲流水」，如蘇東坡的散文，那是將清晰的思想以清晰的文字表現出來。一個人筆調的形成有時是受到他所心愛的作家或作品的影響，因此找到自己心儀的作家，與愛讀的作品，就像是擁有一位文學情人。在長久的耳濡目染之下，他的思想方法及表現手法就會愈來愈像這位文學情人，這是初學者創造筆調的最佳途徑。

第二節　感動與說服

　　優美的文學作品具有深刻的感動力與說服力，那是因為作品源自作家的心靈，因此法國作家福樓拜（G. Flaubert）曾說：「包法利夫人就是我！」那些充滿藝術魅力的作品，無論是繪畫、雕刻、音樂或文學，藝術家用其終身追尋的表達方式，將生命力融入作品之中。其次是文學技巧的探索，義大利小提琴家帕格尼尼（N. Paganini）的琴聲，引人進入目眩神迷的美麗世界，那來自內在精神的弦音，若不是經由出神

入化的演奏技巧來傳達，又怎會令人們驚疑他是否已將靈魂賣給了魔鬼？

　　文學的藝術魅力首先來自它的內涵。如果能夠用精鍊的文字，使讀者體會到深厚的意蘊，那麼文字所承載的意義就是豐富而多元的。亦即作家將有限的語言文字經營出無窮的韻味。因此，除去字面上的意義之外，還有一些耐人尋味的深意涵藏其中，好像瀼瀼的朝露碰上新製的龍井，這淡淡的滋味需要細細緩緩的品嘗與回味。富有內涵的筆墨，方能使讀者領會文字中的眞趣，其實也就是作者發揮了他的智慧與才華，讓許多字句凝鍊成多方面暗示性的象徵語句，於是讀者參與其中，也發揮了自己的想像力，在作品中尋幽攬勝，猶如參加了作者的創作工程，這樣的閱讀經驗，當然會令人感到趣味盎然。

　　此外，文字所造成的形象美，也能達到視覺享受的效果。許多作家都會使用以虛爲實或以實爲虛的手法，用抽象的辭彙形容具象的事物，又用具體的形象來使印象趨於逼眞的形象之美。有時作家甚至可以賦與文章華美色彩，將繪畫的渲染融入文學的妙境之中，並且在語言節奏上精心調配，表現出旋律感。當作家注意到文字聲音的輕重平仄時，讀者便能從中體會到他的歡娛或悽愴。於是我們知道，善於運用文字的作家才能寫出動人的文章。唐代詩人皇甫松有詞云：「畫船吹笛雨瀟瀟，人語驛邊橋。」使我們的耳旁彷彿響起了一片淅淅瀝瀝的雨聲，以及雨中低迴的人語。

　　作家在寂靜的自然界裏捕捉風起雨落，用心靈之耳聽見了花的綻放與雲的飛揚，當白雪紛紛落下、鳥兒展翅飛翔、黃葉沙沙作響的時候，文人都將它賦與意義，因此作家也是

從事靈魂探索的冒險家，他們攝取外物的形象以進行聯想，美國詩人桑德堡（Sandburgh）寫霧之輕：

霧來了，

附在小貓的足上。

　　從霧的寂靜間覆蓋大地，聯想到小貓之落地無聲，這是看到了外物的內在精神，並用生動的比喻展現出來，因而增加了文字的感染力。寫作技巧往往得依靠作家的想像力來加以發揮，例如李白詩：「白髮三千丈，緣愁似箇長。」就是詩人馳騁想像力造成的誇張句法。然而我們並不覺得突兀，反倒能夠感受其惆悵的深沈。

　　除了誇飾之外，倒裝句法與對比意象的運用，也是許多作家經常使用的方法，李白云：「客心洗流水，餘響入霜鐘。」就讓平淡的句子變化出奇妙的新意來。爲了讓文章在對比中激盪出藝術的力量，作家們利用形象上與情感上的對比，讓我們看到兩種懸殊的形象與相反的情感。在描寫物象的時候，如果能多應用一些對比原理，例如：白色的燈球在沈沈的夜色中，枯枝上突然抽出了新芽，冰雪未消的小溪受春陽的照撫，村野的小女孩抱著瞎眼的小狐狸在險巇的山谷邊……世間處處充滿了如光影照映下的明亮與黑暗，使我們對於崇高、善良與美麗有更清晰的體認。

　　寫作的目的在於將人生感人的畫面濃縮到精鍊的字句裏，造就悲壯的、瑰麗的、喜悅的、落寞淒涼的、美麗歡笑的……種種境界。其實也同時是作家所欲呈現之自我，其動態與靜態的美兼而有之，因此藝術手法的多樣性，總是優秀偉大的作家終其一生極力追求的絕對價值。例如：唐朝詩人

李賀、法國寫實主義大師福樓拜等人，爲了斟酌字句、嘗試小說中字音的高亢與低抑，終日栖栖遑遑，反覆實驗，直到能夠順利使用表達潛藏於心中意念的高度藝術技巧之後，才能暢快淋漓、得心應手地在文章中表現自我。

　　用文學筆法描畫自我的形象，其實並不是一件容易的事，張曉風的散文〈描容〉正是面對這個問題的代表性作品。「描容」一詞原本見於明傳奇《牡丹亭·驚夢》，內容敘述氣息奄奄的杜麗娘，臨鏡爲自己描容，希望將這幅寫眞留給夢裏情人。張曉風在文中提到：「死不足懼，只要能留下一副眞容，也就扳回一點勝利……作者似乎相信，眞切的自我描容，是令逝者能永存的唯一手法。」張曉風則進一步將原本顧影自憐的含義，轉化爲一個人對自我形象的掌握，認爲好的文學與藝術，能使讀者從中洞見自我。這篇文章分爲四段，前兩段鋪敘作者的親身經歷，後半部則據以論理。文中言情與狀物等寫作手法穿插使用，形成對於主題的多面描寫。首先，作者寫了一個小故事，作爲全文的序幕。在這個故事中，朋友對她的描述是：信基督教、寫散文、看起來不緊張其實是很緊張的人。作者從中逐漸意識到「自我」一詞的抽象，以及於自我描述之困難。第二段藉由尋人啓事中失蹤者的特徵只有下腹的疤痕一事，作者領悟到，所有對於「我」的形容詞，以及半生拚搏所擁有的一切，一旦撒了手，都將失去意義。此處在寫作技巧上，利用了可訴諸感官的具體經驗，說明省察自我時所感到的飄忽游離與捉摸不易。面對「什麼是我？」以及「如何描繪我這樣一個完整的人？」等問題，文中先借用寫實的情境，烘托「自我」這個人生無所迴避的課題在不同時刻展現的情景，以及這個問題帶來的

迷惘與惆悵。

　　及至第三段，作者展開了一場從語文修辭、生活細節，到歷代帝王如何形容自己的深入探索之旅。首先，我們經常填寫的各式表格，內容包括：生日、學歷、身分證字號……等，究竟算不算是一個真實完整的自我？如果答案是不盡然的話，那麼「我」是誰？「我」在哪裏？作者認為，最美麗的理想社會裏，是不用填表的。「我」存在於相互認識的印象中，而非表格或封號裏。末段作者繼續演繹，古今人物如何留下他們的真容？米開朗基羅（Michelangelo）的聖母像讓我們感受到了他的悲憫與哀傷；孔子的思想與形象，也在他的一聲長嘆中顯現。於是我們知道：「藝術和文學，從某一個角度看，也正是一個人對自己的描容吧。」因此，自我的描繪，不在名詞、形容詞上打轉，當然也不是任一表格所能道盡。結尾處，作者又一筆盪開，認為藝術和文學固然可以描摹創作者自我的眉目，但是欣賞者也可以從中看見自家的容顏，擴大了描容的意義與普遍性。

　　又如林海音的自傳體小說《城南舊事》，全書既可分成〈惠安館〉、〈我們看海去〉、〈蘭姨娘〉、〈驢打滾兒〉，以及〈爸爸的花兒落了〉等五個獨立的短篇小說；同時又可視為以七歲至十三歲的成長經歷作為故事背景的長篇小說。作者透過筆下主人翁英子童稚的眼睛，記述成長過程的點點滴滴，並觀察成人世界的人際關係，乃至領略生命的無常。

　　其中最後一篇〈爸爸的花兒落了〉，敘述英子小學畢業典禮那天，卻同時也是爸爸病逝的日子。她完成了爸爸生前的心願，代表全體畢業生致謝詞，並在胸前別上爸爸親手栽種的夾竹桃。回家後，看見爸爸種的花兒紛紛凋萎，而父親已

永遠離開了，這使她想起六年來唯一一次上學遲到的紀錄，並從而追敘起爸爸磨練她獨立與成長的許多深刻回憶。從父親過世起，小英子體認到自己已經長大，帶著爸爸生前對她的期許：「闖練，闖練。」故事中的小女孩也將擔負起大人的責任了。

作者以第一人稱「我」的敘事觀點，描寫一位小學六年級女孩隨著父親的去世，提早結束了童年的生活。文中的故事主軸，在於英子畢業典禮當天，爸爸因住院而未能觀禮，等到典禮結束後，英子也來不及見爸爸最後一面。這其中的遺憾，使英子意識到自己的長大，以及接下來必須承接父親的責任，照顧母親及弟妹。

這篇小說的首尾及中間片段，皆以爸爸的愛花與種花作為寫作結構上的串聯。從一開始，父親因病不能參加畢業典禮，母親幫英子別上粉紅色夾竹桃：「就像爸爸看見你上台一樣！」到了典禮進行時，英子不禁想起：「爸爸多麼喜歡花。」他每天下班回來，第一件事就是抱起弟弟，乘著晚風到後院裏澆花，然後摘下一朵茉莉，插在妹妹的頭髮上。而這些花朵的綻放，似乎也隨著父親的病情與心情起起落落。

在故事主線之外，文中並有兩段插敘，其一是英子一年級時，因下大雨而賴床逃學。當時英子挨了父親一頓打，帶著褲腳下的傷痕坐車上學。剛進教室，卻又看見父親追來，遞給她花夾襖和兩個銅子兒。而另一段回憶則是爸爸訓練英子獨立到銀行寄錢給陳叔叔。爸爸常常說：「英子，不要怕，無論什麼困難的事，只要硬著頭皮去做，就闖過去了。」「你要學做許多事，將來好幫著你媽媽。你最大。」當英子從銀行出來時，看見街道中的花圃種滿了蒲公英，心裏高興地

想著：「闖過來了，快回家去，告訴爸爸，並且要他明天在花池裏也種滿了蒲公英。」直到文章最後，散散落落的夾竹桃垂下了枝子，大盆底下也不見長成的石榴。英子於是默念著：「爸爸的花兒落了，我也不再是小孩子。」花兒的鮮紅與凋零，成為本文入題的關鍵意象，它貫串了許多場景，使讀者對英子的覺醒與成長過程，產生深刻的印象。此外，《城南舊事》是林海音的童年回憶，全文以小女孩的視角鋪陳真實性高的故事，並使用自然平易的遣詞，讓讀者能夠深入故事情節，以伴隨小女孩探索個人的成長與蛻變。

第三節　修辭與表意

歷代詩人所使用的修辭技巧，以「譬喻」的頻率最高。它是一種既活潑又有情趣的表意方式。劉勰《文心雕龍·比興第三十六》云：「故比者，附也；興者，起也。附理者，切類以指事；起情者，以微以擬議。起情故興體以立，附理故比例以生。」「且何謂為比？蓋寫物以附意，揚言以切事者也。故金錫以喻明德，珪璋以譬秀民，螟蛉以類教誨，蜩螗以寫呼號，澣衣以擬心憂，席卷以方志固，凡斯切象，皆比義也，至於麻衣如雪，兩驂如舞，皆比類也。」「比」是以具體的物象來比方，以說明心意；「興」則是文已盡意有餘，需要讀者從言外之意去推敲出超過語言本身所指涉的領域，其線索來自理性的關聯或社會的約定，若再無線索可供尋索，則必然會陷於「羚羊掛角，無跡可求」，甚至出現「晦澀難解」的曖昧情境了。嚴滄浪說：「故其妙處透徹玲瓏，不

可湊泊，如空中之音，相中之色，水中之月，鏡中之象，『言有盡而意無窮。』」劉永濟《校釋》引《困學紀聞》載李仲蒙釋賦比興義：「敘物以言情謂之賦，情盡物也；索物以記情謂之比，情附物也；觸物以起情謂之興，物動情也。」

葉嘉瑩針對賦比興此三種表現手法，以美學的角度來剖析詩歌中情意與形象之間互動的關係，她說：「所謂賦者，有鋪陳之意，是把所欲敘寫的事物，加以直接敘述的一種表達方法；所謂比者，有擬喻之意，是把所欲敘寫的事物，借比為另一事物來加以敘述的一種表達方法；而所謂興者，有感發興起之意，是因某一事物之觸發而引出所欲敘寫之事物的一種表達方法………總之，這種樸素簡明的解說，卻實在表明了詩歌中情意與形象之間互相引發、互相結合的幾種最基本的關係和作用。」

《詩經·小雅·天保》云：「天保定爾，以莫不興。如山如阜，如岡如陵，如川之方至，以莫不興……如月之恆，如日之升，如南山之壽，不騫不崩，如松柏之茂，無不爾或承。」詩中將天命所歸，福壽永享的概念，透過九個比喻，凸顯其形象，猶如劉勰所說：「故比體雲構，紛紜雜遝，倍舊章矣。」除了以具體比喻抽象之外，蘇軾的〈飲湖上初晴後雨〉則是以具體比喻具體：「水光瀲灩晴方好，山色空濛雨亦奇。欲將西湖比西子，淡妝濃抹總相宜。」常人總以人比物，所謂美人如花，君子愛蓮，菊花象徵隱士，牡丹富貴逼人。而東坡卻反過來以物比人，把西湖比為西施，而西湖的晴雨，就彷彿是西施的濃抹與淡妝，無論如何總是相宜而美好的。這樣的修辭法無疑是使得西湖更生動、豔麗了。

「比喻」在詩歌創作上的實際應用有聲音、形貌、心思、

事物等各種情況。以唐宋詩詞為例：白居易的〈長恨歌〉：「芙蓉如面柳如眉，對此如何不垂淚。」則是以芙蓉與柳葉比喻楊貴妃豔麗的容貌。而李後主的〈清平樂〉：「離恨恰如春草，更行更遠還生」，則是將離恨等抽象的情緒，比擬成年年新綠的春草，使人感受到它的連綿不絕，如影隨形。其視覺效果是將春草動態化，如同鏡頭的移動，由近而遠直到視覺的盡頭。在聲音的比喻上，最傑出的例句是白居易的〈琵琶行〉：「大弦嘈嘈如急雨，小弦切切如私語。嘈嘈切切錯雜彈，大珠小珠落玉盤，間關鶯語花底滑，幽咽流泉水下灘。水泉冷澀弦凝絕，凝絕不通聲漸歇。別有幽愁暗恨生，此時無聲勝有聲。銀瓶乍破水漿迸，鐵騎突出刀槍鳴。曲終收撥當心畫，四弦一聲如裂帛。」白居易舟中夜聞倡女彈琵琶，深受感動，從而建構出悅人耳目的聲色意象以刻畫琵琶樂聲，讀者彷彿重臨現場，一同感受到動人的樂聲。

此外，溫庭筠〈西江貽釣叟騫〉云：「晴江如鏡月如鉤，泛豔蒼茫送客愁。」詩人以鏡子比喻晴空下江面寧靜清澈，宛如光滑的鏡面，清晰地映照出山光水色。又以彎鉤比喻弦月，透過聯想的作用，把近處的江面與遠處的弦月嵌合在一起，鉤勒出幽謐的夜晚與詩人的情愁。

現代詩也經常出現譬喻的表現類型，例如：商禽在〈無言的衣裳〉裏寫道：

> 月色一樣冷的女子
> 荻花一樣的女子
> 在河邊默默地搥打
> 無言的衣裳在水湄

（灰濛濛的遠山總是過後才呼痛）

以月色、荻花比喻女子，並且在倒裝句型裏，表現女子悲涼悽愴的身世，與坎坷堪憐的命運。 而徐志摩〈偶然〉中所使用的隱喻，乃是將自己設想成一片路過的行雲：

我是天空裏的一片雲

偶爾投映在你的波心

你不必訝異，更無須歡欣

在轉瞬間消滅了蹤影

「我」既然無心駐留，「你」又何須訝異、歡欣？詩人以行雲的屬性來描繪自己放蕩不羈的性格，音感上也直如行雲流水，令人朗朗上口。

第三章

怎麼說故事？——敘事
文體例話

小　說作為文體的一種，在近兩百年來已成為世界文壇的重心。然而追溯它的起源，卻又發現它源遠流長。《漢書·藝文志》即已記載道：「小說十五家，千三百八十篇。」只是此後文學史的發展，前有《詩經》、《楚辭》，後有唐詩、宋詞，因此文學主角仍以詩歌領銜。而長篇小說必待明、清以後，方有可觀。另一方面，西方的小說亦可溯源至希臘、羅馬時期，只是當我們為文藝復興的藝術高峰發出讚嘆的歡聲時，它的主要文學形式也仍然限於史詩與詩劇。直到十八世紀啟蒙時期，成熟的現代小說才逐漸嶄露頭角。有趣的是，正因為小說發展的大器晚成，才使得各種文學藝術的手法，都能在小說中表現出來。中外許多小說名著，往往熔敘述、描寫、抒情、議論、獨白、對話、象徵、反諷……等各種文學技巧於一爐。至於各種體裁的交融，使得讀者在閱讀小說的時候，同時欣賞到優美精鍊的散文與韻味深長的詩歌，則更是屢見不鮮。

　　事實上，中國古典散文的特殊美學形式之一，在於運用散文詩式的鏗鏘音韻，書寫高尚而具有美藝價值的文章。其目的是為了便於讀者朗誦，於是作者採取一種通篇融合的調子，將音節做疾徐規律的發聲處理，因此字音聽起來較為誇張與拉長。這種散文寫作的風格到了南北朝時期，便已完全賦體化，成為駢體文的格調。駢體文的內容有一大部分屬於讚頌朝廷之作，於是散文詩式的駢儷文體便逐漸與現實生活脫節了。找尋不矯揉造作而具有酣暢與閒話風致的散文，往往不在散文本身，而是出現於古典白話小說。因此，小說具有各種文類中最大的包容性與自由度，它容納了成千上萬種說故事的方式。在篇幅方面，小至極短篇，大到一百多部的

眾生相〔如：巴爾札克（Honoré de Balzac）的《人間喜劇》（La Combedie Humain）〕，都是小說這一文類可以接受的範圍。

此外，它所能描摹的諸般對象與各式主題，種類之多，也極為驚人。單看小說的次文類可以分成成長小說、鄉土小說、武俠小說、愛情小說、推理小說、荒誕小說，與魔幻寫實小說……等，就能發現它穿梭時空、探析情欲的觸角幾乎無所不到。而小說作為一種晚近的藝術形式，它的發展空間仍有繼續擴充的趨勢。以下將具體剖析中、西方的小說作品，以期呈現小說美學的多樣風貌。

第一節　古典小說的藝術技巧

在中國文學發展史上，小說的興盛與散文、詩歌等其他文類頗有相互消長的態勢。事實上，在傳統文學觀念裏，散文以「經國之大業，不朽之盛事」的尊貴姿態，成為古典文學的正宗類型；而詩歌在「言志」的詮釋系統上，被賦與了「經夫婦，厚人倫，美教化」的社會功效，也因此躍居文體之主流。反觀小說卻一直被貶為「街談巷議之言」，因此魯迅曾在《且介亭雜文二集》中不無感嘆地說：「小說和戲劇，中國向來是看作邪宗的。」是故小說藝術的成熟，勢必晚於詩、文。我國小說的正式開端，當從唐人傳奇算起。因為直到唐代，中國文士才有「做意好奇，假小說以寄筆端」的創作動機。往後宋元話本之市人白話小說的興起，才使得小說這一文類迅速普及開來，而到明、清時期乃蔚為大觀。儘管

如此，我國市民小說的出現，依然比歐洲早了兩百多年。

探討我國傳統小說的藝術時，應該特別注意的是，在我們固有文化與思想的支配下，所形成的特殊審美觀念與批評形式。因為它等於是在作品出爐後，再度概括地確認了小說美學的各種寫法與讀法，使我們對於古典小說之美有跡可循。相較於西方哲理式的思辨文論，特別注重邏輯推理與系統化的理論建構，中國古典小說的批評模式則是偏重於詩意與具象的扣合，亦即在主觀與動情的評騭中，使讀者欣賞其灑脫的美感體驗。正因為它不是以洋洋灑灑的理論體系與世人相見，因此這些零金碎玉、獨標異采的文字，便又顯現出大塊文章所無法閃現的精妙與神韻。大體而言，這一類的評論文字時常以序、跋、題辭、弁言……等形式表現。時間上則以明、清兩代的質量最高。有名的作者如：馮夢龍、凌濛初、李贄、金聖嘆、毛宗崗、張竹坡、脂硯齋、蒲松齡……等，他們一方面強調小說的社會教化作用，同時也留意於小說的藝術感染力。尤其是在表現手法上的解析與評賞，更是將各家小說的千姿萬狀、競秀爭奇等美學特徵，發揮得淋漓盡致。例如欣欣子為《金瓶梅》寫序時，特別重視小說家在語言通俗性上的技高一籌。他說：「市井之常談，閨房之碎語，使三尺童子聞之，如飫天漿而拔鯨牙，洞洞然易曉。」可見「話須通俗方傳遠，語必關風始動人」，已成為說話人與鑑賞家之間共同的定調。

誠如上述，小說評論人將其讀書經驗結合了政治思想、社會意識，與個人的審美體驗，將某些作品的整體閱讀方式，與個別片段的深度領略，用評論與圈點的方式標示出來，以點撥讀者馳騁想像，並進一步與作品發生共鳴。以下

舉例說明古典小說經過評點家的穿透與剖視之後，作品所具體呈現出之豐贍與精深的美學內涵。

一、《儒林外史》與《水滸傳》

中國古典文學中，無論是詩、散文，或小說，只要是上乘之作，很少作者將景物的描寫當作是孤立的，與人物、主題不相干的純粹裝飾品。因為自然環境的描繪，往往在人物形象刻畫上起著很大的輔助作用。例如：《紅樓夢》裏為了描述林黛玉孤高自賞的性格與多愁善感的氣質，特別將瀟湘館布置得幽深清雅與蒼涼岑寂，書中寫到：「鳳尾森森，龍吟細細」，「翠竹夾路，蒼苔滿地」，而這樣的環境氛圍恰如其分地烘托出女主人公深居簡出的憂鬱形象。再如賈政初到蘅蕪院時，感受到「雪洞一般」的冷靜，也完全符合了日後住進這個院落的薛寶釵，帶給人「任是無情也動人」的精神樣貌。而秦可卿居室的陳設，處處不脫香豔情欲的描摩，則更可看出作者以景物映襯人物的匠心獨運。同樣的情況在《三國演義》中也是屢見不鮮，諸葛亮隱居在臥龍崗，實是一處「猿鶴相親，松篁交翠」、「一帶高崗枕流水」的清幽仙境。如此地描繪無非為了襯托出孔明不同凡俗的氣度。再看《西遊記》第一回，作者將花果山渲染成一座充滿奇花瑤草的神話境界，也正是為了讓讀者身歷其境般地感受到孫悟空的奇幻魔力。

以景物襯托人物性格特徵，甚至於暗示人物內心活動的手法，在古典小說世界裏屬於最常見的藝術技巧之一，關於「以景寫人」的成功實例，還有《儒林外史》及《水滸傳》等兩部以人物形象塑造著稱的章回小說。前者可舉王冕為例，

吳敬梓《儒林外史》第一回寫道：

> 那日，正是黃梅時節，天氣煩躁，王冕放牛倦了，在綠
> 草地上坐著。須臾，濃雲密布，一陣大雨過了。那黑雲
> 邊上鑲著白雲，漸漸散去，透出一派日光來，照耀得滿
> 湖通紅。湖邊山上，青一塊，紫一塊，綠一塊。樹枝上
> 都像水洗過一番的，尤其綠得可愛。湖裏有十來枝荷
> 花。苞子上清水滴滴，荷葉上水珠滾來滾去。

文中爲了歌頌本書中難得的一位正面人物，作者特別將
王冕置放在一場大雨過後，湖邊草地充滿清新氣息，陽光透
出雲際，照映得湖水通紅，山色青紫蔥綠，大地一片詩情畫
意的場景中。藉著湖光山色的清新潔淨來襯托晶瑩超俗的荷
花，在此同時，也就形象性地象徵了王冕「中通外直，不蔓
不枝」的君子風骨。這裏作者將自然景物的清雅高潔與小說
主人公淡泊名利的精神風貌融合爲一，實際上正是以景寫人
的最佳範例。

另外，《水滸傳》會評本第九回寫道：

> ……林沖自來天王堂取了包裹，帶了尖刀，拿了條花
> 槍，與差撥一同辭了管營，兩個取路投草料場來。正是
> 嚴冬天氣，彤雲密布，朔風漸起，卻早紛紛揚揚捲下一
> 天大雪來。林沖和差撥兩個在路上，又沒買酒吃處，早
> 來到草料場外。看時，周遭有些黃土牆，兩扇大門，推
> 開看裏面時，七八間草屋做著倉廒，四下裏都是馬草
> 堆，中間兩座草廳。
>
> 林沖就床上放了包裹被臥，就坐下生些焰火起來。屋後

有一堆柴炭，拿幾塊來生在地爐裏，仰面看那草屋時，四下裏崩壞了，又被朔風吹撼，搖震得動。林沖道：這屋如何過得一冬？待雪晴了，去城中喚個泥水匠來修理。」向了一回火，覺得身上寒冷，尋思：「卻才老軍所說二里路外有那市井，何不去沽些酒來吃？」便去包裹裏取些碎銀子，把花槍挑了酒葫蘆，將火炭蓋了，取氈笠子戴上，拿了鑰匙出來，把草廳門拽上，出到大門首，把兩扇草場門反拽上鎖了，帶了鑰匙，信步投東。雪地裏踏著碎瓊亂玉，迤邐背著北風而行。

本回透過嚴寒大雪與破落草料場的淒冷，照映出林沖含冤刺配滄州時，內心的悲戚與孤寂。如此緣情寫景的好處在於把人物抽象的心理活動，用具體可感的感官世界反映出來，以達到情景交融、相互烘托的藝術境界（圖3-1、圖3-2）。

圖3-1　《水滸傳》宋江像

圖3-2　《水滸傳》史進像

47

二、《老殘遊記》

　　以景寫人的手法，除了以外在的自然環境反映出人物性格與特定時空中的內心活動外，許多作家也常常透過人物的視角來表現景物，當然他們的目的並不純粹是爲了寫景。小說家像電影導演捕捉遠近、高低的鏡頭一樣，通過作品人物不斷活動的眼睛來寫景狀物，因而準確地將小說人物所存在的空間井然有序地描寫出來。這種寫作技巧的發揮，其著眼點往往還是爲了塑造人物、揭櫫題旨。劉鶚《老殘遊記》第二回寫道：

　　（老殘）午後便步行至鵲華橋邊，僱了一隻小船，盪起雙槳，朝北不遠，便到歷下亭前。下船進去，入了大門，便是一個亭子，油漆已大半剝蝕。亭子上懸了一副對聯，寫的是：「歷下此亭古，濟南名士多」，上寫著：「杜工部句」，下寫著：「道州何紹基書」。亭子旁邊雖有幾間群房也沒有什麼意思。復行下船，向西盪去，不甚遠，又到了鐵公祠畔。你道鐵公是誰？就是明初與燕王爲難的那個鐵鉉。後人敬他忠義，所以至今春秋時節，士人尚不斷的來此進香。

　　到了鐵公祠前，朝南一望，只見對面千佛山上，梵宇僧樓，與那蒼松翠柏，高下相間，紅的火紅，白的雪白，青的靛青，綠的碧綠，更有那一株半株的丹楓夾在裏面，彷彿宋人趙千里的一幅大畫，做了一架數十里長的屏風。正在嘆賞不絕，忽聽一聲漁唱。低頭看去，誰知那大明湖業已澄淨得同鏡子一般。那千佛山的倒影映在

湖裏，顯得明明白白。那樓台樹木，格外光彩，覺得比上頭的一個千佛山還要好看，還要清楚。這湖的南岸，上去便是街市，卻有一層蘆葦，密密遮住。現在正是著花的時候，一片白花映著帶水氣的斜陽，好似一條粉紅絨毯，做了上下兩個山的墊子，實在奇絕。

老殘心裏想到：「如此佳景，為何沒有什麼遊人？」看了一會兒，回轉身來，看那大門裏面楹柱上有副對聯，寫的是「四面荷花三面柳，一城山色半城湖」，暗暗點頭道：「真正不錯！」進了大門，正面便是鐵公享堂，朝東便是一個荷池。繞著曲折的迴廊，到了荷池東面，就是個圓門。圓門東邊有三間舊房，有個破匾，上題「古水仙祠」四個字。祠前一副破舊對聯，寫的是：「一盞寒泉薦秋菊，三更畫船穿藕花」。過了水仙祠，仍舊上船，盪到歷下亭的後面。兩邊荷葉荷花將船夾住，那荷葉初枯，擦得船嗤嗤價響，那水鳥被人驚起，格格價飛，那已老的蓮蓬，不斷的繃到船窗裏面來。老殘隨手摘了幾個蓮蓬，一面吃著，一面船已到了鵲華橋畔了。

這一段鵲華橋畔的景物描繪是古典小說中十分精彩的一例。作者以老殘的遊蹤，移步換景，歷次展開了歷下亭、鐵公祠與水仙祠的古樸風光。在行船、下船、入門、觀亭……等描述中，讀者彷彿身歷其境，與老殘一同在大明湖畔尋幽訪勝。濟南美妙的風光：千佛山像趙千里的大畫、湖邊蘆葦猶如粉紅色的絨毯，以及無意間被一聲漁唱所驚醒等情景的一一呈現，同時也生動地刻畫出，小說主人公老殘是如何地陶醉在美景中而達到渾然忘我的境地。

三、《三國演義》

　　小說描摹人生故事的精彩處，有時在於以現實生活爲基礎，在合乎情節發展的思維邏輯下，作者天外飛來一筆誇張寫意的敘述，將人物與情節推上感動讀者的高峰，以使作品給人留下深刻的印象。例如：《三國演義》第四十二回：

　　卻說文聘引軍追趙雲至長坂橋，只見張飛倒豎虎鬚，圓睜環眼，手綽蛇矛，立馬橋上。又見橋東樹林之後，塵頭大起，疑有伏兵，便勒住馬，不敢近前。俄而，曹仁、李典、夏侯惇、夏侯淵、樂進、張遼、張郃、許褚等都至。見飛怒目橫矛，立馬於橋上，又恐是諸葛孔明之計，都不敢近前。紮住陣腳，一字兒擺在橋西，使人飛報曹操。操聞知，急上馬，從陣後來。張飛圓睜環眼，隱隱見後軍青羅傘蓋，旄鉞旌旗來到，料得是曹操心疑，親自來看。飛乃厲聲大喝曰：「我乃燕人張翼德也！誰敢與我決一死戰？」聲如巨雷。曹軍聞之，盡皆股栗。曹操急令去其傘蓋，回顧左右曰：「我向曾聞雲長言：翼德於百萬軍中取上將之首，如探囊取物。今日相逢，不可輕敵。」言未已，張飛睜目又喝曰：「燕人張翼德在此！誰敢來決死戰？」曹操見張飛如此氣概，頗有退心。飛望見曹操後軍陣腳移動，乃挺矛又喝曰：「戰又不戰，退又不退，卻是何故？」喊聲未絕，曹操身邊夏侯傑驚得肝膽碎裂倒撞於馬下。操便回馬而走。於是諸軍眾將一齊望西逃奔。正是：黃口孺子，怎聞霹靂之聲？病體樵夫，難聽虎豹之吼。一時棄槍落盔者，不

計其數，人如潮湧，馬似山崩，自相踐踏。

張飛勇猛無敵的性格形象，在《三國演義》中是比較有機會用誇大的筆法進行刻畫的人物之一。在第四十二回裏，曹軍一路追趕趙雲到了長坂坡，張飛單槍匹馬擋住了曹軍。只見他怒目橫矛，立於橋上，並且在大吼三聲之後，嚇死了夏侯傑，逼退了曹操，大軍望風而逃。毛宗崗說：「翼德喝退曹軍，若非有雲長昔日誇獎之語，曹操當時未必如此之懼也……若非有孔明兩番火攻驚破曹兵之膽，當時曹操又未必如此之疑也。」這一段喝退曹兵的描寫，雖然誇張，卻因為事先有寫實的情況作為鋪墊，同時符合了張飛莽漢的形象特徵，因此不但未曾損害人物的藝術價值，反而給予讀者深刻的感受與印象（圖3-3）。

圖3-3　《三國演義》關羽擒將圖

　　此外，在「趙子龍單騎救主」一節裏，寫趙雲單槍匹馬在十萬曹軍中殺進殺出，如入無人之境，不僅救出阿斗，還砍倒了兩面大旗，奪下了三條長槊，殺死了曹營將領五十餘員。如此精彩的表現，惹得曹操喜愛非常，下令：「不許放冷箭，只要捉活的。」此處描寫雖不無誇張，然而也正因為作者未將趙雲寫得神乎其技，刀槍不入，因此取得了虛實之間相互平衡的藝術效果。

　　中國古典小說自宋、元以後，逐漸形成以白話章回體為大宗的局勢。說書人為了引起閱聽眾的興趣，往往在開篇與中場設計了各式各樣的懸念，猶如我國園林藝術講究迴廊轉壁、曲徑通幽；又好像文人山水畫中的山重水複、煙雨朦朧，使得遊園、觀畫者一眼看不盡所有的風光，因此產生一探究竟的好奇心。小說敘事也是同樣的道理，一味地平鋪直敘不如製造一個又一個的懸念，來引發讀者無窮的興致。例如《聊齋志異》、三言二拍中經常出現的公案、推理等情節，在寫作技巧上都是採用懸念的設置，以使讀者集中注意力，想要追究命案、官司等複雜問題的真相。《聊齋志異·王者》一開頭便描述湖南巡撫派州佐押解餉銀六十萬兩赴京。不料途中投宿古寺，銀兩卻不翼而飛。讀者被盜銀者之謎所吸引，於是產生了繼續閱讀的欲望，這是小說與讀者發生互動的第一步。在幾經周折之後，州佐查出了盜銀的人是王者，於是這篇小說中的第一個懸念就被解除了。

　　接著作者又設計了第二個懸念，雖然官府已經查出王者為賊，但是王者卻未因此退還銀兩，反而讓州佐轉遞一個大信封給巡撫。而巡撫拆視後，竟嚇得面色如土，趕緊自己補齊了餉銀，而且不久後便患病死去。這個大信封袋裏的東西

為何讓巡撫如此畏懼？這是作者製造的第二個疑團。原來巡撫與愛姬共枕，醒來後，愛姬的頭髮盡失！這信封袋中裝的就是她的頭髮。這樣連續設置懸念使得作品情節曲折離奇，猶如音樂上高低起伏、快慢強弱的旋律與節奏，無形中增強了小說藝術的吸引力。尤有甚者，某些小說作者故意遲遲不將謎底揭曉，遂使讀者在閱讀的進展中，始終處於緊張的情緒中，《三國演義》第四十六回就是一個最典型的例子：

……孔明曰：「怎敢戲都督！願納軍令狀：三日不辦，甘當重罰。」瑜大喜，喚軍政司當面取了文書，置酒相待曰：「待軍事畢後，自有酬勞。」孔明曰：「今日已不及，來日造起。至第三日。可差五百小軍到江邊搬箭。」飲了數杯，辭去。魯肅曰：「此人莫非詐乎？」瑜曰：「他自送死，非我逼他。今明白對眾要了文書，他便兩脅生翅，也飛不去。我只吩咐軍匠人等，教他故意遲延，凡應用物件，都不與齊備。如此，必然誤了日期，那時定罪，有何理說？……」

卻說魯肅私自撥輕快船二十隻，各船三十餘人，並布幔束草等物，盡皆齊備，候孔明調用。第一日卻不見孔明動靜，第二日亦只不動。至第三日四更時分，孔明密請魯肅到船中。肅問曰：「公召我來何意？」孔明曰：「特請子敬同往取箭。」肅曰：「何處去取？」孔明曰：「子敬休問，前去便見。」遂命將二十隻船，用長索相連，望北岸進發。是夜大霧漫天，長江之中，霧氣更甚，對面不相見。孔明促舟前進，果然是好大霧！……當夜五更時候，船已近曹操水寨。孔明教把船隻頭西尾

東，一帶擺開，就船上擂鼓吶喊。魯肅驚曰：「倘曹兵齊出，如之奈何？」孔明笑曰：「吾料曹操於重霧中必不敢出，吾等只顧酌酒取樂，待霧散便回。」

卻說曹操寨中，聽得擂鼓吶喊，毛玠、于禁二人慌忙飛報曹操。操傳令曰：「重霧迷江，彼軍忽至，必有埋伏，切不可輕動。可撥水軍弓弩手亂箭射之。」又差人往旱寨內喚張遼、徐晃到來……毛玠、于禁怕南軍搶入水寨，已差弓弩手在寨前放箭。少頃，旱寨內弓弩手亦到，約一萬餘人，盡皆向江中放箭，箭如雨發。孔明教把船吊回，頭東尾西，逼近水寨受箭，一面擂鼓吶喊，待至日高霧散，孔明令收船急回。二十隻船兩邊束草上，排滿箭枝。孔明令船上軍士齊聲叫曰：「謝丞相箭！」比及曹軍寨內報知曹操時，這裏船輕水急，已放回二十餘里，追之不及。曹操懊悔不已。

這一回寫得正是「用奇謀孔明借箭」。由於周瑜器量狹小，故意陷害諸葛亮：限他短期內造箭十萬枝。沒想到孔明當眾立下三日完成的軍令狀。此處令讀者心生疑惑。而周瑜又吩咐軍匠故意延遲時間，而且不將造箭所需之物件備齊。這使得此一懸念又添加了一重憂慮。等到兩日過後，期限將至，孔明絲毫沒有動靜，又讓讀者感受到事態的緊迫，同時也不知道二十隻船與兵士草束的作用為何。讀者的重重疑竇一直未獲解答，而孔明卻在第三天的四更時分，請魯肅上船收箭，到底用意何在？讀者愈來愈想知道謎底，可是故事一延再延，情節跌宕曲折。說是取箭，為何又奔向曹營？船近曹軍水寨時，為什麼要擂鼓吶喊？這樣豈不危險？一連串的

懸念製造了緊張的氣氛，直到「二十隻船兩邊束草上，排滿箭枝」，讀者才鬆了一口氣。如此符合人物性格與故事邏輯的設計，讀者在閱讀的過程中，並不會感覺到作者只是故弄玄虛而已。它適時地引發了人們追根究柢的渴望，有非看下去不可的意圖，因此成為小說創作中一種非常重要的藝術表現手法。

四、《說唐》

　　許多中國的講史小說與西方的現實主義作品，都可以在故事的「細節」或是人物的「身邊瑣事」上，多所著墨。這個部分乍看之下微不足道，但是如果取材經典，表達時又能夠做到傳神的境界，使得人物形象立體，精神飽滿，讓讀者產生一種如見其人、如聞其聲的感覺，那麼作品自然就具備了以小見大而足以感動人心的藝術魅力。中國古代話本中，便有許多這樣的例子。《說唐》第二十四回：

　　且表樓上呼三喝四，吃得熱鬧，咬金暗想：「我當初貧窮，衣食不足，今日大魚大肉，這般富貴，又且結交眾英雄，十分榮耀。」想到此處，歡喜之極，不覺把腳在樓上當的一登。恰好樓下是魯家兄弟的坐處，把那灰塵落在酒中，好似下了一陣花椒末。魯明星大怒，罵道：「樓上入娘賊的，你登什麼？」咬金在上面聽見，心頭發火，跑下樓來，罵一聲：「入娘賊，焉敢罵我？」就一拳望魯明星打來，早被明星舉手接住。兄弟兩個，兩手扯住咬金兩隻手，這兩隻空手，盡力在咬金背上如擂鼓一般打下。樓上聽得，一齊下樓來。雄信認得二人連忙

叫住，挽手上樓，彼此陪罪，依前飲酒。

程咬金在落草為寇之前，原本是一個賣竹扒子維生的窮漢，自從占據了瓦崗寨，當了首領之後，漸漸地走上草莽英雄的道路。有一回前往濟南為秦瓊的母親拜壽，與眾好漢在酒樓上暢飲。卻因歡喜之極，腳下一登，將灰塵震落在魯氏兄弟的杯中，因此發生了一場小小的糾紛。這個枝微末節的故事，對於威名赫赫的程咬金來說，幾乎是微不足道的閒筆，然而作者卻抓住了這件瑣事來描述，在著力渲染之下，呈現出細膩而傳神的情節，因而使得程咬金得意忘形的心理與性格被形象化地點明出來。

五、《聊齋志異》

中國文學講求在白描處愈發顯得筆法含蓄而餘韻無窮。特別是在詩文詞曲的結尾處，設計出一個令人意想不到的境界，使讀者玩味不盡。在小說世界裏，《聊齋志異》可說是這類創作手法的代表作。在許多篇故事中，都做到了「清音有餘」，有臨去秋波的效果。例如：〈勞山道士〉一篇，描寫王生到勞山學道，因為不堪其苦，最終只得向道士提出回家的要求。故事至此，本以為已經到了尾聲。沒想到作者再振餘波，揚起了另一個高潮。原來王生臨行前，向道士苦求學得了穿牆術，回家後迫不及待地向妻子炫耀，卻不料「頭觸硬壁，驀然而撲」。這個令人驚異的結局，不僅使得整體故事更為生動有趣，同時也辛辣地諷刺了那些投機取巧的人。因而能使讀者留下深刻的印象，有回味再三的餘韻。此外，〈侈客〉一文寫道：

董生，徐州人。好擊劍，每慷慨自負。偶於途中遇一客，跨蹇同行。與之語，談吐豪邁。詰其姓字，云：「遼陽佟姓。」問：「何往？」曰：「余出門二十年，適自海外歸耳。」董曰：「君遨遊四海，閱人綦多，曾見異人否？」佟曰：「異人何等？」董乃自述所好，恨不得異人之傳。佟曰：「異人何地無之，要必忠臣孝子，始得傳其術也。」董又毅然自許，即出佩劍，彈之而歌。又斬路側小樹，以矜其利。佟掀髯微笑，因便借觀。董授之。展玩一過，曰：「此甲鐵所鑄，為汗臭所蒸，最為下品。僕雖未聞劍術，然有一劍，頗可用。」遂於衣底出短刀尺許，以削董劍，脆如瓜瓤，應手斜斷，如馬蹄。董駭極，亦請過手，再三拂拭而後返之。邀佟至家，堅留信宿。叩以劍法，謝不知。董按膝雄談，惟靜聽而已。更既深，忽聞隔院紛拏。隔院為生父居，心驚疑。近壁凝聽，但聞人作怒聲曰：「叫汝子速出即刑，便赦汝！」少頃，似加榜掠。呻吟不絕者，真其父也。生捉戈欲往，佟止之曰：「此去恐無生理，宜審萬全。」生皇然請教。佟曰：「盜坐名相索，必將甘心焉。君無他骨肉，宜囑後事於妻子。我啟戶，為君警廝僕。」生諾，入告其妻。妻牽衣泣。生壯念頓消，遂共登樓上，尋弓覓矢，以備盜攻。倉皇未已，聞佟在樓簷上笑曰：「賊幸去矣。」燭之已杳。逡巡出，則見翁赴鄰飲，籠燭方歸。為庭前多編菅遺灰焉。乃知佟異人也。

董生向來慷慨自負，並以忠孝自許。有一天在路上遇見

一位姓佟的客人，便邀他回家，請求傳授異人之術。當天晚上，忽然聽見隔壁傳來盜賊毒打他父親的聲音。賊人威脅他的父親說：「叫你兒子出來就饒了你！」董生原本想要拿著武器去隔壁，但是終究因為他的妻子牽衣啼泣，便打消了救父的念頭。於是上樓尋弓覓矢以自衛。正在倉皇之際，卻聽說賊人已走。故事寫到這裏，已經達到了鞭笞董生偽善的目的。但是作者卻在結尾的部分接著寫道：原來盜賊是佟生用來考驗董生所施展的法術。全文在結尾時，營造了一個新的藝術效果，揭開了佟生臉上神秘的面紗，不僅使讀者猛然醒悟，也產生了令人回味無窮的藝術魅力。

第二節　西方名家與名著

西方的小說世界浩如煙海，我們除了瞭解它們的故事以外，還應該儘量地去注意這些作品的主題、結構、人物、寫作背景，與藝術技巧。同時，作者的生活與寫作過程，也是我們進入作品價值與社會影響的重要門戶。

一、《魯賓遜漂流記》與《包法利夫人》

《魯賓遜漂流記》（*Robinson Crusoe*）是英國作家丹尼爾·狄福（Daniel Defoe）於一七一九年寫成的第一部小說。在此之前，他的身分主要是一位政論家，在六十歲以後才改行寫小說。《魯賓遜漂流記》剛出版的時候，並沒有書名與作者署名，丹尼爾·狄福只在書前寫了一篇提要，內容大意是說：有一個名叫魯賓遜·克魯索的男子，原本在約克郡當

水手，後來因為乘船遇難，同船者都罹難了，只有他一個人漂流到在亞美利加海岸的一座無人島上。他在那裏生活了二十八年，最後被海盜所救。

在這篇內容提要中，作者並說本書是由魯賓遜本人所寫，而後世讀者不僅將這本書稱為《魯賓遜漂流記》，並且知道作者是丹尼爾‧狄福（圖3-4）。丹尼爾‧狄福生於一六六一年，自幼在長老教會（當時英國以正宗基督教為國教，而丹尼爾‧狄福的父親並不信奉國教）所辦的學校裏讀書，畢業後曾經從軍，後來又到法國、西班牙、葡萄牙等國經商，因生意失敗，欠下債款，所以回國後又改行。他開始寫作有關政治問題與宗教改革的政論性文章，在一七〇二年發表了一篇〈不信奉國教者的捷徑〉後，為政府當局判刑，不僅要坐監，還得戴枷示眾（圖3-5）。雖然許多市民同情他的遭遇，然而他卻無法改善自己的經濟與生活。

直到一七一五年，丹尼爾‧狄福開始考慮改寫小說。原因是當時發生了一樁水手獨自在荒島上過了四年又四個月流

圖3-4　狄福像

圖3-5　狄福帶枷示眾

浪生活的奇遇，而這件真人真事的新聞，促使丹尼爾·狄福想將它改編成小說。原來在一七〇七年左右，有一位蘇格蘭水手，名叫亞歷山大·西爾基卡，他在一艘商船上與船長發生齟齬，當船行駛到南美洲智利海岸外太平洋上的一座小島時，西爾基卡拒絕再上船，而船長也不甘示弱。於是就讓他單獨留在島上，開船揚長而去。西爾基卡在這座名為若望·費朗地茲的小島上留了四年多後，才被一艘貨船所救，之後又隨之航行各地三年多，才有機會回到英國。

　　丹尼爾·狄福根據西爾基卡的遭遇，改寫成《魯賓遜漂流記》。小說主人公是一位英國水手，因沈船遇難而漂流到無人荒島。他先設法紮了一艘木筏，並且划到沈船上去取生活必需品，之後便一個人在島上苦心經營地生活了下來。十多年後，他終於發現島上另有人煙，而且是食人族的野人。當他救了其中一個野人，並為他取名為「禮拜五」之後，他們兩人就成了相依為命的夥伴，直到英國商船將他們救回（圖3-6）。

圖3-6　《魯賓遜漂流記》彩圖版
　　　　封面

圖3-7　福樓拜像　　圖3-8　《包法利夫人》插圖

　　小說作者將新聞時事改編成文學作品的例子，還可追溯到十九世紀法國寫實主義的經典作品《包法利夫人》（*Madame Bovary*）。被後人譽爲現代小說之父的福樓拜（圖3-7），憑著陰鬱而狂放的性格，以及重實證與分析的思維習慣，將當時盛傳的一宗自殺案改寫成《包法利夫人》。這部作品是他將自己全部的感情、靈魂都融進創作的最佳見證。福樓拜寫《包法利夫人》（圖3-8）不僅是爲了向世人生動地敘述一件軼聞，他同時要披露一段歷史，批判一股風氣，昭示一種明顯的教訓。他用犀利的筆法深刻地揭露了法蘭西第二帝國腐敗的社會現實，貴族、教會的惡習敗德，以及小市民心靈的庸俗、空虛和猥瑣。

　　古斯塔夫·福樓拜，一八二一年十二月十二日出生於法國西北部諾曼第地區的盧昂。他的父親是當地市立醫院一位有名望的醫生兼院長。正因爲父親在醫院裏工作，所以福樓拜小時候常和妹妹一起爬到窗簾上偷看停放在醫院裏的屍體，看著蒼蠅在屍體和花壇中四處亂飛，使得福樓拜對人生

許多事都看得非常淡漠。十一歲時，福樓拜進入盧昂中學，在青澀的少年時期，他便已經萌生一種與人世隔絕的孤獨感。就在此時，他認識了美麗的少婦愛麗莎，然而這卻是一份無望的愛戀，福樓拜將這份情感轉移到他的小說《情感教育》（*L'Education Sentimentale*）中，而使得愛麗莎的形象在福樓拜文學中永傳不朽。

一八四一年，福樓拜進入巴黎大學法學院就讀，但他在文學創作方面的興趣卻有增無減。一八四二年他完成了《十一月》，這本書描寫了他與妓女相戀的真實故事。之後他放棄了法律課程，專心投入鍾愛的文學創作之路。此後他認識了美麗的女作家路易絲·柯蕾，兩人維持了一段長時間生活伴侶，直到福樓拜撰寫《包法利夫人》為止，之後便保持著普通朋友的關係。一八五六年起，《包法利夫人》開始在雜誌上連載，但是因為內容太過敏感而被指控為淫穢之作。後來這場官司在開庭之後被判無罪，福樓拜因而聲名大噪，成為大眾討論的焦點。

福樓拜向來被定位為寫實主義作家，他對作品的要求近乎吹毛求疵，主要表現在用字的精準與注重細節的描寫，同時他認為文學作品的形式與風格遠比內容來得重要。因此，《包法利夫人》一書花了四年多才完成。所謂寫實主義的文學作品，主要表現在作家用真實事件為小說的原始架構，並重新以細微的觀察，描繪出故事人物細膩的心理變化。《包法利夫人》描述聰慧秀麗的農村女孩——愛瑪，因為父親受傷而認識了平庸的小鎮醫生包法利。包法利為愛瑪的美貌而求婚。婚後，包法利雖然深愛他的妻子，但是平淡的婚姻生活卻讓愛瑪大失所望，在她內心深處，經常渴望能發生一段像

書裏一般既浪漫又熱烈的愛情。於是她逐漸地忽略丈夫和孩子，先認識了才華洋溢的雷昂，後來又愛上了英俊的貴族羅多夫，終於使她走上了自我毀滅的道路。

　　浪漫愛情小說在十九世紀的歐洲，往往以騎士與美女相戀的動人愛情故事流行著，那充滿詩與夢幻的動人情節，曾經成爲無數青年男女嚮往的戀愛模式。愛瑪雖然是農家女，卻曾在教會接受過教育，所以能夠讀書識字。自從嫁給了比她年長許多的鄉下醫生之後，她突然意識到她的熱鬧婚禮並未替她招來幸福的感覺。於是她開始追尋書裏讀到的「幸福」、「熱情」與「陶醉」。她想像著，如果人生可以重來，她希望選一個英俊、才華洋溢、風采翩翩的人，而不是像包法利那樣庸俗無趣的男人。終於在平淡無奇的生活中，出現了一件讓愛瑪可以期待的事，那就是到安德侯爵家作客。只是，在通宵達旦的快樂舞會過去之後，愛瑪卻陷入更無可救藥的相思中，她總是等待著絢爛的煙火在生活中爆發，然而日子卻依舊平淡無奇。於是她愈來愈憔悴蒼白，脾氣也暴躁了起來，直到包法利醫師以爲搬家可以爲愛瑪換一個新鮮的環境。不久，他們搬到了永維鎮，然而愛瑪卻又無法自拔地被律師事務所的書記雷昂所吸引，兩人一見如故，並且在純純的友誼之外，產生了心裏微妙的變化。但是對雷昂來說，愛瑪是高不可攀的；而愛瑪雖然內心充滿了慾念與嚮往，一旦見到雷昂，卻又努力裝出自己是個婚姻幸福的女子。最後，雷昂選擇了遠走他鄉，愛瑪只得又回到以往那暗淡無光、了無生氣的生活裏。

　　然而這段孤單的日子並未持續太久，在一次偶然的機會裏，她認識了花花公子羅多夫，這是個粗俗卻又精明的男

人，最熱中於男女之間的愛情遊戲，因此他一眼就看穿了愛瑪心中的孤寂。對羅多夫來說，他可以隨時想出無數勾引愛瑪的招數，而唯一令他煩惱的是，將來該如何甩掉她？羅多夫果真輕易的擄獲了愛瑪的心，愛瑪因他而沈淪，以至於瞞著丈夫大量舉債的地步。她夢想著與羅多夫私奔，可是就在他們決定出走的前一天，居然收到了羅多夫的分手信。信中堆砌了無數冠冕堂皇的理由，藉以掩飾那無恥卑劣的行徑。愛瑪為此大病一場，而寸步不離地守候著她的是她的丈夫夏爾·包法利。大病初癒後，夏爾帶她去盧昂欣賞歌劇，卻又碰巧遇到雷昂，兩人重逢，對彼此的愛意有增無減，於是愛瑪二次背叛了丈夫。為了和情人幽會，她不斷編織謊言。可是無論婚姻生活或是婚外戀情，徹底失望的愛瑪，感受到的不是幸福和熱情，而是荒誕無趣、悲哀可笑的人生。

　　福樓拜透過無數的繁瑣細節描寫包法利夫人的心理狀態，例如：在雷昂的眼中，她是個冰雪聰明的愛情高手。然而透過她與洛勒之間的債務往來，又顯示出她庸懦無知的一面。在這部充滿情欲的小說中，福樓拜並未對性愛場面做露骨的描繪，反而是以欲言又止、含蓄蘊藉的敘述手法，試圖留給讀者更大的想像空間。福樓拜技巧性地將生活瑣事帶進小說，使得虛構的文學作品得以逼真地呈現出一個醜陋的凡塵俗世。儘管福樓拜本人對現實主義和自然主義的美學風格頗有意見，但是左拉（Émile Zola）對《包法利夫人》的現實主義精神依然推崇備至，他說：「以《包法利夫人》為典型的自然主義小說的首要特徵，是準確複製生活，排除任何故事性成分。作品的結構僅在於選擇場景以及某種和諧的展開程序……」

　　事實上，在十九世紀末，即有論者以心理學和哲學分析來研讀這部小說，西方文學界甚至出現了「包法利主義」這樣的名詞，它的含義是：「人們具有把自己設想成另一個樣子的能力」。更準確地說，「包法利主義」的存在遠遠早於這部小說的出現，而且它是一個跨國界的人類共有的心理現象。即使在中國文學史上也不乏這類「心比天高，命如紙薄」的故事。《包法利夫人》乃至於福樓拜其他小說的藝術技巧，經常成為西方文學批評界討論的焦點。英國小說家亨利·詹姆斯（Henry James）曾說：「福樓拜只在表現手法中看到藝術品的存在。」福樓拜本人曾說：「我以為美的，是一本什麼也不涉及的書，一本沒有外部聯繫的書，它以自身風格的內在力量支撐自己，如同地球無所憑藉，懸在空中，一本幾乎沒有主題的書，或者至少主題幾乎是看不見的，如果這是可能的。」此外他又說：「既沒有美麗的題材，也沒有卑賤的題材，從純藝術的觀點來看，我們幾乎可以把不存在任何題材奉為格言，因為風格本身就是觀察事物的絕對方式。」

　　小說中對物體的刻畫愈精細，這個物體就愈孤立於它所從屬的那個整體，除了它作為物體存在於那裏，此外沒有其他任何的意義，就好像小說中夏爾的那頂帽子一樣。於是一九六〇年代興起的法國新小說作家群和研究福樓拜的理論家們在談及《包法利夫人》的敘述技巧和觀點時，說它是一部現代小說的祖先。他們提出福樓拜愛用被動態造句，其實就是他內心一種被動與孤僻的反射。事實上，《包法利夫人》的成功與愛瑪這個形象塑造的成功是分不開的。小說中，作者強調了社會環境對人物的影響與制約，因此在人物形象塑

造的過程中，達到了對社會批判的效果。

　　愛瑪耽溺於幻想、追求刺激、渴望愛情，她不瞭解當時法國社會的世態炎涼。她沈浸在中世紀古老貴族的遐思之中，而實際上卻生活在農村醫生的家裏。雖然作者絕對的客觀態度是不存在的，然而福樓拜還是極力強調作者不應該在作品中表示意見。在他的筆下，引發了愛瑪犯罪欲望的深層原因是腐化的社會風氣，而作家則是盡量客觀與超然地把曾經感動過自己的東西再現給讀者，同時也以更嚴厲的眼光，審視社會各階層人物在現實面前的種種形態。這樣的寫作態度，使福樓拜被公認為法國現實主義文學的大師，因為客觀性立場的敘述方式所帶來的藝術魅力，同時也為他贏得了「法國散文中的貝多芬（L. van Beethoven）」的美譽。

二、巴爾札克的《人間喜劇》

　　一七八九年，法國爆發大革命，政情在一夕之間轉變。從革命政府的大屠殺，到拿破崙（Napoleon Bonaparte）的崛起，乃至於波旁王朝的復辟，巴爾札克經歷了波濤洶湧的新時代，目睹金錢日益支配人心的現實。巴爾札克是十九世紀法國偉大的批判現實主義作家，他一生創作了九十六部長、中、短篇小說和隨筆，總名為《人間喜劇》，其中的代表作包括了《歐基尼·葛朗地》、《高老頭》等。一個多世紀以來，他的作品對世界文學的發展產生了很大的影響（圖3-9）。

　　《人間喜劇》的名稱來自於義大利詩人但丁（Dante）的名著《神曲》（*La Divina Commedia*）。話說一八四二年四月間，巴爾札克與一家出版社簽訂了合約，打算將他出版過的作品重新加以整理，再準備後續的寫作計畫。然而，他與出

圖3-9　巴爾札克像

圖3-10　但丁像

版社老闆都認為用「全集」這類的名稱，太過於平凡，於是
巴爾札克開始為自己的小說全集，構思一個有意義的總名。
因為他的寫作企圖在於描繪一個時代，他早已下定決心要寫
盡人間事，而且要如實地鋪陳，既不誇大，也不縮減。他曾
經細緻入微的剖析「老處女」（La Vieille Fille），也曾在《娼
妓盛衰記》中描寫了骯髒可鄙的社會現象，同時還揭露農民
之間殘酷的爾虞我詐……他預備寫出活動在這個時代裏的每
一個典型人物的各種面貌。就在他的寫作計畫即將陸續展開
之際，他的一位朋友從義大利旅行回來，無意間和他聊起義
大利文學，以及但丁的《神曲》，巴爾札克想到但丁這本書義
大利書名的原意為「神的喜劇」，這是一部描寫天堂地獄間種
種故事的書，所以稱為神的喜劇。既然如此，巴爾札克計畫
撰寫現世人間的小說，自然不妨題名為「人間喜劇」（圖3-
10）。

巴爾札克更進一步地將他所要描寫的人物與故事，乃至於這些事物的社會背景，分為以下數組：私生活、外省生活、巴黎人生活。若以主題區分，則又有以下各項：小孩與青年男女、鄉下人與外省人、巴黎人的糜爛與罪惡，以及軍事生活、政治生活、哲學研究……等等。例如：哲學研究這一部分，他打算以小說的形式分析那些決定社會上各種人物性格的基本因素。此外，巴爾札克還擬定了採用小說的形式──主要是用人物故事，來探討十九世紀的社會病理學，以及改善當時哲學與政治對話空間等專題。依據他的寫作計畫，他要寫下一百四十四部小說，內容將容納整個法國社會。他在〈自序〉中說明這部大書的輪廓：

> 私生活景象的部分要描寫童年和青年，他們所經歷的那種不可靠的路程。外省生活景象部分將顯示這些人所經歷的情欲、計算、自私與野心。巴黎人生活的部分，則描寫各種趣味和罪行的發展面貌，以及在毫無拘束之下所從事的各種不軌的行為，因為這正是都市生活風貌與道德特徵。在這裏，善與惡不免要發生激烈的衝突了。
>
> 完成了社會生活的三個部分後，我仍有未完的工作。我要表現出在某些特殊生活情況下的典型人物，這些站在法律之外的人，實際上是某些生活趣味的代表或集合體。為了這些故事，我還要寫出政治生活的景象。當我完成了這一大部分之後，我仍不免要抒發這些景象在發揮它最凶猛的功能，亦即，當它為了自衛或征服時所出現的軍事生活景象。最後，我還要寫出鄉村的生活風貌，這將是我從事寫作與社會戲劇的最後一部分工作。

在這最後的章節裏，我筆下最純潔的人物，以及我心目中秩序、政治與道德的最高原則都將出現。

巴爾札克所欲完成的是一部完整的社會生活歷史，其中的每一章都是一部小說，而每一部小說就代表一個時代。這部寫作計畫的範圍不僅包括了現實社會的歷史與批判，同時也要對它的罪惡本質進行分析，以及闡明理想中應有的基本原則。可惜的是，巴爾札克在一八五〇年八月去世時，還來不及完成他的全部計畫，但是他已經先後寫下了六十多部小說，其中著名的長篇作品如《高老頭》、《表妹彭絲》、《歐基尼・葛朗地》等，此外還有許多中篇及短篇小說（圖3-11）。

巴爾札克出生在一個法國大革命以後致富的中產家庭，學生時代雖然在課業上表現平平，然而他卻總是埋首閱讀，

圖3-11　《歐基妮・葛朗地》插畫

而且經常選擇一些與他年齡並不相稱的書籍，因而很早就對
人生中的許多哲理發生興趣，同時培養了敏銳的觀察能力，
這些自我訓練無意間爲他日後成爲偉大小說家奠下厚實的基
礎。他的成長過程正值拿破崙創造輝煌歷史的後期，當時許
多中產階級的法國父母希望子女選擇法律作爲自己的學業與
將來的職業，巴爾札克也曾經攻讀法律，並且在畢業後到公
證人和訴訟代理人事務所實習，也是在這段期間裏，他愈來
愈清楚地意識到自己眞正有興趣的是文學工作，法律學校畢
業後，巴爾札克拒絕父母爲他選擇的法律職業，而立志當文
學家。

　　爲了獲取獨立創作的空間，他曾插足商業，從事出版印
刷的業務，然而都以破產告終。這些人生歷練日後都成爲他
認識社會、描寫現實的第一手材料。同時，他也不斷地探索
哲學、經濟學、歷史、自然科學，以及神學等廣博的知識，
來爲他的小說奠下扎實的基礎。一八二九年，巴爾札克完成
了法國批判現實主義文學的長篇代表作《朱安黨人》，這部作
品取材於現實生活，成爲他計畫中逐步完成的大河小說（總
名爲《人間喜劇》）的第一塊基石。在《人間喜劇》的「前言」
裏，巴爾札克闡述了他的創作方法與基本原則，從而奠定了
法國批判現實主義文學的理論基礎。一八三四年巴爾札克撰
寫《高老頭》的時候，他創造出使人物一再登場的表達方
式，於是他的書中人物在多部作品裏反覆地出現，確定了一
部連貫形式的巨型小說。這部龐大的小說架構，大約集合了
兩千多名人物，而巴爾札克的藝術成就主要在於小說結構方
面的匠心獨運。他的小說不拘一格，而且善於以精準地描摹
人物的外形同時映照出內心的精神狀態。例如：《兩個新嫁

娘》裏，作者透過女兒（路易絲）的眼光，審視八年來初次見面的母親時，曾描述道：「雖然已經三十八歲，她還是美若天仙；她的眼睛黑裏透藍，睫毛柔軟如絲，額上沒有一道皺紋，那白裏透紅的皮膚使人以為她施了脂粉；她的肩膀和胸脯堪稱卓絕，腰肢和你（路易絲的同學勒內）一樣纖細；她的手美得少有，白得像奶，那潔淨的指甲富有光澤，小指微微叉開，大拇指如象牙雕成；她的腳也同樣好看……那樣的西班牙式的秀足。」

　　此外，路易絲對自我形貌的描述，則更為細膩、精彩：「……我的整個身段是秀美挺拔的，健康的活力使這些剛勁的線條變得柔美純淨。蓬勃的生命和藍色的血液（當時人們以為貴族的血液是藍色的，其實是藍色的靜脈在白皮膚下特別明顯的緣故），像潮水似的湧在半透明的皮膚下面。金髮夏娃最美的女兒和我相比，也不過是個黑娃娃而已！我還有一雙羚羊的腳骨，我的整個肩膀十分纖巧，我的容貌端正，輪廓有如希臘人。不錯，我的肌膚的色調不大柔和，但很鮮豔。我是一顆漂亮的青蘋果，我有那種未成熟的風姿。總而言之，我就像姑母的舊祈禱書裏那尊聳立在紫百合花叢中的神像。我的藍眼珠毫不呆滯，非常有神，螺鈿般的眼白由於一些美麗的細小纖維而略帶色彩。兩道細長濃密的睫毛宛如一對絲綢的流蘇。我的前額閃爍著光澤，一絲絲秀髮柔滑馴順，像一層層中間呈栗色的金色細浪，其間偶有幾根顯得桀驁不馴，充分說明我不是一個平淡無奇、容易暈倒的金髮女子，而是一個熱血沸騰、喜歡進攻而不是束手待斃的南方型金髮美人……我的鼻子狹長，兩個鼻孔十分勻稱，中間隔著一道可愛的玫瑰色軟壁，它顯得威嚴，而帶有嘲弄的意味…

…」

　　巴爾札克精細入微、生動逼眞的環境描寫，也往往能夠成功地再現時代風貌。他使人體會到，一位成功的小說家所能提供讀者的社會各領域中豐富無比的生動細節和形象化的歷史材料，遠比歷史學家、經濟學家，以及統計學家所能提供的還多。例如：《高老頭》的故事情節裏，有兩條主線相互交織，一是老人對無情無義的女兒毫無保留的奉獻與犧牲所呈現的父愛，其間作者頗有意將這段父女之情描述成接近偏執狂與人倫亂象的曖昧關係；另一則是野心勃勃的大學生第一次到擁擠腐化的巴黎時所經歷的攀越與掙扎。書中的主要人物有三，分別是：拉斯蒂涅克、高里奧（即高老頭），以及伏脫冷（圖3-12）。

　　拉斯蒂涅克是本書的主角，他原本是一個善良清白、熱情又有才氣的青年，從鄉下到巴黎攻讀法律，準備將來做個清廉的法官。初次來到巴黎，大都會的喧嘩與光彩奪目的酒會、劇院、貴婦，不斷地激發他攀升到上流社會的野心。於是伏脫冷（對社會罪惡有極深刻認識的越獄犯）教導他：踩著別人的背往上爬。幸好拉斯蒂涅克始終保有一點純潔，使得他在發現高老頭這個人物後，爲他的父愛所感動，充分表現出人性最初的眞實面貌。直到本書結尾時，人間的自私、無情和虛僞，使他淌乾了最後

圖3-12　《高老頭》插圖

一滴眼淚。從此他完成了巴黎社會的啓蒙教育，踏上了比伏脫冷更狡猾更精細的征服巴黎之路。小說本身就是拉斯蒂涅克認識社會以及學習處世訣竅的過程。高老頭是一個癡心的父親，把全部感情都寄託在兩個女兒身上，心甘情願讓她們榨乾了畢生的心血。臨終時，一個女兒在參加舞會，另一個則在看戲，都不願意回去看望他。本書以他爲名，是因爲他是三個主角中，唯一生命與本書同時結束的，其他兩人的故事則繼續出現在其他新作中。《高老頭》的內容豐富多樣，既是一部描述父愛的小說，同時又呈現出心理學、現實主義，與哲理思維等主題意識。

三、莫泊桑的《脂肪球》

世界上有許多成功的文學作品，當初可能耗費了作者相當的時間與精力。例如：《紅樓夢》裏，曹雪芹就告訴過我們：「字字看來皆是血，十年辛苦不尋常。」相較之下，法國寫實作家莫泊桑在一夜之間寫成〈脂肪球〉（**Ball-of-Fat**）（亦名〈羊脂球〉）的故事，可以算是一個幸運的實例。

一八七九年夏天，二十九歲的莫泊桑在從事了十年的文藝工作之後，已經與當時文壇上的多位大師建立起亦師亦友的關係，尤其是福樓拜與左拉（**圖3-13**）。左拉當時在梅丹置有避暑別墅，每年夏季都邀請朋友到他的別墅享受美酒佳餚，並且一同打獵、釣魚、划船、游泳……在一個明月當空的夜晚，朋友們提議大家輪番講故事，由左拉開始，先講了一個「磨坊的攻擊」，其次由莫泊桑說了一個「脂肪球」，其餘四人也各自說出了即興之作。而這些作品日後都編在《梅丹之夜》裏，成爲一部名家小說集，同時這部小說集的出版

也造成了法國文壇的轟動，主要的原因在於莫泊桑這位後起之秀所作的〈脂肪球〉，掩蓋了左拉等多位大師的鋒芒（圖3-14）。

　　〈脂肪球〉的故事是敘述在普法戰爭期間，當普魯士的軍隊占領了諾曼第之後，許多法國人都想逃離敵區。其中有一群人一同僱了馬車前往第厄普。這一群十個人當中，有三對是夫婦，兩位修女，一名單身男子，另外就是小說的女主人公，一位曾經做過妓女的伊麗莎白·洛塞小姐。伊麗莎白長得肥肥胖胖的，所以她的外號叫「脂肪球」。當車子開離諾曼第之後，修女低頭數著念珠，三位太太們因為知道脂肪球的身分而刻意忽視她，甚至於低聲咒罵著。然而車子在行走了一段路途之後，突然為大雪所阻，以致未能及時趕到下一個市鎮。此刻大夥兒都飢餓難忍，脂肪球突然從座位下拉出一個籃子，裏面盛滿了雞肉、葡萄酒、香腸……等各式各樣美

圖3-13　左拉像

圖3-14　莫泊桑像

圖3-15　〈脂肪球〉插畫

味的食物。脂肪球將這些食物分給大家。而第一個動手取食物的是那名單身男子，接著是兩位修女，然後那三位高貴的太太也都接受了脂肪球的招待。大家吃飽了以後，都轉變了對脂肪球的態度，途中時而交談，相處得愈來愈熱絡（**圖3-15**）。

　　車子到了駐紮德國兵的小鎮，午飯時，飯店老闆突然來傳喚脂肪球去見德軍。十分鐘後，脂肪球怒氣沖沖地回來了，口中還不斷地大罵！原來德軍對她有非分的要求，卻被她拒絕了。第二天早上，車夫便收到通知，不許他們離開。此後幾天，脂肪球與德軍僵持不下，每次飯店老闆來找脂肪球，都被她痛罵。起初其他九人也同樣義憤填膺，聲明絕不接受這屈辱的要求。然而，不久之後，他們意識到除非犧牲脂肪球，否則不可能離開此地。於是那三對夫婦開始向脂肪球進行遊說，並且舉出許多歐洲名女人以色相救國的偉大故

事，企圖打動脂肪球。最後連老修女也加入勸說，她說她此行是打算去阿弗爾照顧法國傷兵的，如果去遲了，可能會有許多傷兵喪命。她並且告訴脂肪球，只要動機純良，上帝會赦免人們的罪。

修女的話感動了脂肪球，為了眼前這九位同胞，也為了遠方的法國傷兵，她終於接受了德軍的要求。這使得大家同感喜悅，只有那名單身漢仗義直言地把同行者痛罵了一頓。第二天，這十個人上了馬車，準備繼續前進。然而這時候車上的氣氛卻非常凝重，好像脂肪球生了嚴重傳染病似的，三位太太唯恐沾惹晦氣，都不願與她同座。這一次每個人都帶了足夠的糧食上車，只有脂肪球過於匆忙而沒有準備。但是卻沒有一個人願意分配食物給她，於是她只能獨自痛苦地哭泣著。莫泊桑的故事到此為止，文中受到自然主義風格的影響，自始至終並未對人物進行褒貶，只是如實地陳述事件本身發生的經過。然而讀者卻很容易分判出人性中的善惡。這樣的筆法正是寫實主義的正宗，作者絕不摻入自己的主觀成分，只是客觀地將所見所聞忠實地記錄下來。至於書中人物的美善與醜惡，則完全訴諸讀者的良知。莫泊桑往往在淡淡幾筆勾勒之下，就將小說人物的整體輪廓具體呈現出來。例如在後段旅途中，兩名修女好像忘了之前曾經吃過脂肪球的食物，她們逕自取出自己的食物來，吃飽之後又將剩下的香腸包起來，繼續低頭禱告，這樣的嘴臉怎不令讀者感到世態炎涼，而對人性中自私的成分感到深深的不齒？

莫泊桑在世界文壇上是著名的短篇小說之王，他的作品時常被許多國家選為教材，主要的原因是他能夠用細膩的筆法，讓簡單的故事凸顯出深刻的時代意義。他在現實生活裏

蒐集寫作的題材，用敏銳的觀察力發現身旁周遭極為平凡的故事，然後感受它存在的價值。就像〈脂肪球〉的寫作背景是莫泊桑赴巴黎研習法律時，恰好遭逢普法戰爭，學業因此被迫中輟，莫泊桑並且應召入伍。而這段戰爭的經歷，也就成了絕佳的小說素材。他的每一篇故事都有緊湊的結構與高明的描寫技巧，能夠使人物與故事在平凡中顯出偉大。在文學道路上，他曾刻意地追隨像福樓拜這樣優秀的前輩作家，而福樓拜不僅給予莫泊桑嚴格且誠懇的教導，同時還引介文壇上有名的作家與他交往。莫泊桑就在與作家們互相切磋、潛移默化之中，得到了珍貴的文學養分，使他在藝術修養上更上層樓。

四、托爾斯泰的《戰爭與和平》

英國當代小說家毛姆（W. S. Maugham）曾對托爾斯泰的《戰爭與和平》（*War and Peace*）做出如下的高度評價：「以前從沒有一部小說題材能這樣廣泛，描寫的歷史這樣重要，人物這樣眾多。我敢說今後也不會再有這樣的洋洋巨著。」從這段話中，我們可以初步瞭解《戰爭與和平》在世界文學史上的重要價值與地位。這部小說的社會背景是十八世紀末葉，拿破崙征俄失敗時，俄國上至王公貴族、下至販夫農奴的浮世繪。小說情節的最高潮處，在於拿破崙進攻俄國火燒莫斯科的一幕，而這部小說的重要特色，還在於五百多個人物，各有其不同的面貌與性格，比中國小說描寫人物最多與最生動的《紅樓夢》、《水滸傳》等，有過之而無不及。例如：《紅樓夢》裏雖然描寫出賈、史、王、薛四大家族，一損俱損，一榮皆榮，聯絡有親的依存關係，但實際上小說的

主要場景都在賈府，其餘三家只是陪襯。而《戰爭與和平》則確實寫出了羅斯托夫家、包爾各斯基斯家、戈拉琴斯家，與貝齊克霍夫斯家等四個貴族家庭的生活故事（圖3-16）。

　　以長篇小說寫作大家庭故事的藝術技巧而言，如果不能巧妙地運用人物與故事，將幾個家族串聯起來，則很容易犯了彼此隔離的毛病，使得小說看起來，名義上是一部書，實際上卻是許多零散短篇的組合。《戰爭與和平》在寫作技巧上的高明之處，在於使四個家庭形成一個故事，好像有一條無形的繩子穿插在四個貴族之間，作家只要將繩子牽在手裏，故事與故事之間便能緊密結合，有如天衣無縫。這一項優點在中國說部裏往往不容易見到，大約同時期的小說如《儒林外史》、《官場現形記》等，在小說結構的安排上，都呈現出每一個故事各自獨立，很難用一條線索串聯起來的狀況（圖3-17）。

圖3-16　列夫・托爾斯泰肖像

圖3-17　《戰爭與和平》電影海報

　　再者，托爾斯泰對戰爭場面的鋪陳，無疑也是這部小說最成功的地方。其中描寫拿破崙征俄的歷史場景，在聲勢上絕不亞於《三國演義》裏的赤壁之戰與猇亭之戰。此外，托爾斯泰在女性角色的刻畫方面，也有獨到的藝術見解。以羅斯托夫伯爵的小女兒娜泰夏爲例，她的性格就呈現出豐富飽滿的立體感。她美麗、聰明，富有同情心，有時熱情、充滿理想，有時固執又任性。無獨有偶的是書中的男性角色，如畢爾‧貝齊克霍夫與安德魯親王等，也是如此，他們不但驕傲、豪爽、心地坦白，同時也可能優柔寡斷而又目空一切。托爾斯泰顯然認爲這樣地表述人物，才能夠如實地呈現出人生的完整樣態。中國傳統小說裏，時常出現好人與壞人、忠與奸、善與惡二元對立的扁平形象，即使上乘之作，也在「自古名將如紅顏，不許人間見白頭」的美感關照下，很難呈現出眞實而完整的人生。中國人不願見到綠珠、虞姬、王昭君、息夫人等美人克享天年，也很難想像讓林黛玉能多活六十年，而變成另一個賈母。可是托爾斯泰卻不同，他不僅讓娜泰夏結婚生子，而且勇敢地將她轉變爲一個不再可愛卻很精明的婦人，猶如羅斯托夫在晚年也變成更肥更糊塗的鄉間紳士一樣，托爾斯泰如實地寫下去，不僅突破了唯美的書寫模式，同時在他勇敢地面對現實人生的態度下，也替世界文學史上的小說與人生這一重要課題，開創出新的寫實風貌（圖3-18）。

五、都德的《小東西》

　　法國自然主義作家同時也是愛情詩人──都德（Alphonse Daudet），一八四〇年出生於法國尼門的望族。不幸的是，隨

圖3-18　托爾斯泰耕作圖

著他的成長，這個貴族家庭卻沒落了。於是，都德的童年與
青少年時期，歷經了貧困與憂鬱。十六歲時，他離開家庭，
展開了一生坎坷、流浪，與放蕩不羈的苦難生涯。《小東西》
是他的代表作，這不僅是一部長篇小說，同時也是以都德生
平事蹟爲主要演述對象，再加上修葺與渲染等筆法而寫成的
自傳體作品。小說一開始即描寫一個爲家庭帶來一連串不幸
的小孩，家人在他出生之後，相繼事業失敗、漂泊離散。小
東西自幼崇拜漂流到荒島的傳奇人物——魯賓遜，於是在他
被趕出家園後，雖然過著不斷被嘲弄與凌辱的日子，可是他
心中依然懷抱著夢想，他在當學徒的刻苦歲月裏，還不忘記
努力自修，希望有一天憑藉自己的力量，重整破碎的家園。
然而由於他太過於純眞，不知人心險惡，以至於曾經一度遭
人愚弄到幾乎要自殺的地步。幸好善良正直的教士適時伸出

了援手，幫助他渡過難關，而小東西也隨即離開了傷心地，前往巴黎依靠哥哥謀生。

曾經備受命運磨練的哥哥，為了鼓勵小東西創作，用自己在侯爵家裏當秘書的微薄待遇讓弟弟自費出版詩集，沒想到書賣不出去，導致欠下大筆債務。在這黑暗絕望的時刻，唯一使小東西安慰的是他的愛情。然而如果此時小東西可以為了愛人堅持努力下去，那麼他的前途依然是光明的。只可惜他抵擋不住邪惡習氣的誘惑，小東西終於淪落到藝場中去扮演小丑。作者藉由小說主人公的墮落，嘲諷了當時巴黎社交界的藝人與藝術家。直到小東西的哥哥放棄了自己的職位，努力將他從荒唐的藝場中救出，小東西才恍然大悟，重新振作起來。然而哥哥畢竟太累了，只得帶著對弟弟的期望離開人世。母親為此哭盲了雙眼，小東西在如此沈重的打擊中，勵志揮別生命中最黯淡的一頁，從此腳踏實地開創人生。

作者運用第一人稱主述的形式，將自己的兒童成長經歷寫成自傳體小說，內容描述現實社會對稚弱心靈的殘害，也道出了人性在理智與情欲之間掙扎的種種陷阱。都德本身也是詩歌、散文與戲劇等各方面的創作高手，因此他時常在各種文類之間變換筆法，尤其是插入了詩劇等不同類型的體裁，從而豐富與加強了作品的藝術效果。

第三節　童話與民間文學

童話，隱含了人類潛意識中關於希望、夢想，甚至於恐

懼的心理。它所傳達的思想能夠幫助兒童成長心靈、啓發智慧；同時因爲它的形式與技巧來自文學，因此探討如何以文學形式描繪人類集體潛意識裏的情結，能夠幫助我們從另一個角度審視文學的初始形象。因爲從人類學的角度來看，童話往往也正是民間傳說、風俗與信仰的傳承，於是我們在閱讀童話故事的過程中，同時也看到了人類生命成長的共同軌跡。

　　童話雖然主要以兒童爲訴說對象，然而許多故事卻往往富有啓發性，不僅能使各年齡層的人都受到感動，同時還可能跨越世代與地域，說出人類共同的心聲。從榮格（Carl Gustav Jung）的心理學分析看來，這些由童話所喚起的心靈共鳴，其實正是人類的集體潛意識。因此賞析兒童文學也就成爲我們試圖描繪人類廣泛經驗的開端。近年來更有精神分析等臨床實驗來輔助研究世界各國童話，並將研究心得應用在心理治療上，顯示童話書寫洞察人生與心理的現象。因此我們不妨採取廣泛的童話定義，使得神話、傳說、民間故事，乃至於創作式的幻想童話都包含其中，因爲世界上最重要的童話故事集之一的格林童話，就是從民間文學到創作童話之具體過程的展現。

一、格林童話與德國浪漫派文風

　　德國的雅各·格林（Jakob Grimm）與威廉·格林（Wilhelm Grimm）兩兄弟在十九世紀初，因著作《兒童與家庭童話集》（*Kinder- und Hausmarchen*）而聞名於世。他們廣泛蒐羅民間故事，並且盡可能地保留民間口傳文學的特質，進而編寫成著名的童話故事集。由於終身樂於從事學術研究

與民歌採集、撰寫的工作，因此兄弟倆一生長時間共同地生活與工作，即使在威廉結婚之後。雖然民間文學在修辭上並未能臻至精細，然而粗糙與原始的文字，往往更貼近人類自古以來的心理，而且包含了隱微不顯的負面情緒，以及對自然的害怕與恐懼之情。

格林兄弟出生於萊因河畔的哈瑙城。父親原爲律師，卻英年早逝，所以這對兄弟是由母親一人負擔家計、依靠親戚而養大的。長成後的格林兄弟都在馬堡大學研讀法律。母親過世後，二十三歲的哥哥雅各擔負起家庭重擔，此後單看這兩兄弟相親相愛、不離不棄的共同生活與工作，已經是世間罕見的傳奇故事了。他們除了堅守終身熱愛的志業以外，更有不向權威低頭的知識分子風範，一八三七年，新任漢諾威國王恩斯特‧奧克斯特二世（Ernst August II）即位，然而他同時拒絕向憲法宣誓，起初政府官員與知識分子都曾表示抗議，但是最終卻在統治者的威權之下妥協了。唯有在哥廷根大學任教的七位教授，包括格林兄弟在內，勇敢地繼續聯名向國王請願。他們認爲：國王廢除基本法是違法的行徑。他們身爲傳道授業的教師，唯有堅守個人信仰，才能正確地影響下一代。當年十二月，國王惱羞成怒，免去了他們的職務。格林兄弟與文學史教授格爾威努斯（Gervenus）甚至被驅逐出境。離開國境那天，哥大數百名學生在酷寒之中，徒步前往邊境爲他們送行。他們將馬匹從車轅卸下，將拖車皮帶套上自己的脖子，親自護送親愛的老師們離開邊境，並且用致詞、獻花與高唱愛國歌曲來表達惜別之情。賦閒一段時間之後，格林兄弟應普魯士國王腓特烈‧威廉四世（Friedrich Wilhelm IV）之邀，赴柏林擔任皇家科學院院士，並在柏林大

學執教，兩兄弟因而得到了生活的保障（圖3-19）。

十八世紀德國文學受到法國啓蒙主義的影響，同時又爲法國大革命所震撼，因而逐漸興起了挑戰封建思想的狂飆運動，並且努力追求古典人道主義，例如歌德的長篇小說《威廉・麥斯特的學徒生涯》一書就凸顯了人文教育的重要。這段時期，德國文學界不僅刻意追求純文學的美學語言藝術，同時也企圖養成完美的人格，代表作包括了席勒（F. von Schiller）的《唐・卡洛斯》與歌德的《浮士德》（*Faust*），它們完成於法國大革命前後，奠定了德國文學在世界文壇的地位。

在這波古典主義文學浪潮達到高峰之際，另一股洶湧的文學洪流即爲德國思想界所推動的浪漫主義文學運動。德國早期浪漫主義文學理論的名言是：「浪漫文學是漸進的全一性文學。」他們認爲：「神話有一個很大的優越。以往永遠逃脫意識的東西，在這裏卻以感性和精神的方式觀照出，就像靈魂在他四周的軀體中。通過這個軀體，靈魂閃進了我們的眼睛，對我們的耳朵說話。」浪漫主義文學家想要拋棄理性思維所具有的格式與章法，將人類的思考模式重新放置在想像與美的迷惘中，用五彩繽紛、荒唐古怪的古代神祇來象徵人類自然初始的混亂。他們呼籲文

圖3-19　格林兄弟

學界復活偉大的古代文化和那些燦爛的神祇，只要全面考察古代神話，就能看到一切事物的新生命與新光輝，因為這其中飽含了各民族文化教養的意蘊，它同時可以帶來現代神話的產生。

到了十九世紀初，浪漫派文學進入了高潮，詩人與哲學家以生、死為主題，對生命、藝術的頌歌和冥想，強調了信仰、生活與藝術的統一。詩人顛覆了以往哲學家安排得井然有序的事物，他們說：「生是死的開始。生是為了死。死是結束，同時也是開始，是分離，同時也是更緊密的自我連結。通過死而完成了還原。」「哪裏有兒童，哪裏就有黃金時代。」「寓言學包含著原型世界，它包括古代、現代和未來。」於是童話小說伴隨著浪漫主義文學思潮而誕生，抒情詩人甚至認為，只有童話才是表現神秘整體世界的最佳文學形式。在宣揚神秘主義的文學著作裏，小藍花（風信子）與小玫瑰正式成為象徵浪漫派詩歌的主題，詩人用她們來對抗啟蒙哲學與古典主義思想。

浪漫主義文學家與哲學家所關心的是民族前途與民間文學。格林兄弟正是其中的佼佼者，他們曾不遺餘力地蒐集與編寫一切中古世紀以來的德國童話與傳說，並用動人的筆觸，寫出了小市民及兒童喜愛的文學作品。雖然這項工作在他們的生活中略帶遊戲性質，然而他們的作品確實跨越了消遣的作用，而實際影響了不只一個年齡層或社會階層的讀者群。格林兄弟所編撰的通俗文學，包括了童話及小說，在文學欣賞與語文教育上，都可視為一種特殊的文類。雖然童話與傳奇、神話、謎語……等，在文類上都可以劃歸為「敘述文學」（narratives），然而，童話通常並不是敘述者直接陳述

的忠實紀錄，而是經過文人修飾以成書。回溯十七世紀的歐洲，童話還在不登大雅之列，往後經過古典派文學家如歌德以及浪漫派語文學家格林兄弟的大力提倡，童話文學才終於在十九世紀初於拘謹的德國古典文學殿堂裏，占有了一席之地。

二、民間文學的藝術感染力

正因爲初期的童話故事採集自民間，所以關於童話的書寫應該忠於自然？還是介入大量的藝術剪裁？曾經引發討論。倘若我們想從格林童話中進行考察，那麼得到的答案將是傾向於後者的。格林兄弟成長於德國浪漫主義思潮的高峰期，他們嚮往古代德國人心的純樸與生活中的詩情畫意，對德國語言、詩歌及民間文學方面的研究，數十年如一日。他們從事童話的蒐集與編撰，同時也引發人們對鄉土的熱愛。對於雅各·格林而言，藝術是需要經過調製的，一如將食材製作成精美的菜餚一般，必須是一位具有創造性的作家，才能在民間文學的素材上，反思它們在民族精神世界裏所扮演的角色，從而擴充成具有詩人語言特質的藝術童話。

十八世紀末到十九世紀初，德國經歷了拿破崙征服戰爭的劫難，卻不料反而激盪出更耀眼的文學成就。事實上浪漫主義在德國哲學與音樂等方面也同時達到了輝煌的成就：康德（I. Kant）、費希特（J. G. Fichte）、謝林（F. Schelling）、黑格爾（G. W. F. Hegel），以及海頓（J. Haydn）、莫札特（W. A. Mozart）、貝多芬等人，對古典主義和理性主義的反動，強調藝術是個性的自由發展，試圖帶領讀者進入想像、夢幻與虛構的世界，然後進入潛意識的深層世界。在此哲學潮流

中，格林兄弟所蒐集的民俗童話故事，最能反映日耳曼的民族神話傳統及世界觀。十九世紀初，在海德堡形成的晚期浪漫派，包括格林兄弟等人，他們關心民族的前途，重視蒐集整理民間文化遺產。他們以德國古代詩歌和文學的蒐集整理作為終身的職志。

事實上，哥哥雅各最早發表的論文，就曾討論傳奇、詩歌與歷史的關係。一八一一年他出版了第一本書，書名為《關於古德意志民歌》。一八一五年出版了第二本學術著作《關於神像及神柱的神話研究》。同年他還選譯了古西班牙美麗而稀奇的浪漫詩歌。弟弟威廉則在一八一一年也出版了十六、七世紀古丹麥英雄詩、民歌與童話的翻譯集。這本書很能表現出北方民族文學的特徵，那就是充滿了童話、原始、謎樣的而又粗野、殘酷的特性。一八一三年，他又出版了《三首古蘇格蘭歌曲之原文與翻譯》，附錄中詳盡、縝密的補遺與校勘，為他們日後蒐集童話故事奠定了基礎。至於格林兄弟第一次共同具名的著作則是《八世紀兩首德意志最古老的詩》，一八一三到一八一六年，他們還共同刊行了一本學術雜誌──《古德意志的森林》，其宗旨在於助長古德意志學術精神的再生，討論詩歌與歷史的相互關係，以及詮釋德意志和北歐民族所流傳的英雄神話等等。

一八○六年起，他們開始蒐集童話，當時參與口述的大都是黑森與哈瑙地區的知識分子，其中以年輕女子占大多數。其中威樂德太太跟她的兩個女兒葛瑞琴（Gretchen）與竇爾琴（Dortchen）（後者嫁給威廉），以及哈森福魯格（Hassenpfug）家的三姊妹，都是箇中能手。他們整整花了六年工夫，才將一個個童話故事記錄下來。一八一二年初，第

圖3-20　格林兄弟（右二、右三）

一版問世，此後直到一八一五年，才有第二冊的出版，書名
為《兒童與家庭童話集》。一八一九年增補與修正版定梓。一
八二二年，由威廉單獨執筆，又出版了第三冊。書中對各童
話故事詳作註解，同時也附有兩百個故事的來源說明與文獻
出處。其中也曾對中東童話故事，如《天方夜譚》（*One
Thousand Nights and One Night*）與中國及日本的童話簡略提
及。格林童話的編撰成書，確實為德國童話建立起研究體例，
令學術界開始注意到這個原來被冷落的領域（圖3-20）。

　　歷來解讀格林童話的論述，包括了民俗學、人類學，以
及心理學……等等。以〈小精靈〉一篇為例：

　　　　從前有個鞋匠，他和太太的生活十分貧困，無論他們再
　　　　怎麼努力，情況還是愈來愈糟。有一天，鞋匠發現店裏
　　　　只剩下一塊小皮革，但是他並不氣餒，仍舊坐下來仔細

地剪裁那塊皮革，準備好好地縫一雙鞋子。夜幕低垂時，鞋匠的工作還沒有完成，於是他把工作留待天明。

第二天，鞋匠回到店裏時卻赫然發現鞋子已經縫製完成了！而且這雙鞋子做得非常好，客人很喜歡，便用雙倍的價錢買下它們。鞋匠用得來的錢買了更多的皮革，然後又花了一整天的時間裁剪那些新皮革。夜晚再度降臨，他又放下了手邊的工作，上床休息。

隔天一早，鞋匠又發現店裏多了好幾雙新鞋子，那位神秘的幫手又來過了。這次出現的新鞋比第一次出現的那雙還要漂亮，鞋匠把鞋子賣掉，買了更多的新皮革，小心翼翼地剪裁好，然後把剪好的皮革留在店裏。第四天一早，他發現工作檯上整整齊齊地排著一列靴子、涼鞋和皮鞋。

就這樣，鞋匠的生活很快地好轉，他店裏的美麗鞋子也很快就遠近馳名。

聖誕節快到了，鞋匠對太太說：「我們一定要找在黑夜裏幫助我們的人，以便向他們道謝。」他的太太同意了。那天晚上他們兩人躲在店裏，焦急地等待著，接近午夜時分，他們忽然聽見有人唱歌的聲音，接著就看見兩個小精靈從窗戶外面跳進來，這兩個小精靈身上都沒有穿衣服，腳丫也都光著，一副無憂無慮、自由自在的模樣。他們在店裏跳舞、唱歌、翻筋斗，接著就坐下來，開始縫製鞋子，不過一眨眼的工夫，他們就做完了所有的工作，在屋裏嬉戲跳躍，最後消失在窗外的月光裏。

鞋匠與太太簡直不敢相信自己的眼睛。「是兩個小精靈

在幫我們，」鞋匠說，「我們一定要給他們一點禮物，謝謝他們。」當時是冬天，小精靈的身上沒穿衣服，因此鞋匠和太太就決定送小精靈們衣服。鞋匠自己縫了兩雙小小的靴子，旁邊還鑲上毛皮，他太太則用羊毛布料縫了兩件夾克和兩條長褲，每一件都又溫暖又舒適。

聖誕夜來臨時，鞋匠和太太把做好的禮物放在店裏，然後躲在一旁偷看。午夜一到，兩個小精靈又從窗外跳進來，環顧四周，臉上露出困惑的表情，因為他們找不到要縫的皮革，也沒有縫鞋的工具可使用，然後他們看到了禮物。

小精靈們穿上襯衫與外套，每件衣服的大小都剛剛好。兩個小精靈一面欣賞彼此身上的衣服，一面高興地翩翩起舞，接著就消失在窗外的月光裏。鞋匠和太太高興極了，滿心歡喜地上床睡覺。

可是第二天晚上小精靈沒有再回來，第三天晚上也沒有，從此小精靈就沒有再出現。「我們到底做了什麼？」鞋匠與太太自問。但他們兩個都是腳踏實地的人，於是鞋匠又再度開始工作，經過一番練習，他做的鞋子就和小精靈做的一樣漂亮，從此過著幸福快樂的生活。

「魔法」在童話世界裏是相當普遍的主題，無憂無慮的小精靈事實上象徵著基督教文明之前的異教文化，那時的人們過著百無禁忌、自由自在的生活，相對於基督教文明講究的禮教與規範，小精靈們就顯得既天真又活潑，他們最大的特徵是沒有穿衣服，而且他們只在夜晚出現。那是因為他們還未受到社會化的束縛，於是他們渾身都散發著魔術師原始的

創造力。這樣的童話故事人物，當然也與它的讀者們——無憂無慮的兒童與青少年，有很大的同質性。然而在鞋匠與太太感激地贈送他們衣服與鞋子之後，他們便從此一去不回了，魔法的消失同時暗示我們，孩子們總有一天會長大到放棄玩耍，承擔起社會的義務與責任。

第四章

尋找韻律之美——韻文
的發展

文體大致可分為韻文與非韻文兩類。其中協韻的文章，朗讀起來具有彷彿聆聽音樂的和諧聲響，同時在文學形式上也時常不脫華麗悅目的藝術組織，而且容易引發豐富的人生情感。早期韻文是由文字、音樂和舞蹈三方面結合，在韻律上製造多樣變化，而形成的音樂文學。中國的韻文，依時代順序可分為《詩經》、《楚辭》、漢賦、唐詩、宋詞、元曲等項，其中大部分是純文學的作品。

第一節　中國古詩的意境

如果說詩歌是最能夠深入人心的中國文學體裁，應該並非過譽。中國古代的文人，幾乎人人都是詩人，而且文人文集中往往以詩集為大宗。中國的科舉制度自隋、唐以來，即常以詩為主要考試科目之一。詩歌創作因而被視為最高的文學成就，也是試驗一個人文才的最簡潔方法。在其他藝術類型中，繪畫一直與詩歌保有密切的關係，中國繪畫的精神與技巧，總是與詩所追求的境界同步。此外，中國詩在某種程度上可以說是取代了宗教的作用，因為宗教的意義在於抒發人類的性靈，我們面對宇宙的微妙情愫與美的感覺，以及對於人類和生物的仁愛與悲憫，往往寄託於宗教。中國人在宗教世界裏，有時不一定能找到安身立命的寄託，或是促使精神活躍的情愫，但是卻在詩裏尋找到這種充實的靈感。

除了宗教式的安慰以外，詩又教導了中國人一種合理的人生觀，透過俗諺與詩卷的影響力，詩歌給予我們慈悲的意識和愛好自然的藝術家風度。體驗詩歌所表達出來的自然感

覺，經常能醫療我們心靈上的創痕，有時甚至引動了我們心靈深處浪漫的情緒，因此使得人們在終日勞苦和生活無味之餘，還能感受到一份平靜與寬慰。有時它的創作手法刻意地迎合了悲愁、消極的情感，以反襯我們內心憂鬱的方式來澄清心境，例如：教我們學會愉悅地靜聽雨打芭蕉，輕快地欣賞茅舍炊煙，趁著晚雲留戀那村邊的蔦蘿與百合，再靜聽杜鵑悲啼，導引出一顆易動憐惜的心。於是中國人特別容易對於採茶摘桑的姑娘們、被遺棄的愛人、離開母親的遠征軍，以及戰禍蹂躪之後的災民，俯首低迴。總之，它讓中國人自然地接受了泛靈論，而且自然地與花鳥蟲魚相融合：春天令人清醒怡悅；夏季適合小睡且聽聽蟬聲喈喈，好像光陰在眼前飛馳而過；直到秋冬便在目睹落葉與踏雪尋梅的時候，偶然滿懷悲興與詩意。這種詩意的生活習慣，其實就是中國人的信仰。它是一種生活詩，同時也是文字詩。

中國人的藝術和文學天才，是適宜寫作詩的。這種文體所需要的寫作天才，在於擅長用簡約、暗示與聯想等，來表達凝鍊神妙的情景與氣韻生動的情趣。尤其是中國古典詩以雅潔勝，因此羅素（Bertrand Russell）曾說：「在藝術，他們志於精緻，在生活，他們志於情理。」那是說中國人先天卓越於詩。同時在思想的發展上，也認為詩是文藝中至高無上的冠冕。中國的學術與教育重在知識的調和，詩是思想染上情感色彩的產物，中國人事實上是常以情感來思考，而鮮用分析與理論的。

中國人的語言亦與詩有關。詩適宜用活潑清明、含蓄暗示的語言表達，而中國語言就能做到語旨簡約，而內涵卻經常超過字面上的意義。此外，詩的表白最好用具象的描寫，

而中國語言事實上總是常常耽溺於字面的描摹。再者,中國語言具有清楚的音節少掉了尾聲的子音,所以產生一種明朗可歌的美質,中國文字分為平、上、去、入四聲,四聲又分為兩組,一組是平聲,音調拖長,發聲原則在於高低音發聲儘量取得平衡。第二組為仄聲,包括上、去、入三種發聲,尾音以〔p〕、〔t〕、〔k〕殿後,雖然在現行國語中已經消失,然而中國人的耳朵已經被訓練成長於辨別平、仄的韻律變化。這種聲調變換所產生的音樂性,雖在散文佳作中亦可常見。中國近體詩興於盛唐,它平仄音節變換自有其複雜性,例如:七言律詩正規格式為:

一、平平仄仄仄平平(韻)

二、仄仄平平仄仄平(韻)

三、仄仄平平平仄仄

四、平平仄仄仄平平(韻)

五、平平仄仄平平仄

六、仄仄平平仄仄平(韻)

七、仄仄平平平仄仄

八、平平仄仄仄平平(韻)

其中每一句的第四音以下有一頓挫,每二句自成一聯,中間的二聯必須完全對偶。這意味著同一聯兩句之間的字句結構在聲韻與字義方面,都得互相均衡。這樣的平衡關係其實來自於兩句話之間的對應,或者語氣上的連續。

關於中國詩的內在精神與技巧,我們最感興趣的是,它運用了什麼樣的韻節排列,能在寥寥數字之間,臻於如此神妙的境界?詩人如何選擇景色?如何撒布迷人的實景圖畫?又如何整理材料,怎樣讓自己的心靈充溢在作品的韻律中?

中國詩與中國畫其實是一而二，二而一的，因此中國的畫家
又是詩人，詩人也可能擅長作畫。古典詩所以令人驚嘆，正
在於形塑的擬想與繪畫技巧相關，尤其是在遠近配景的繪畫
筆法上更加明顯。例如：李白詩云：

　　山從人面起，
　　雲傍馬頭生。

　　這詩句等於是一幅畫，呈現在我們的眼前，它雄勁的輪
廓，描摹的是一個漫遊的浪人，策馬疾行在高峻的山徑中。
字面雖然簡短，乍看之下似乎無甚意義，沈思片刻之後，慢
慢地便覺察出它給我們展開了一幅畫，好像畫家在作畫似
的，詩人寫景的妙法，在於利用幾種近景中的實物（如：人
面和馬頭）來取代遠景的描寫。讀者好像果眞看到了一幅
畫，或一張風景照，山頂就從人面升起，雲氣積聚遠處，卻
爲馬首所衝破。這很明顯的是，詩人騎在馬上，而雲層橫臥
於遠處較低的平面上。如果讀者繼續馳騁自己的想像力，那
麼他便也跨騎在馬背上而邁行於山徑中了，而且是與詩人一
同觀看四面的景色呢。

　　這種寫法是引用了寫景上所謂「文字的繪畫」，因而顯出
一個類似浮雕的輪廓。類似的例子還有中國最重要的田園山
水詩人王維的詩句：

　　山中一夜雨，
　　樹林百重泉。

　　詩人設想高山狹谷經過隔夜的一場雨，遠處就形成了一
連串的小瀑布，再用近景的幾枝樹作爲配景，以達到畫面的

平衡。李白與王維所用的技巧都是在近景中選擇一實物以搭
配遠處的雲、瀑布、山巒，甚至於銀河，然後將之繪於同一
平面。劉禹錫也曾經這樣寫道：

> 清光門外一渠水，
> 秋色牆頭數點山。

這樣的描寫堪稱完美。隔著牆頭遠望山巔，似乎真有一
種遠山探出牆頭的實體印象。這種創作意識同樣會出現在中
國另一類重要的韻文——戲曲——當中，李笠翁曾經這樣寫：

> 已觀山上畫，
> 更看畫中山。

劇作家的目光其實就是畫家的目光，詩、畫的合一，不
僅在於技巧的同質性高，同時也在於取材上的近似，而實際
上一幅畫作的題旨，往往就是採自一首詩的其中一段或一
句。又好像畫家作畫之餘，往往在畫幅頂部空白處題上一首
詩，而成為中國畫的一大特色。詩與畫的密切關係，引起我
們關注中國詩的另一特點，亦即印象主義的技巧運用，因為
它給人一連串印象，既活躍又深刻，並且總是縈繞著一股不
確定的餘韻，提醒讀者對生命的一點若有似無的了悟。中國
詩充溢著凝鍊的暗示性，其藝術特色在於含蓄，因為詩人往
往不把話說盡，他們簡約幾筆便能使一幅畫呼之欲出。

田園派詩人的特長在於寫景和使用印象派的表現手法。
陶淵明、謝靈運、王維和韋應物等人的作詩技巧，大體上也
融合了其他詩派的作法。王維尤其是詩中有畫、畫中有詩的
詩人兼大畫家。他的《輞川集》所收錄的大抵全是田園寫景

詩，這些作品唯有深深體會中國畫的神髓，才能寫得出：

> 颯颯秋雨中，淺淺石溜瀉；
> 跳波自相濺，白鷺驚復下。

這裏我們又遇到了含蓄蘊藉的暗示性語言，詩人、畫家只須利用聯想的表現手法，便能摹畫出日光上樓的音響。讓讀者在詩意裏感受到音響與香氣，就好像中國畫家根本不需要鐘的形象，就能畫出寺院敲鐘的聲浪，在畫面上僅僅露出深林中寺院屋宇的一角，而鐘聲可能就表現在人的面部表情上了。有趣的還在中國詩人運用聯想來暗示嗅覺，這其實也正是畫作上的筆法：

> 踏花歸去馬蹄香。

如用它來作畫，該如何表現香氣呢？畫家畫了一群蝴蝶翩翩迴旋於馬蹄四周。這樣的畫法，詩、畫的道理相通，詩人劉禹錫曾經描寫一位宮女的芳香道：

> 新妝宜面下朱樓，深鎖春光一院愁。
> 行到中庭數花朵，蜻蜓飛上玉搔頭。

這寥寥數行，同時雙關提示給讀者的包括了玉簪與宮女的香與美，因為這香與美誘惑了蜻蜓。

印象派聯想的表現技巧，從而又發展出一種傳達思想與情感的方法，是為象徵性的思考。詩人在烘托思想的時候，並不需要運用冗長的文句，卻依然可以喚起與讀者共鳴的情緒。這種表達方式雖然隱微，然而詩景卻更為清楚而活躍地呈現在讀者面前。因是他們運用了足以引起某種意想的提

示。從表面的邏輯關係上看來，物景與人的內在思想雖無多大關聯，但是象徵的關係卻是不言可喻的。這作法中國傳統詩學上叫作「興」，它可以發揮「喚起」的作用，先秦時代的《詩經》即已用此方法，及至唐詩，亦用此象徵手法，千變萬化反覆歌詠著，卻不直接說出作者的內心話。韋莊有一首〈金陵圖〉歌詠逝去的繁華：

> 江雨霏霏江草齊，六朝如夢鳥空啼。
> 無情最是台城柳，依舊煙籠十里堤。

延袤十里的柳堤，已足以引起同時人的回憶，那逝去的繁華景象，如今重現眼前，「無情最是台城柳」一句，烘托出人世間的浮沈變遷，與自然界寧靜的對比。相似的寫法還有元稹描摹唐明皇與楊貴妃的繁榮與悲鬱：

> 寥落古行宮，宮花寂寞紅；
> 白頭宮女在，閒坐說玄宗。

僅僅寫出老宮女在殘頹舊址邊閒談著，卻不寫出其對話的詳情。劉禹錫描述烏衣巷的頹殘愁慘，也用了同樣的筆法：

> 朱雀橋邊野草花，烏衣巷口夕陽斜。
> 舊時王謝堂前燕，飛入尋常百姓家！

這首詩用的也是今昔對比的手法，映照出烏衣巷曾經是六朝顯貴王謝的官邸所在。詩人為了賦與自然景物以擬人的動作、品性，甚至於感情，他們不直接使用擬人化的寫法，而是在巧妙的隱喻中，如閒花、悲風、怒雀……等，含藏了

詩人的情感，那蜿蜒十里的煙籠楊柳，被稱爲「無情」，因爲它們未能記憶往事留給詩人的痛切感傷。

擬人化的隱喻，其妙處是在假想花鳥山月也有詩意的感覺，甚至能感受到慘愁欲絕的痛楚，李白詩云：

暮從碧山下，山月隨人歸。

又有那膾炙人口的〈月下獨酌〉：

花間一壺酒，獨酌無相親。
舉杯邀明月，對影成三人。
月既不解飲，影徒隨我身。
暫伴月將影，行樂須及春。
我歌月徘徊，我舞影零亂。
醒時同交歡，醉後各分散。
永結無情遊，相期邈雲漢。

這樣的寫法，已經更進一步地將詩意與自然結合，使生命隨著人的情感舞動。詩人將自然視爲同類的語法，以杜甫的〈漫興〉最爲明顯，被人格化的自然物體，是詩人帶著慈悲的深情與之接觸，直到完全與之融合。前四句詩云：

眼看客愁愁不醒，無賴春色到江亭。
即遣花開深造次，便覺鶯語太丁寧。

「無賴」、「丁寧」、「鶯語」等字眼，間接讓春與鶯具有人的品格。接著又說昨夜暴風欺凌了他庭前的桃李：

手種桃李非無主，野老牆低還似家。

恰似春風相欺得，夜來吹折數枝花。

詩人對於花木的反覆深情又重申於末四句：

隔戶楊柳弱裊裊，恰如十五女兒腰。
誰謂朝來不作意？狂風折斷最長條。

這風中飄舞的柔美楊柳，被指為顛狂；而不經意飄浮在水面的桃花，就好像輕薄的女兒。所以杜甫說：

腸斷江春欲盡頭，杖藜徐步立芳洲。
顛狂柳絮隨風去，輕薄桃花逐水流。

這種將動植物擬人化的手法有時又被純清的愉快所消融，當詩人與蟲類等小生物接觸時，就可以見到如以下宋詩中的一首〈暮春即事〉：

雙雙瓦雀行書案，點點楊花入硯池；
閒著小窗讀《周易》，不知春去幾多時。

詩人以主觀眼光撫愛鳥獸的無限深情，也使得杜甫寫出「沙頭宿鷺聯拳靜，船尾跳魚撥刺鳴」，這樣景象鮮活的句子。這是中國詩趣最別致的地方，杜甫用「拳」字取代了白鷺的爪，暗喻了自身感覺到握拳的感受，並且與讀者分享了他的內在情感。我們所看到的不是條理分析的精確態度，而是詩人明敏的直覺，並且是出於真性情的直覺。運用這樣的筆法，詩人能使蘚苔攀爬石階，草色進入門簾。詩的幻覺映入人的思維是如直覺般地無容置疑，這詩意中的真實正是中國詩的本質。

圖4-1　陶淵明像

從景與情互動關係的處理上，我們可以體會到中國詩的精神，而這樣的整體精神還可以從風格上區分爲以下幾類：其一爲豪放詩，它是浪漫的、放縱的、無憂無慮、放任情感，對於社會的束縛發出反抗的吶喊，並且宣揚博愛與崇尚自然的詩。第二類是文學詩，這些詩遵守藝術規範，慈祥謙讓，憂鬱而不怨恨，它教導人們知足愛群，尤其是悲憫那些貧苦與受壓迫的人，同時傳播著反戰的思想。豪放詩人包括了屈原、陶淵明（圖4-1）、謝靈運、王維、孟浩然，以及僧人寒山……等，至於文學詩人則以杜甫、杜牧、白居易、元稹，和中國第一女詩人李清照爲代表。嚴格的分類當然不可能，而且也可能還有第三類以上的風格，例如：抒情詩人李賀、李商隱、溫庭筠、陳後主和納蘭性德……等。

自古以來豪放、浪漫的詩人，非李白不足以爲代表，杜甫曾描寫他的性格道：

李白斗酒詩百篇，長安市上酒家眠。
天子呼來不上船，自稱臣是酒中仙。

李白酣歌縱酒，無心仕宦，與明月爲伴，和山水同遊，他那不可一世的氣概：

手中電曳倚天劍，

直斬長鯨海水開。

中國人愛好自然的性情，並且賦與詩歌生生不息的基調。這種愛花悅鳥的情緒充滿人心而流露於文學。徜徉田園生活的理想、李白型的浪漫風雅，同時也渲染至官場對於「歸田」生活的嚮往，頗有風雅、優美、世故，卻又懂得生活情趣的意思。每在案牘勞形之際，腦海裏便浮現髫齡時熟讀的一首小詩：

終日昏昏醉夢間，忽聞春盡強登山。

因過竹院逢僧話，又得浮生半日閒。

文學詩人則應以杜甫為代表，他用沈靜寬容的心胸和謹慎的態度，悲憫著被貧苦壓迫的人們，這同時也反映在他隨時流露出厭戰的思想裏。中國詩人像杜甫、白居易等人，用藝術的彩筆描繪出內心的沈鬱，已經長久以來融入我們的血胤當中，成為民族共同的情感意識。杜甫生當動亂的大時代，充滿著戰爭的荒敗景象，盜賊橫行，兵燹饑饉相繼，所以他感慨地說：

朱門酒肉臭，路有凍死骨。

這樣的悲憫情懷，又可見之於謝枋得的〈蠶婦吟〉：

子規啼徹四更時，起視蠶稠怕葉稀，

不信樓頭楊柳月，玉人歌舞未曾歸。

中國詩的特殊結尾，在於詩人不將詩句歸結到他所關心

的社會題旨上，而是用寫景的方式，留下了回味無窮的餘韻。通常詩人所使用的調子是一種悲鬱而容忍的情懷，雖然描寫戰爭的慘酷，卻只描繪出一幅畫，或渲染出一份感傷，然後將其餘的話留待讀者自行去回味與感受。杜甫的〈石壕吏〉便充分地表露出這種中國詩歌容忍、沈鬱的藝術特色：

> 暮投石壕村，有吏夜捉人。
> 老翁逾牆走，老婦出門看。
> 吏呼一何怒，婦啼一何苦！
> 聽婦前致詞：三男鄴城戍，
> 一男附書至，二男新戰死。
> 存者且偷生，死者長已矣！
> 室中更無人，唯有乳下孫。
> 有孫母未去，出入無完裙。
> 老嫗力雖衰，請從吏夜歸。
> 急應河陽役，猶得備晨炊。
> 夜久語聲絕，如聞泣幽咽。
> 天明登前途，獨與老翁別。

第二節　現代詩的革新

自民國以後，因文學語言的改用白話，因此詩歌亦以白話文為之。廣義的現代詩是相對於絕句、律詩、詞、曲的古典詩、傳統詩而言，至於狹義的現代詩，則指一九五六年紀弦組織現代詩社，創立現代派，提倡橫的移植，而形成具有

知性藝術特徵的現代主義詩派。現代詩沒有固定的格律限制，相對於古典時期的韻文體而言，它又可以稱爲自由詩與新詩。

　　一九一七年一月一日胡適在《新青年》雜誌第二卷第五號上提出〈文學改良芻議〉，列舉八點主張：不用典、不用陳套話、不講對仗、不避俗字俗語、須講求文法，以及不作無病之呻吟、不摹仿古人、須言之有物等，與形式、內容相關的革新要求。胡適說：「中國近年來的新詩運動，可算是一『詩體大解放』，因爲有了這一層詩體的解放，所以豐富的材料，精密的觀察，高深的理想，複雜的感情，方才能跑到詩裏去。」其後，劉半農也針對詩與小說的精神革新，發表文章。他認爲「眞」才是詩的精神，拘守格律的舊詩往往缺乏眞情。

　　詩體的解放在於打破五言七言的格式、打破平仄聲調的局限，現代詩以自然韻律的輕重高下來寫作，因此廢除了押韻。胡適提出用韻的三種自由：一是不拘古韻，二是平仄可以互相押韻，三是沒有用韻也無妨，因爲新詩的自然韻律已在其中。詩體的解放之後，胡適進一步指出：「詩須用具體的方法，不可用抽象的說法。凡是好詩都是具體的，愈偏向具體的，愈有詩意詩味。凡是好詩，都能使我們腦子裏發生一種——或許多種——明顯逼人的印象，這便是詩的具體性。」這是說，詩要具有「意象」才能令讀者感知其含義。

　　事實上胡適早在一九一六年就已經開始嘗試作白話詩，這些作品後來收錄在他的《嘗試集》裏，成爲中國第一本新詩集。它的貢獻，不在詩的好壞，而在於實驗的精神影響了他的同輩學人，包括：周作人、沈尹默、劉半農等等，以及

他的學生康白情、俞平伯等人，甚至於全國許多文學愛好者，都為詩壇投入了新氣象。

　　一九三六年，胡適在〈談談「胡適之體」的詩〉裏說道：「第一是明白清楚，第二是注重意境，第三是能剪裁，第四是有組織有格式。」所謂的明白清楚是指言語要明白清楚，就必須有所剪裁，要消除浮詞湊句，用精鍊的字句表現出來。古人有言近而旨遠的意境說法，在詩的各種意境之中，「平實」、「含蓄」、「淡遠」的境界，是最耐人尋味的。平平實實地說話，不需要讓情感的語言濃得化不開，只要疏疏淡淡的畫上幾筆，就能留下含蓄的餘味。

　　嘗試時期新詩的形式從舊詩詞曲的格律中解放出來，一時間各種白話、方言、俚語、民謠等語言形式，大量應用在詩篇中，然而詩人們往往把重點放在形式的改革上，忽略了詩藝的全面要求，尤其是在敘事寫物等主題方面，發揮得有限，此時因保留了古代絕句的餘緒，並且受到印度詩哲泰戈爾（R. Tâgore）的影響（圖4-2），也流行起小詩的創作，優秀的作品如：冰心的《繁星》、《春水》，汪靜之〈蕙的風〉，

圖4-2　泰戈爾像

與宗白華的《流雲》等，都是很受歡迎的哲思或愛情小詩。
例如冰心的〈一朵白薔薇〉：

怎麼獨自站在河邊上？
這朦朧的天色，
是黎明還是黃昏？
何處尋問，
只覺得眼前竟是花的世界。
中間雜著幾朵白薔薇。
她來了，
從山上下來了。
靚妝著，
彷彿是一身縞白，
手裏抱著一束大花。
我說：你來，給你一朵白薔薇，好簪在襟上。
她微笑說了一句話，
只是聽不見。
然而似乎我竟沒有摘，
她也沒有戴，
依舊抱著花兒，
向前走了。
抬頭望她去路，
只見得兩旁開滿了花，垂滿了花，落滿了花。
我想白花終比紅花好，
然而為何我竟沒有摘？
她也沒有戴？

前路是什麼地方？

為何不隨她走去？

都過去了，花也隱了，夢也醒了，

前路如何？

便摘也何曾戴？

（一九二一年發表於北京《晨報》，後收錄於《春水》）

到了中國新詩發展的第二個時期，新詩運動的核心在徐志摩主編的《晨報副刊‧詩鐫》，以及徐志摩、聞一多等人創辦的《詩刊》，因為後者由新月書店出版，而徐志摩又為其中大將，於是此一時期的新詩發展便稱之為「新月時期」。重要詩人有徐志摩、聞一多、朱湘、孫大雨、饒孟侃、卞之琳、臧克家、于賡虞、邵洵美等等。以卞之琳的詩為例：

斷章

你站在橋上看風景，看風景人在樓上看你。

明月裝飾了你的窗子，你裝飾了別人的夢。

無題

三日前山中的一道小水，

掠過你一絲笑影而去的，

今朝你重見了，揉揉眼睛看

屋前屋後好一片春潮。

百轉千迴都不跟你講，

水有愁，水有哀，水願意載你。

你的船呢？船呢？下樓去！

南村外一夜開齊了杏花。

水成岩

水邊人想在岩上刻幾行字跡：大孩子見小孩子可愛，
問母親「我從前也是這樣嗎？」母親想起了自己發黃的
照片，
堆在塵封的舊桌子抽屜裏，想起了一架的瑰豔，
藏在窗前乾癟的扁豆莢裏。
嘆一聲「悲哀的種子！」「水哉，水哉！」沈思人嘆息
古代人的感情像流水，積下了層疊的悲哀。

牆頭草

五點鐘貼一角夕陽，六點鐘掛半輪燈光。
想有人把所有的日子，就過在做做夢，看看牆，
牆頭草長了又黃了。

雨同我

「天天下雨，自從你走了。」「自從你來了，天天下雨。」
兩地友人雨，我樂意負責。第三處沒消息，寄一把傘
去？
我的憂愁隨草綠天涯：鳥安於巢嗎？人安於客枕？
想在天井裏盛一只玻璃杯，明朝看天下雨今夜落幾寸。

他們對文字的駕馭更純熟，幾乎不再有嘗試期半文言的
彆扭文句或洋化的字詞出現。此外，他們特別重視辭藻、意
象的美化，著力於推敲、雕琢，於是逐漸產生新格律，其形
式整齊，模仿西方的各種體式，重視節奏、押韻，以及詞意
的綿邈與幽雅，聲韻的和諧與舒緩，同時篇幅較前期爲長，
甚至出現了長篇敍事的創作。

徐志摩在一九二八年創刊《新月月刊》，曾經發表他的詩觀說：

我們相信詩是表現人類創造力的一個工具，與音樂與美術是同等同性質的。我們相信我們這民族這時期的精神解放或精神革命，沒有一種像樣的詩式的表現是不完全的。我們相信我們自身靈魂裏以及周遭空氣裏多的是要求投胎的思想的靈魂，我們的責任是替它們構造適當的軀殼，這就是詩文與各種美術的新格式與新音節的發現。我們相信完美的形體是完美的精神唯一的表現……

徐志摩的詩，意象華美，節奏流暢，彷彿總是在輕柔曼妙的樂音中流盪。他很自然地在詩中表達愛、自由與美的感受。梁實秋曾有貼切的評述道：

志摩的詩之異於他人者，在於他的豐富的情感之中帶著一股不可抵抗的「媚」。這嫵媚不可形容，你不會察覺不到，它真訴諸你的靈府。
志摩的詩是他整個人格的表現，他把全副精神都注入了一行行的詩句裏，所以我們覺得在他詩的字裏行間有一個生龍活虎的人在跳動，他的音容、聲調、呼吸，都歷歷如在目前。

新月派詩人從西方學習了新格律，同時也擴大了題材的範圍，風格偏向於拜倫（G. G. Byron）、雪萊（P. B. Shelley）、濟慈（Jo Keats）等浪漫主義憂鬱氣息極濃的詩人。及至留學歐洲，精通法文、德文的雕刻家李金髮，引進法國象徵派手法之後，才使得中國詩在藝術手法上進入了象

徵時期（**圖**4-3、**圖**4-4）。

十九世紀末，法國詩人波特萊爾（G. Baudelaire）、馬拉美（S. Mallarmé）、魏爾崙（P. Verlaine）等人爲象徵派大師，他們特別從別人認爲醜的事物裏尋出美的質素來，對於色、香、味、聲等感官體驗也有著敏銳的感應，並交叉運用感官描述，例如以色擬聲，或以聲狀色。他們刻意忽略格律，只要求自然音節，並且醞釀神秘、詭異的氣氛，保有絕對的主觀意識。

李金髮所引進的象徵派，容易造成語言的生硬、晦澀，後來戴望舒在色彩與音節上表現出情緒的抑揚頓挫，使得作品既是由眞實經過想像而出來的，卻又不單是想像。形式上充滿了一種動人的美好憂愁，像一種低迴的小夜曲，象徵主義的表現手法因而更加趨於纖細。

圖4-3　拜倫畫像

圖4-4　雪萊像

戴望舒曾與施蟄存、杜衡共同主編《現代》月刊，他們對「現代派」詩的看法是：「現代人在現代生活中所感受的現代情緒，用現代的詞藻排列現代的詩形……都有相當完美的肌理。」余光中對戴望舒的評論是：「上承中國古典的餘澤，旁採法國象徵詩的殘芬，不但領袖當時象徵派的作者，抑且遙啓現代派的詩風，確乎是一位引人注目的詩人。」

第三節　台灣詩壇

從秦、漢以後，中國大陸與台灣之間，就開始有了人來人往的跡象。宋元之際，大量移民渡海來台，中原文化潛存於移民者的心中，表現在他們的文學生活上，漢文、舊詩，台灣與中國內地一無差異。至於新文學運動在張我軍等人策動下，也踵武前輩，日據時期台灣古體詩與新詩的創作，各有成就，古典詩以三台才女黃金川爲例。當時本省女詩人黃金川的詩作《金川詩草》初在上海出版時，其中蘊涵心懷祖國的雅正之音，曾深深感動了胡適，使之親筆題贈「宗國遺音」；而革命元勳胡漢民在讀到黃金川的〈重遊關子嶺〉：「秋草獨留新歲色，清流長作舊時聲」時，亦讚賞不絕，以「故國有懷，清流如舊」致贈。

女詩人民胞物與的精神，還可以上溯到她的老師捲濤閣主人施天鶴（梅樵）。施天鶴以詩文、行草聞名，在乙未割台之後，寄情詩酒、設帳課徒，對於延續漢文化於日人統治之下，功不可沒。他同時也是一位富有民族氣節的前清遺民，他在〈秋日由高雄歸里諸友宴於平和樓〉中云：「殷勤咨父

老，誰尚憶神州？」很生動地刻畫出日據時期台灣詩人對祖
國血濃於水的孺慕之情。黃金川深受他的教誨，每每於詩中
流露出對於民生疾苦的關切，頗富現實主義的精神。

由於清代閩南擊鉢吟風的餘緒，使得來台拓墾的士人皆
重賦詩。乙未割台後，日人為穩定社會，亦刻意籠絡意見領
袖及文人學士。凡此，都是造成當時台灣詩社林立，詩風猶
盛於內陸的主要原因。而詩人在日據初期，家國遭逢巨變之
際，很自然地將他們的遺民心態訴諸詩歌，及至戰爭後期，
慘烈的戰事與處於時代夾縫中的心聲，也很自然地表現在賦
詩之中，例如丘逢甲的〈離台詩〉云：「宰相有權能割地，
孤臣無力可回天。」氣勢磅礴有力，聲音卻沈痛已極！閨閣
中人黃金川亦曾有〈震災行〉云：「樂土傷心遭惡劫，蒼生
元氣何時恢。」

日據中期，世界弱勢族群解放運動翻騰洶湧，中國大陸
在五四運動之後亦隨世界潮流興起一波女權運動，除適應本
國國情需要，強調家庭制度與社會經濟的改革，具體提出
「不纏足」與「興女學」之外，更進一步立法制定男女平等的
政治權。海島台灣的婦女在此時也不免置身於這波潮流之
中。文化界因而萌發一場以《台灣民報》為論述場域的婦
運。

而在女權欲振還弱的社會風氣下，黃金川有多首詩歌反
映了當時的女性處境。例如她的〈女學生〉：

> 詎甘繡閣久埋頭，負笈京師萬里遊。
> 雌伏胸愁無點墨，雄飛跡可遍環球。
> 書深莫被文明誤，學苦須從哲理求。

安得女權平等日，漫將天賦付東流。

　　詩人所描摹的是一個不甘長守繡房、欲赴京師遊學的女子。她認為雖然是女孩子，也應該為自己的學問不夠而擔憂，倘若能夠像男子一般志在四方，那麼足跡亦可遍及寰宇。現代女性不僅要透徹書中的哲理，更要做一個讀萬卷書、行萬里路的新女性。然而理想與現實畢竟還有一段落差，面對當時台灣女權未獲平等的困境，詩人不禁提出內心深處的呼喚與訴求。此外，黃金川在〈秋懷〉中感慨傳統觀念的僵化，她說：「未必無才皆淑德」。在〈雜詠〉第三首中也有「可憐無用女兒身，千古含冤志莫伸」之嘆！早在一七六九年《再生緣》的作者陳端生，即將她筆下的主人公——孟麗君從昆明遠送到京城去「拜宰相，立朝綱，平天下」，為沈睡千年的女性解放意識發出第一聲吶喊！只可惜作者在遭逢丈夫流放的悲慘命運之後，因極度抑鬱而無法再續此書。大約一百五十年後，黃金川仍僅在閨閣間筆談女權問題，在想像裏完成她的復國之夢。〈木蘭從軍〉詩云：

軍書一紙卸釵環，戎馬匆匆出玉關。
飽閱風霜雲鬢亂，慣衝烽火鐵衣斑。
枕戈未做封侯夢，破敵何辭代父艱。
麟閣他年如繪像，功臣畢竟是紅顏。

　　詩中將「雲鬢亂」和「鐵衣斑」兩詞互相輝映，呈現出女性的身體和國家領土爭戰之間強烈的拉鋸，作者意欲表達女性的出征，無關勢力範圍的劃分，不為拜相封侯的名利，只為年紀老邁的父親能夠免於勞苦，頤養天年。她說：「麟

閣他年如繪像，功臣畢竟是紅顏」，其實亦反映了日據時代的才女在中國戰敗割讓台灣的歷史背景下，所感受到的困頓與滄桑。她內心的故國之思，往往用一種鄉愁式的情感來表達，〈秋感〉云：「千里夢魂還故國，幾分愁病滯他鄉。」〈九月十五夜即事〉亦云：「故國休遙望，登樓憶舊遊。」〈元宵思親〉亦有「年年佳節倍思親，故國風光入夢頻」。

　日據時期台灣地區詩社林立，南部尤其風雅益揚。黃金川隨母先後居住於鹽水鎮及赤崁城西。她的另一位老師蔡哲人是「月津吟社」的社長，副社長即是金川的二哥黃朝碧。當時閩南流行擊缽吟會，「南社」社長趙雲石曾提及金川「奉母僦居於赤崁城西，曾小集擊缽於其寓」。可知當時台灣雖然被視為孤懸海上的化外之境，卻也不乏班姬謝女一類的詠絮之才。她們彼此習染，互相唱和，為刺繡結穗之外，平添精緻的文學生活。和黃金川交遊的女詩人，包括同嫁高雄陳家的林淑卿、蓮社創始人之一的蔡月華、作品刊登於《台灣詩薈》的蔡黛彬，以及嘉義「琳瑯山閣」主人張李德和等。

　黃金川在〈歸月津留別黛彬雪瓊〉詩中說：「從此雲山三百里，但憑幽夢到君家」，在〈送淑卿女士歸汕頭〉詩中云：「憐君日夜苦思鄉，恰喜今朝願已償，此去華南秋正好，江山依舊莫傷情。」可見她們的情誼之深，因為地緣的關係，讓她們聚合以詩會友，成為閨閣中的莫逆之交。她們彼此體諒，相互勸勉，每一次的交遊或唱和中，都在對方身上找到自我期許的動力，這樣細膩雋永、悠遊渺遠的知己之情，或可以張李德和的〈秋懷和金川女史原玉〉一詩作為寫照：

冰雪聰明勝阿男，月津仙品月應齎。

香奩唱和閨情密，妝閣吟哦韻事諳。

巾幗有名留史蹟，經綸無責為詩耽。

年來讀破芸編慣，蔗境親嘗已漸甘。

這樣的筆墨，不僅是寫對方，同時也寫自己，不同於一般形式僵化的應酬唱和之作。而黃金川的〈贈淑卿月華兩女士〉詩，則更可以看出同為高雄苓洲地區寫作者的惺惺相惜，以及女詩人眼中的家鄉其實是如此風雅的文學重鎮：

志同道合本相親，且喜天教作比鄰。

應是壽峰鍾秀氣，苓洲偏駐女才人。（其一）

林家文學蔡家詩，一樣真才兩樣奇。

愧我未能成一藝，侈談肝膽是相知。（其二）

當時高雄還有一位才女，遠從澎湖渡海來台，拜在「鴻軒書房」主人陳錫如門下學作詩的蔡旨禪。她與上述蔡月華系出同門。當年以未滿雙十的妙齡年華，隻身渡海求學拜師而傳為文壇佳話，並與蔡雲錦等人合組詩社，彼此唱和。女詩人之間的酬唱交遊，自清代江南的梅花詩社、清溪吟社、蕉園詩社以降，風氣已成，為傳統詩壇增色不少，當時台中王竹脩曾經形容黃金川曰：「貞靜自好，秀豔絕倫，亭亭玉立，春風裏人比黃花瘦幾分，不事妝飾，只耽吟詠。」黃金川自然貞靜的性格，可以在與另外兩位女詩人的比較中，凸顯出來。一位是時間稍早的王香禪，一位是與黃金川大約同時的張李德和。王香禪本名罔市，是台北艋舺東津一帶的風塵女，十七八歲轉到台南「玩春園」，結識風月名家羅惠秀，

一度結婚而後仳離。因貌美而勤學，復習染台南詩社俊彥感時憂國的情懷，遂拜於連雅堂先生帳下，從趙一山學詩，而搖身一變，成為風雅麗人。後與曾經參謀復辟的謝介石(幼安)結婚，婚後謝介石出任「滿洲國」的外交總長。王香禪學詩從李義山入手，詩風富於晚唐頹豔的格調。

張李德和則是閩台閨秀中最活躍的人物，她不僅籌組詩社，開助產士講習所，而且一生致力於救濟事業，同時亦積極喚醒婦女同胞的女權自覺，光復後更身體力行，被國民黨提名為第三屆台灣省議員。觀其作品，多慶賀、弔唁、贈答、聯吟之詩，在王英麟〈德和女史膺選省議員賦作依韻以祝〉詩云：「誓心佐國據江東，選出賢能慶大同。秉政無私揚正氣，鞭傭會待角群雄。推動自治憑喉舌，擁護民權肅污風。五五議員齊勗勉，叩頭不附應聲蟲。」可知張李德和是積極認同民主制度，而且熱心公益、交遊廣闊的女詩人。

黃金川的人格稟賦可說是介於王、李之間，其氣質內斂，吟詠以自然白描手法為之，風格清新爽朗。她在〈秋蟬〉詩中云：「自從西路歸來後，故國傷心咽落霞。」她對家國的感懷，沒有眷戀帝制的情結，亦不會從中產生積極從政的動力，與支持民主、強調民權的信念。她對於家國的關注，最終都能夠昇華為一種超越俗世的境界，與自我的生命和自家的山水鄉情對話。這一點可以再與男性詩人做比較。日據時期的新竹詩人林鍾英，號香雪居士。他面對日人侵台以及新舊文明衝擊時，往往產生許多從事務性角度觀察現實生活的詩歌，例如〈農家要自謀更生之路〉一詩，就藉由對農戶劬勞貧苦的關懷，抨擊豪賈奪利，以及賦稅過重的事實。再如〈戊寅年改裝感賦〉、〈詠飛機爆擊器〉、〈呈總督〉等

詩，都強烈地表現出他關心時事和庶務的性格，儘管他一生以歸隱田園爲樂，以林逋的梅妻鶴子爲志。

黃金川同樣生活在有飛機、電燈的社會，然而她所編織出來的家國景象，道地是一幅故國山河畫。她用楊柳、灞岸、天涯、飄零、塵沙、萬里等中國文化的符碼來抒發鄉愁，寄寓憂國憫時的感慨。這一點卻與時間稍後、日據時期重要的女畫家陳進的風格相當接近，尤其是她的名畫作——「悠閒」：手拿《詩韻全璧》的閨閣美女，可以說是傳統漢民族自然流露的文化氛圍與精神象徵。黃光男評析道：「整幅畫面上的氣氛營造，絕對不是大和民族的標幟。」這種風格與歷史上朝代更迭之際，藝術家在窮迫離亂之中，不復顧及溫厚餘韻的性格有很大的差異，黃金川自己說：「吟哦氣勢愛堂皇，不看尋常豔體章。莫笑深閨偏執拗，措詞蘊藉見才長。」（〈詩癡〉）在當時的時代氛圍裏，女詩人也時常想到戰爭的景象：「不知萬里塵沙地，埋沒人間幾丈夫」（〈古戰場〉），「蘆溝流水聲聲急，應是征人涕淚多」（〈塞上曲〉）。以古喻今的手法，流露出傳統詩教影響下，溫柔敦厚的詩格與人格。

此外，日據下的台灣新詩亦有長足的發展，大約可分爲三個時期：從一九二〇至一九三二年，一方面要排除中日傳統文學的束縛，同時又要開創新文學的道路。楊守愚、楊華、賴和、虛谷等人以中文創作，陳奇雲、王白淵、郭水潭等人以日文寫詩，內容反映被壓迫者的反抗心聲，與雄心壯志逐漸消磨的悲觀失望。一九三二至一九三七年，日本政府禁止使用中文。這時夢湘、吳坤煌、王登山等詩人著重社會寫實，而楊熾昌、李張瑞、林修二、林精鏐、董祐峰等，則

以超現實主義手法抒發個人情懷，楊熾昌甚至因引進法國超現實主義，而組成「風車詩社」，並發行同人詩刊。一九三七至一九四五年，日本政府全面禁止使用中文。決戰時期的新詩有兩大特色，其一是浪漫的個人抒情，以邱淳洸、邱煙南、吳瀛濤、陳遜仁為代表，其二是理性的家國情懷，以楊雲萍、張冬芳為代表。日據下的台灣新詩，強烈地表露了鄉土意識與民族認同，對於現實的關懷與藝術的追求也能同時予以關注。

一九四九年，政府撤守台灣，渡海人士基於國仇家恨，仿抗戰時期朗誦詩的節奏和語言，發為反共詩歌，成為一九五○到一九五三年間台灣詩壇的特殊景象。與激勵民心、鼓舞士氣的反共詩性質相異的，是以抒情為正宗的新詩，例如《自立晚報》副刊上的「新詩週刊」，由覃子豪、李莎、鍾鼎文、葛賢寧等人共同主編，其後乃有紀弦主編的《詩誌》與《現代詩》季刊出版，從此播下了「現代詩運動」的種子。一九五六年元月，「現代派」成立，發行人紀弦，另有九位籌備委員：葉泥、鄭愁予、羅行、楊允達、林泠、小英、季紅、林亨泰、紀弦，前後共有一百零二位詩人，這樣的詩壇盛事，自然是劃時代的創舉，詩人互相引發，奮力寫作，同時也招引社會的注目與關心。紀弦推行新詩的現代化，發表了六大信條：

第一條：我們是有所揚棄並發揚光大地包容了自波特萊爾以降新興詩派之精神與要素的現代派之一群。

第二條：我們認為新詩是橫的移植，而非縱的繼承。

第三條：詩的新大陸之探險，詩的處女地之開拓。新的
內容之表現，新的形式之創造，新的工具之發
現，新的手法之發明。

第四條：知性之強調。

第五條：追求詩的純粹性。

第六條：愛國、反共、擁護自由與民主。

其中影響最大的是「橫的移植」的觀念，它同時也成為大眾對現代詩詬病指責的焦點。一九五四年，「藍星詩社」組成，覃子豪在《公論報》副刊每週四登載詩作，謂之《藍星週刊》。同年，張默、洛夫、瘂弦等人在左營成立「創世紀」詩社，發行詩誌，台灣現代詩從此步入輝煌時代。「藍星詩社」的重要詩人余光中在一篇回憶文章〈第十七個誕辰〉中曾說：「藍星詩社」的聚合是針對紀弦的一個「反動」。「藍星」反對移植西洋的現代詩，以及主知的反抒情創作原則。因此「藍星」的作風大體上是傾向於抒情的。本質上，「藍星」不講詩社的組織，沒有社長，也稱不上什麼主義，因此頗有傳統文人雅聚的情調，而其成就亦往往就是個人的成績。

「藍星」第一個重要人物是覃子豪，《藍星週刊》維持了四年兩百多期。主編人先後包括余光中、羅門蓉子夫婦，以及王憲陽等人。其間重要詩人還包括了周夢蝶、向明、敻虹等人。以余光中的詩為例：

鄉愁

小時候　鄉愁是一枚小小的郵票　我在這頭　母親在那頭

長大後　鄉愁是一張窄窄的船票　我在這頭　新娘在那
頭

後來啊　鄉愁是一方矮矮的墳墓　我在外頭　母親在裏
頭

而現在　鄉愁是一灣淺淺的海峽　我在這頭　大陸在那
頭

鄉愁四韻

給我一瓢長江水啊長江水　那酒一樣的長江水
那醉酒的滋味是鄉愁的滋味　給我一瓢長江水啊長江水
給我一掌海棠紅啊海棠紅　那血一樣的海棠紅
那沸血的燒痛是鄉愁的燒痛　給我一掌海棠紅啊海棠紅
給我一片雪花白啊雪花白　那信一樣的雪花白
那家信的等待是鄉愁的等待　給我一片雪花白啊雪花白
給我一朵臘梅香啊臘梅香　那母親一樣的臘梅香
那母親的芬芳是鄉土的芬芳　給我一朵臘梅香啊臘梅香

唐馬

驍騰騰兀自屹立那神駒
刷動雙耳，驚詫似遠聞一千多年前
居庸關外的風沙，每到春天
青青猶念邊草，月明秦時
關峙漢代，而風聲無窮是大唐的雄風
自古驛道盡頭吹來，長鬃在風裏飄動
旌旗在風裏招，多少英雄
潑剌剌四蹄過處潑剌剌
千蹄踏萬蹄蹴擾擾中原的塵土

叩，寂寞古神州，成一面巨鼓
青史野史鞍上鐙上的故事
無非你引頸仰天一悲嘶
寥落江湖的蹄印。皆逝矣
未隨豪傑俱逝的你是
失群一孤駿，失落在玻璃櫃裏
軟綿綿那綠綢墊子墊在你蹄下
一方小草原馳不起戰塵
看修鬣短尾，怒齒復瞋目
暖黃冷綠的三彩釉身
縱邊警再起，壯士一聲唿哨
你豈能踢破這透明的夢境
玻璃碎紛紛，突圍而去？
仍穹廬蒼蒼，四野茫茫
臂篥無聲，五單于都已沈睡
沈睡了，眈眈的弓弩手射鵰手
窮邊上熊覬狼覦早換了新敵
氈帽壓眉，碧眼在暗中窺
黑龍江對岸一排排重機槍手
筋骨不朽雄赳赳千里的驊騮
是誰的魔指冥冥一施蠱
縮你成如此精巧的寵物
公開的幽禁裏，任人親狎又玩賞
渾不聞隔音的博物館門外
芳草襯踏，循環的跑道上
你軒昂的龍裔一圈圈在追逐

胡騎與羌兵？ 不，銀杯與銀盾

只為看台上，你昔日騎士的子子孫孫

患得患失，壁上觀一排排坐定

不諳騎術，只誦馬經

　　余光中的詩懷藏著濃厚的中國意識，楊子澗曾說：「余光中早年的詩作受古典詩詞影響頗深，一直到《蓮的聯想》系列作品，才樹立起他在詩壇歷史的碑石。《蓮的聯想》裏的詩作清新婉約，是他融合現代與古典於一爐的秀麗作品。留美去國期間的《敲打樂》和《在冷戰的年代》二本詩集，則吸收了西洋搖滾樂快速的節奏，來呈現他個人的天涯浪子心境。《白玉苦瓜》則由急驟的聲調慢慢走向安詳平和的鄉國之思，其中可見不少的『歌謠體』作品。《與永恆拔河》則以國恨鄉愁與獻身詩國的決心為主題。」

　　至於「創世紀」對當代詩壇影響最大的是倡導了超現實主義，張默說：「在創作方面，盡可能做多方面的實驗，講求獨創與多樣性的展示，包括語言與技巧的探討，聲音與色彩的交感，外在形式與內在秩序的調和，想像與聽覺的開啟及切斷，象徵的應用與捕捉，以及張力、歧義、矛盾情境的釀造等等。」重要詩人有大荒、辛鬱、季紅、洛夫、葉維廉、梅新、張默、碧果、瘂弦、管管、商禽、羅英等，第二代詩人則有汪啟疆、沙穗、季野、連水淼、許丕昌、渡也、張堃等人。他們針對現有的詩作進行嚴密的批評，以「生活的語言」入詩，因而一洗一九六〇年代意象繁雜、晦澀之弊。

　　而一九六四年創刊的《笠》詩雙月刊，亦是台灣詩史上

重要的里程碑。一九七六年六月創刊十五週年的同仁詩選集《美麗島詩集》，分為五大主題：「足跡」、「見證」、「感應」、「發言」與「掌握」，並在序言中說：「以台灣的歷史的、地理的，與現實的背景出發的；同時也表現了台灣重返祖國三十多年來歷經滄桑的心路歷程。」「凡我五官所走過所見過所想過所說過所把握過的一草一木、一滴血、一撮泥土，都是那樣地親切，也是那樣地苦楚與沈痛！站在我們的島上，立在我們鄉土的大地上，我們擁有個人內在澄明的心靈世界，也體驗群體生活中令人心酸與感動的歷史的偉大形象，我們歌唱著我們最熱烈最真摯的情淚心聲！」

《笠》詩刊的創刊詩人有吳瀛濤、桓夫、詹冰、林亨泰、錦連、白萩、趙天儀、薛柏谷、黃荷生、王憲陽、杜國清、古貝等。從戰中到戰後，跨越語言是最大的關卡，他們從習用日文轉而改以中文創作，語言的變易意味著詩思轉折。其間三大精神是他們始終堅持的信念：鄉土精神的維護、新即物主義的探求，以及現實人生的批判。《笠》的精神是一種拙樸踏實的精神，重要詩人包括陳秀喜、林亨泰、詹冰、桓夫、吳瀛濤、白萩、杜國清、李魁賢、趙天儀、非馬、李敏勇、鄭炯明、陳明台等人。

一九七○年以後，新的一批青年詩人陸續出現。他們從小使用白話，因此生活語言與文學語言沒有差距。同時他們自幼在這個島上成長，因此關心台灣的過去、現在與未來，嚮往古中國文化，期望創造新的台灣文化。他們不曾經歷戰爭，然而在農工形態轉變期中，舊道德與新思想的衝激之下，自有其新的壓力與苦悶。一九七○年代的青年詩刊以林煥彰、林佛兒、辛牧、施善繼、喬林、蕭蕭、陳芳明、蘇紹

連為創辦人的「龍族詩社」為代表，他們最初以回歸傳統為努力目標，力挽十多年來「橫的移植」之偏差走向，之後又以關懷現實、裎露生活為主要的書寫策略。其次是林鋒雄、陳慧樺、李弦、林明德等人的《大地詩刊》，這是具有學院氣息的青年詩刊，因此特別著力於新詩的批評與賞析。到了一九九〇年代，詩的創作依然不斷，多元化的詩壇，包括了寫實的、超現實的、象徵的、神秘的、浪漫的種種風格。主題則有生態詩、政治詩、返鄉詩、科幻詩、都市詩、山水詩、抒情詩、禪詩、網路詩……語言及形式又可分為台語、客語、原住民語、錄影、新文言、視覺、圖像、漫畫……等等，顯示更多的詩人正在創造新詩的新紀元。

第五章

突破「男遊女怨」的傳
統——文學與旅行

隨著兩千年來皇權制度的發展，中國擁有全世界最龐大、複雜，而且早熟的官僚組織，其中最大的思想特色，在於儒家的道德教化。當官吏奉派或被貶謫到他鄉異地服務時，他們以「移風易俗」或「化民成俗」作爲施政目標，優良的「循吏」政治，視各級地方官爲傳播禮義德治的領導人，他們帶著「文以載道」的價值觀離鄉背井巡視地方、下鄉服務。所到之處，興學開講、鼓勵人民讀書上進，並爲地方鄉民制定生活禮俗，其任重而道遠的使命感，使得「中國的文人遊記，不管到任何地方，都會提醒自己蒼生的苦難、民族的興衰」。

古代男性的遷移與思鄉，往往造成了心理上的虧欠，因爲害怕被親人遺忘或拋棄，因此文學史上乃出現大量男性假女性口吻的「閨怨文學」，他們揣摩固守家園的情人或妻子，如何堅貞執著地等待，春殘秋老，紅顏白髮，遊子懷鄉之情愈濃，「擬女性」的閨怨文學作品愈多。這樣的閨怨文學，當然只是男性心理的投射。因此，異鄉懷歸的主題，不得不走向刻板的「男遊女怨」的性別論述之路。

中國古代的男性，以宦遊、貶謫、赴考、隱逸而遊遍名山大川，創作出來的文學作品，除了閨怨詩體外，還有田園派、山水文學，以及遊記等幾大文類。無論男人爲什麼旅行，他們秉持著儒教遺訓所創作出來的旅行文學，在在都是「循吏政治」不斷地重現。關心民瘼的《老殘遊記》已無須贅言，甚至亦莊亦諧的《西遊記》，也是藉著神魔以寫現實人間的問題。作者象徵性地將掃蕩社會邪惡勢力的人才寄託在天生不屈不撓、具有異端風采與狂傲美的英雄孫悟空身上。藉由玉帝的輕賢與觀音的善於用人，表達明主唯才是用的「人

才觀」，而最終的目的還是爲了維護皇權的穩固，所謂「法輪迴轉，皇途永固」，這正是歷代遊記體裁最終無法突破的政治觀。

第一節 突破傳統的旅行文本

古典小說方面，《紅樓夢》作者曾創作出薛寶琴的十首「懷古隱物詩」，與西洋女子的一首「眞眞國女兒詩」等，顯示出清代的旅行詩創作概況：

喧闐一炬悲風冷，無限英魂在內遊。
昨夜朱樓夢，今宵水國吟。
島雲蒸大海，嵐氣接叢林。
月本無今古，情緣自淺深。
漢南春歷歷，焉得不關心。

薛寶琴的父親是個樂於在各處買賣的大商人，他帶著家眷「天下十停走了有五六停」，寶琴因而有機會隨父親遊商四方，並且留下了懷古七絕與帶回來一首西洋女子的中國詩：「我八歲的時節，跟我父親到西海沿子上買洋貨，誰知有個眞眞國的女孩子，才十五歲，那臉面就和那西洋畫上的美人一樣，也披著黃頭髮，打著聯垂，滿頭戴著都是瑪瑙、珊瑚、貓兒眼、祖母綠，身上穿著金絲織的鎖子甲，洋錦襖袖，帶著倭刀，也是鑲金嵌寶的，實在畫兒上也沒她那麼好看。有人說，她通中國的詩書，會講五經，能作詩塡詞。因此我父親央煩了一位通官，煩她寫了一張字，就寫她作的詩。」

　　薛寶琴詠懷古蹟、追憶故國與舊遊勝地的詩作，顯然還是傳統慣用的主題與格律，例如杜牧與蘇軾皆詠過「赤壁」。就其文學思想而言，薛寶琴的「赤壁懷古」依然承襲了男性將旅遊與歷史、政治結合的慣性，表達了詩人對三國時代古戰場上英魂的追思。「眞眞國女兒詩」的「漢南」一詞，脫胎於北朝庾信的〈枯樹賦〉，後人用以表達因懷念故國而黯然神傷，所以這首詩亦不脫以傳統國家社稷爲主的旅遊思維模式。

　　由於家庭環境等因素，使女性得以遊學的例子，在中國現代文學史上重要的女作家冰心身上，看得更清楚。她的父親是中華民國海軍部軍學司司長，從小住在海邊的冰心，曾經這樣描寫過自己的童年：

> 我從小是個孤寂的孩子，住在芝罘東山的海邊上。三四歲剛懂事的時候，整年整月所看見的：只是青鬱的山，無邊的海，藍衣的水兵，灰白色的軍艦。所聽見的：是山風，海濤，嘹亮的口號，清晨深夜的喇叭……我終日在海隅山陬奔走，和水兵們做朋友。

　　她最重要的旅遊文學完成於留美期間。出身於富裕家庭的冰心，使她在一九二〇年代便有機會留學於美國的文化之城波士頓，並搭乘約克遜號郵輪沿途遊歷了神戶、橫濱、威爾斯利等地，從太平洋東岸的上海繞到大西洋東岸的波士頓，藉由「寄小讀者」這樣的通訊體裁回憶她的童年，也讚嘆眼前的景致。

　　我自小住在海濱，卻沒有看見過海平如鏡。這次出了吳

淞口，一天的航程，一望無際盡是粼粼的微波。涼風習習，舟如在冰上行。過了高麗界，海水竟似湖光，藍極綠極，凝成一片。斜陽的金光，長蛇般自天邊直接到欄旁人立處。上自穹蒼，下至船前的水，自淺紅至於深翠，幻成幾十色，一層層，一片片的漾開了來……恨我不能畫，文字竟是世界上最無用的東西，寫不出這空靈的妙景。

除了寫景之外，冰心還在船上將小紙條封於錫桶內，投入海中，裏面寫道：

不論是哪個漁人撿著，都祝你幸運。我以東方人的至誠，祈神祝福你東方水上的漁人。

光復之後，走過愛國而精神昂揚的反共戰鬥文藝，台灣在一九六〇年代一度興起「現代主義」的文學風潮，使得藝術作品從社會家國論述的場域，回歸到個人的經驗描述與意識流程，為一九七〇年代三毛的自傳體小說奠定基礎。三毛既接受「現代主義」的文藝觀，即將她半生滄桑的人生經驗化為情節曲折離奇的故事，從中反映出來的生活和心靈沈潛，並不如一般輕鬆的旅遊文學，隨性地歌詠山水、抒情感懷。在艱苦的沙漠生活中，三毛依然不懈地追求美感體驗，是其作品對讀者藝術感染力最強的部分。

她的中篇小說《哭泣的駱駝》，描述在大難來臨前夕，魯阿邀請荷西和三毛至家中重溫友誼，過了這一天，人各天涯，游擊隊慘敗，八西里死在同志的手中，他深愛的沙伊達被從前追不到她的阿吉比公報私仇蹂躪至死，魯阿為搶救沙

伊達亦葬身血泊中……這些三毛深愛的朋友們如此慘烈的犧牲，不僅讓三毛痛心，更使三毛的讀者盪氣迴腸，久久難以平復。這些生長在撒哈拉沙漠上的人民，多麼熱愛著自己的土地！三毛寫道：

> 「撒哈拉，是這麼的美麗。」哈斯明將一雙手近乎優雅的舉起來一攤……四周的世界，經過她魔術似的一舉手，好似突然漲滿了詩意的嘆息，世界上沒有第二個撒哈拉了，也只有對愛它的人，它才向你呈現它的美麗和溫柔，將你的愛情，用它亙古不變的大地和天空，默默的回報著你，靜靜的承諾著對你的保證，但願你的子子孫孫都誕生在它的懷抱裏。

三毛在台灣開放觀光之前出國，而且一去就是對國人而言遙不可及的撒哈拉沙漠，因為她如此認真而執著地看待旅行，透過她充滿女性特質的人道精神和感性筆觸，使得她的旅遊書寫深深地影響國內的女性旅遊文學，尤其是一九九〇年代這個令人感到人類命運難測的世紀末，許多年輕女性藉著旅遊，重新定位自己，重新解釋人生。

一九九〇年代，當台灣的旅遊文學蔚然成風的時候，許多年輕女性將旅遊視為生命成長的一種儀式，這種「成年禮」的歷史溯源，不像是中國古代文人心懷蒼生的遊記體，反而比較接近英國伊利莎白女王（Elizabeth）執政時期貴族男子藉由四處探險，以豐富知識與膽量的「大旅遊」（the great tour）。因此，讀者可以在她們的旅遊書寫當中，透過閱讀，深刻地感受到文本與讀者之間，已不再是傳播知識與接收知識，權力與服從之間的對立關係。在三毛，以及小三毛們的

旅遊文本間，散播著一種文化氛圍，因為其藝術形式非制式化地混沌融合了自傳、小說、新詩、散文、報導等各種體裁，像是自助旅行般地走到哪裏玩到哪裏，想到哪裏寫到哪裏。使讀者得以在她們營造出來的異國情境中，恣意地休閒與玩耍。

這些離家遠遊的女性認為：旅行，是讓個人自我成長最快的方式。他們將自己置身在異鄉，心裏想的是從小看過的《金銀島》（*Treasure Island*）、《魯賓遜漂流記》、《鐘樓怪人》（*Dôtre-Dame de Paris*）、《小甜甜》……，以及長大後迷戀的「米蘭‧昆德拉」。故事是虛構的，但是不一定不真實，都市叢林中被金錢架空的日子、每天重複著升遷機率不高的工作項目，以及從小被諄諄告誡：女孩子不可以這樣、不可以那樣的許多戒律，讓她們懷疑遙遠而綺麗的幻想，或許才是人間最真實的事。對於許多少女而言，旅遊本身是一種浪漫的表現，因為它意味著小時候的夢想成真了。尤其是長期以來，為了扮演一個長輩眼中的標準好女孩而倍感壓抑的女性，旅遊的暫時變化，可以讓自己在遙遠的、不被人認識的國度裏，搖身一變，成為自己真正喜愛的角色。猶如舞台上的女主角，寫作的筆，以及異國的時空，就是她們的舞台。在沒有家累及更重的人生負荷之前，擁有一趟找尋自我的充實之旅，是她們回家後繼續秉持傳統人生觀的動力。

因此她們在國外，不會只滿足於奇風異俗的欣賞，更想要瞭解的是自己的人生，以及根本存在的意義。因為她們年輕，所以最重要的是執著以赴的浪漫精神的發揮：「張愛玲說：『出名要趁早呀！』……旅行也要趁早，否則，就趕不上生命的腳步。」「如同一位希臘哲學家所說的：活著就是為

了認識自己。那麼，旅行就是給了其中最大的機會。」當年
輕女作家進入一個完全陌生的空間，她們很容易將舊有的社
會包袱與生活中的框框拋在腦後，她們在文學創作領域裏享
受著短暫的自主權。師瓊瑜在文章開頭寫道：

> 其實，事情的一開頭與一段愛情有關。
>
> 戰爭。
>
> 死亡。
>
> 憂鬱。
>
> 反逆。
>
> 青春的憤怒。
>
> 種族文化的衝突。
>
> 意識形態的對立。
>
> 都在這段感情裏反覆的糾纏。
>
> 而後，愛情不再，留下的是這些白紙黑字的作品。寂寞
> 的，是的，我說
>
> 寂寞的陪伴著我。
>
> 情愛永恆的不可得，也許永遠比體內滋生出來的作品更
> 深奧難懂吧！
>
> 由此，我在一九九二年的冬夜清晨離家，離開台灣。此
> 後三年，遊走在歐洲、亞洲與北美洲，總在離家與回家
> 之間擺盪。（《離家出走》，一九九五年）

這種介於新詩、散文之間的文體，以及往後的一則則夾議
夾敘的故事群，很容易使類型學家為她的報導性質、遊記體
裁，以及自傳風格感到焦慮，也會讓文學評論者陷入難以歸類
的尷尬處境。然而打破文類之間的隔閡，也就成了許多女性旅

遊文學的特色之一，猶如她們用雙腳消弭了國家與國家之間的界限。就像所有的三毛迷都被她與荷西的愛情所迷眩，女性旅遊文本也往往關乎愛情：

> 巴黎改變我的生命。
>
> 我不是不知道婚姻的樣子，所以一點都不心急，很悠哉悠哉地品味目前的人生。（《性格女子獨闖巴黎》，一九九六年）

　　除了自我成長、愛情與文字的戲耍，是她們鍾情於旅遊文學的因素之外，「女性自覺」則是一項更為深刻的內省：「幾乎沒有一個歷史城市是因女人而建構的，而也太少由女性所擔綱設計的建築物了……」即使有屬性陰柔的城市，例如巴黎、維也納、京都，也都是為了男性的需求而設。於是，現代女性在擁有了經濟實力、知識權力，與切實的行動力之後，接下來必須承擔的是在各種空間中所感受到的抗拒力。換言之，年紀輕輕的女孩終於突破傳統，背起了重重的行囊，飛越了迢迢關山，如果在夜晚的倫敦街頭，面對著一座座充滿男人的酒吧與高級餐廳，仍然舉步維艱，那是否意味著一切又得從頭來？因此，對於更持平的兩性生存空間的需求，可能是目前台灣女性旅遊文字工作者，遊走世界各地後，較為積極而深切的體認。因為兩性在成長過程中，被賦與了不同的要求，所以他們不僅扮演著不同的社會角色，同時對於旅遊過程中所看到的世界，也會有不同的詮釋。旅遊之後，再回頭看看自己的國家，也許就能夠掃除從前被動地「等待」別人去建構自己生存的環境，而積極地希望自己也能為環境做些什麼。

　　文化評論家南方朔曾說：「人們『觀望』城市，旅遊風景，它不發現什麼，但卻印證了許多……」如果從「印證」的角度觀察當代的少女旅遊文本，我們將發現印證的價值。在許多旅行文本中，作者主觀的鋪陳、敘述，甚至於渲染，體察她們對異邦所作的「實錄」，可以很清楚地看出她們所欲「印證」的知識為何。例如：陳少聰航行於希臘半島與愛琴海諸島，印證了「木馬屠城」的故事，以及許多古典的神話與史詩；游淑靜在巴黎尋找法國大文豪筆下的「鐘樓怪人」；住遊愛爾蘭的廖和敏，在踏入一家小旅館後，立刻發現詹姆斯·喬埃斯（James Joyce）在《尤里西斯》（Ulysses）中所描述的場景和這裏很像……不同年齡層與性別屬性的作家「印證」中，往往透露其族群的共同經驗，同時也呈現出個人的審美取向。

　　成英姝探訪中國西南民族為有線電視頻道製作節目時，以「寨子情歌」作為旅遊文章的題目，也在一定的程度上，選取了她有興趣的切入點與觀察範圍。她關心摩梭族年輕女性的社會地位、少男少女成年禮的儀式過程，以及男女交往的基本模式……無論是期刊雜誌或是電視節目，其傳播媒體的性格，都足以使這些旅遊文本凸顯其「商品資訊」的作用。而年輕作家或遊學者的風景選擇與關注角度，也隨著他們出遊時，相機鏡頭對整體環境的塑造，以及美文、美景所傳達的效果，更容易美化當地的風土形象，因而帶動更多旅行遠方的風氣，這也許就可以解釋當代年輕族群旅遊文學蓬勃發展的原因。畢竟旅遊與文學創作都是非常個人化的經驗，唯有藉著親自走出一段旅程，才能夠算是真正印證了世界，也同時完成了自我。

第二節 海外華人的旅行散文

一、自然生態的追蹤

　　喻麗清在〈蝴蝶樹〉開頭的第一句話寫道：「兩年前，我曾經到過蒙特瑞半島……」這句話像一條串聯著繽紛魚群的釣魚線，勾引我們探索那一波波夢幻潮湧似的旅行樂趣。蒙特瑞，無疑是一座同時受著太陽神寵愛與海神眷顧的金銀島。當陸地上的遊覽巴士不由自主地投向藍天碧海的懷抱，汽車變成了輪船，霎時專業性格的司機也搖身一變，成了大力水手。他帶領我們環繞海灣，人類成了少數族群，成千上百懶洋洋地享受海上日光浴的海獅們，才是這兒的主人。等一會兒回到岸上，還有個大型水族館，珍藏了各式各樣的海洋生物，等著我們這群水晶宮裏的訪客飽覽海中傳奇。

　　女作家炎櫻曾說：「每一隻蝴蝶都是從前一朵花的鬼魂，回來尋訪她自己。」凝思著豐富生命力的海之濱，蒙特瑞那條「十七哩路風景線」，也逐漸清晰地浮映於讀者的眼前，路的右邊是浪濤如雪的海景；左邊則由遠處蒼松、平敞的農莊，與隱蔽的木屋，構成了人與自然和諧相處的美學世界，喻麗清就是在這兒讓自己迷了路。原本嘗試以地圖、相機進行一場走訪一代畫家張大千故居的人文之旅，卻無意間被一種懸滿了松枝的瑪瑙蝴蝶所吸引。她那黑白鑲邊的嫩橘薄翅，美得猶如教堂窗上的精緻拼花玻璃。當她們一串串地棲停在松枝幹上時，彷彿垂掛的灰暗藤條，總是令那不知情

的人擦肩而過，嘆息無緣。然而，只要有一隻蝶，輕輕一撲，迎向陽光，美麗如瑪瑙的蝶翅就在高陽下閃閃動人。不一會兒，這兒也有一隻，那兒也有一隻，這魔力的翅，讓松間的陽光感性地跳躍起來。

心中的一份感動正在手足無措之際，又聽說了一個令人傾心神往的浪漫傳奇。瑪瑙蝶的生命僅一年，卻不知她們為何世世代代耗盡一生的氣力，只為由阿拉斯加飛越三、四千哩路，到達美國加州蒙特瑞，尋訪那一株生生世世不能相忘的古老情人。許多水手知道這個故事，因為他們曾經在甲板上，輕輕拈起那筋疲力盡而墜落的蝶。這樣弱不禁風的瑪瑙蝶，卻稟賦了最堅毅卓絕的生命力，她們不怕累死，卻不堪無枝可依，「傷心」而死。可知林區的砍伐，便是她們最大的敵人。

生態科學的理性知識是如此深奧，身兼有脊兩棲動物研究工作者與文學創作者雙重身分的喻麗清，就這樣藉由瑪瑙蝶短暫的一生，以及蝶與松之間的動人描述，暗示讀者，生命現象無所不在的奇蹟。於是，當科學幫助我們釐清了自然現象的因果關係之後，我們終須依賴文學的想像之筆達成對生命本身的完整表述，以及對於超出人類有限理解範圍的高度奧秘與不確定美感的謙卑與禮讚。自然寫作者在感官與心靈體驗的促動下，像一位牽引著學習障礙稚兒的慈母或嚴父，帶領人們一點一滴地認識生命形成與追尋的過程，在文學與生態學的交互指涉下，教導人類感受自然界正在毀滅的部分，使千丈紅塵中的人聽見鳥鳴犬吠的清寂。在這樣的寂靜當中，總有些故事叫人聽得心疼。於是它喚醒了我們最古樸素的美感經驗，並油然升起對其他生命形式的尊重（**圖**5-1）。

圖5-1　美華作家喻麗清

　　「我跟我的寫作，就像那蝴蝶跟蝴蝶樹，不知道為什麼地相互依戀著。」喻麗清對自然生態寫作的信念，就這樣一步步牽引著她走向描述生物間相互依存關係的方向。所引人入勝之處，不僅來自客觀科學的觀察，同時亦飽含了面對自然與地理的強烈感受性與想像力。也許是身跨自然科學與文學界所特有的敏銳情感，喻麗清捕捉著原始浪漫的自然，從而形塑出糾葛、劇力的形象美。在喻麗清的筆下，豐富細膩的文學情感，擁抱了科學的觀察與研究。更重要的是，喻麗清並不耽溺於戲劇張力的高峰點，因為自然寫作本身也是一種關懷社會的具體行動。於是她在文章〈補記〉中遙念台灣蝴蝶谷時發出了深沈感觸：瑪瑙蝶為了避寒遠渡重洋，她們體內的毒素使鳥兒望之卻步，秀色可餐的蝶兒不死於飢餓的鳥，卻成了觀光小店裏被捕殺、拼製而成的「摧殘藝術」。這令人心疼的紀念品，不得不使人喟嘆：世上愛惜蝴蝶與樹的人何在？

　　雖然科學家們發現，蝴蝶的天敵正是人類。然而科學的菁英主義卻往往將大多數人孤立於實驗室之外，生態科學知識的建制化，包括長期大量經費投入的各研究中心與學術人才培訓，也確實導致了他們所建立起詮釋自然的主流語言，不可避免地具有強勢主導性，甚至於壓迫性。如果我們承認，語言是人類與其社會之間最關鍵性的媒介之一，那麼我們何妨讓它的存在，不拘泥於單一形式。這種野性的呼喚，勢必使得我們所使用的語言，隨時保持著反省、批判與民主的靈活空間。它恰好也是文學家追求形式與意識上不斷超越自我與突破夢想的窗口。於是身處科學博物館、看過各式標本的喻麗清，為了說明她所嚮往的野地，可以讓自己成為樹、成為鳥、成為無痕的風與自由……讓自我找回「充分」的感覺。她乘著寫作的翅膀，衝出了往昔對語言、藝術，甚至於婚姻生活等內在深沈的自我約束，發出「恨不得野」的鮮活精力。作家登上了感受力的巔顛，腳下為她奠基的正是夙昔所積累的科學經驗。她閉上雙眼，喚醒感官。這時，她的衣襟彷彿承接著如花的雪片，臉龐感到雨點的冰涼，耳膜被瀑布的喧嘩所敲打，眼瞳驀然間撞入了一朵寒單的花……

　　喻麗清在寫作中，將自己化身為一位不槍殺動物的獵人，凍得半死，浸得濕透，餓成不擇食的獸，然而她同時也體會到潛入海底的感覺、針尖的感覺、靜止的感覺，與死而復生的感覺。或許對她而言，人與自然還是一分為二的，因為從她筆端傾瀉而出的自然，是無人的曠野、極致的景觀，與拯救麻木靈魂的性靈救贖。從蝴蝶與樹的關係啟發中，喻麗清走過了價值判斷、倫理規範，乃至於美學賞析的路，其間對於保存生物群聚的完整、穩定與美，始終是她最依戀的

信念與寫作態度。

喻麗清很喜歡和孩子們講的故事，還是關於一棵樹。她愛上了一個孩子。孩子小時摘她的葉子、吃她的果子，在她的樹枝間盪來盪去，願在她的蔭下沈睡。孩子長大了需要錢，便把樹上的果子摘了賣錢；需要房子，又把樹幹砍下造房子；想起了遠方，只得用她的身子造船去遊歷。很久以後，孩子老了，只想找個地方坐下來休息，於是這枯樹樁子正好給人休息。樹木化成母親的身影，將一身所有奉獻給了她的小蜜糖。喻麗清在思念母親的時候，想到的意象是落葉：「季節到了，葉子便辭枝而去……一葉葉無聲的安息，恰像一頁頁沾滿秋天的顏彩而寫就的詩篇……不是所有的死亡都是我們能讀得懂的。」(〈落葉〉，一九八三年)

我們與其說喻麗清的自然寫作是在爭取動植物們的生存空間與意義，強調它們的生存「權利」；毋寧說她在找尋人與自然文化的「關係」，那是人與樹、葉子與樹，以及蝴蝶與樹的關係。有別於西方文化對於生物棲息權利的強調，這「關係」的思考所構圖而成的一幅幅人文關懷景觀，卻正是中國文化在生態意識上的義理。喻麗清不自覺地將生態學的常識，融入日常生活中倫理與情感的層面，形成她花果飄零處境下的歸根描述。她眼中的每一隻蝴蝶，都是一個自己。蝴蝶宿命地長途飛行，說明了她的不能「安土」；半數的蝴蝶得以返鄉，又刺激了她「不是每個人都有歸根的福氣」。她的另一篇作品〈回家〉，故事中老年癡呆的父親，口口聲聲說要回家，卻不知回哪一個家。台北長安東路的家呢？還是河南開封蒙塵小巷裏的家？在喻麗清門前的三株杜鵑，一年死去一棵的時候，她寫道：

還是鄉愁

除此之外　無以名之

二、城市的記憶

我們對於一座城的記憶，能持續多久？這事實上是一個文學傳播的問題。若不是《天方夜譚》經過了七、八個世紀的承傳，無數個童年的夢想在阿拉丁神燈、辛巴達的航行，以及阿里巴巴與四十大盜的陪伴下奇歷冒險，那消失了的鄔巴爾神話城國，充滿香料的天堂樂園，西元四世紀阿拉伯沙漠中的欲望之城，怎會在重重流沙掩埋之下，仍然縈繞於人們心頭？那一身英雄氣魄與文人氣質兼美的 T. E. 勞倫斯（T. E. Lawrence），在險惡狂沙中，既抖擻又優雅地讚美這不滅的消失之城——沙上的亞特蘭提斯。

有關城市的美麗記憶，如何在文學筆下散發出迷媚的光彩？我們最好再回頭看看，晚明張岱《陶庵夢憶》，那江南大城的感官極致之美；清盛時期，沈三白和芸娘滿意切懷的滄浪風景；白先勇小說〈冬夜〉裏知識分子的溫州街，和紀弦筆下〈濟南路的落日〉……這無疑地是一個豐富的文學課題。

李黎於一九九二年二、三月間，陸續寫出了〈城市的氣味〉、〈城市的聲音〉，與〈城的記憶〉。屬於她的城市書寫風格，由此定調。原來對於城市的描述，大致上可分為兩類：一類如張岱、吳自牧、周密等人，生動地記述了自己曾經生活過的都市風情與面貌；另一類則是從旅人的視角，運用豐富的想像，發覺城市的奇趣。它們的共同點在於作者對於城市的勾勒，往往充滿著熱烈的企圖。他們集中了視覺、意念

圖5-2　美華作家李黎

與想像，透過偏光的敏銳觀察，折射出某一座城市不朽的光輝，其中也經常飽含或釋放了作者的個人敏感，與主觀的浮生經驗。然而不可否認的是，成人的世界裏，街道的意象多多少少被窄化到消費關係上。於是，在城市的文學中，如何觸及更多元的關懷層面，使讀者進入不同的歷史記憶，即使無可避免地形成消費文化的一環，也是足以提醒我們舊好時光與當今價值觀的差異，還有那城市的微妙變化，對人們所造成的影響（圖5-2）。

　　關於許多城市的浮沈與想像，李黎在《天地一遊人》中，首先收錄的是〈城的記憶〉，其中包括了「沙」與「城」的兩段回顧。考古學家們利用了裝置在人造衛星和太空梭上先進的遙感科技，探測到阿拉伯半島東南端，深掩於黃沙之下的鄔巴爾古城。時空彷彿倒流了，一座四、五千年前商旅來往貿易的通都大邑，霎時間浮現眼前。神奇的探測技術向

我們證明了，神話城國曾經沈睡，卻不曾被完全遺忘。弔詭的是，土地的記憶，有時不免依賴人類筆下介於可信與不可信之間的語言文字，然而為了證實它的可信，又總得借用沈默的古蹟來承載與解讀這紛亂的密碼。無論通衢大道或深弄幽巷，最耐人尋味的是人們給與它的名字。那是一連串的符碼。當我們企圖跨越虛實分界，拉住這猶如氫氣球般晃擺不定的浮城，為它的曾經存在，所留給我們的意念、文字、視覺與想像，形塑出屬於人與城在廣大的歷史文化背景下，凸出的一群群浮雕藝術。又像是捕捉著多面切割寶石的任一偏光側影，我們需要它不同時期的名字，作為爬梳的線索，以探求在新舊勢力的稱服與臣服之間，許多有關於宗教與意識形態的歷史烙印。李黎特別舉出，台灣北端的三貂角，其實是三百多年前「聖地牙哥」的轉音，這是西班牙人的遺蹟，也是與我們切身的故事。然而故事之後還有故事，那是作者在西班牙人於北美洲所建立的另一座聖地牙哥城，生活了十五年的真實感觸。在許多異國情調的地名上，李黎看到了武力、入侵與殖民等「人與人、文化與文化之間無可避免的衝突」過程。那些記憶，一再地被傳述與重現，彷彿是一顆顆可以照見自己身世的淚珠，滾動在會說故事的地圖上。

　　城市人生活的主觀紀錄，還可以用它特有的氣息來捕捉與敘述。李黎少年記憶中的港都高雄，交織著海水、鹽分、魚、船、車……等親切的氣味。長大後，她可以用相似的嗅覺，將截然不同的城市聯繫起來：開羅的寺廟、香料、駱駝馬匹、燒烤牛羊肉……那魅惑人心的古老大漠的氣息，令人想起烏魯木齊和西安。斯德哥爾摩的老舊旅館在她的品嗅之下，竟能出現與上海、北京類似的骨董氣味。這些城市容或

易於更新地貌，然而那值得細細品嘗的複合式氣味，卻久久揮之不去。於是，蘇州城內蛛網交織的運河腐水味，對上了蘇黎世、日內瓦與盧森堡的純淨濾水空氣，介於它們之間的第三種氣味，則是夏威夷淨潔不單調、斑斕又大膽的複雜感受。那京都的祭典香火、木石與苔蘚，卻又比不上生猛蓊鬱的香港南國氣息。我們在自己的城市住久了，難得聞到它的存在。倒是台拉維夫街頭上的猶太人，頻頻回首台北計程車上撲鼻清香的玉蘭花。都怪我們對這清爽的美好氣味太熟悉了，那飄蕩在我們城市裏的多種氣味啊！莫不是天地一遊人，像李黎，怎會回頭看到自己二十多年前的深深一嗅，如今想來，才知是鄉愁。

在十分聲色的城市文化裏，我們集中了注意力在它的風土景觀上，卻不一定真實感受到各種感官與欲望的極致之美。例如「市聲」的紀錄，往往不及旅人的眼睛所拍攝下來的鏡頭與畫面，然而它確實是描寫城市故事的一環，間接或直接地反映了城市的活動狀態。不同的聲音時而共同整合成最大交集的記憶，經由作家的創新鍛造角度，讀者就能「聽見」一座城市的膨脹或收縮。唯有雙目失明的詩人，才能注意到遍地的音樂。李黎據此喚醒那曾經是充耳不聞的城市聲浪，並且透過懷舊情緒的發酵作用，讓她的城市書寫與雙耳接軌。敘述依然回到了童年的記憶，一切從頭說起，清晨在枕上是如何甦醒的？由遠處的雞啼，到近處的步履、門戶聲，以至於逐漸鼎沸的人語聲、車聲、店家開門聲，一直到吆賣早點、小學生朗讀，以及晨間新聞……這些聲音告訴我們，城市正在膨脹與發酵。到了夜晚，蟋蟀、蛙鳴、壁虎吼為背景，收音機裏的音樂、按摩者的笛聲與麵茶哨子，以及

後來普遍的電視廣告歌曲，便成了主題旋律。城市裏的聲音傳遞出屬於它的成長紀錄。當我們在地的時候，市聲使人產生慣性，不夜城裏的人們，不聽見車水馬龍是不能睡去的。一旦成了異國遊客，盈耳不絕的蟬嘶，也能立刻成為一場豐富的情感盛宴。李黎也因此總是在出國與回國、寂寞與擾攘之間，記錄了思念的距離。

隨著台灣女性族裔作家漂泊、離散、求學與旅遊的足跡筆走天涯之際，當代城市文學逐漸輻射出不同族群色彩的生命體驗。例如：李昂的城市書寫往往伴隨著福佬族以商立國的強者哲學；而朱天心的筆端則又埋藏了外省族群政、經失勢的窘境。李黎自稱「一個來自台灣的中國人」，從留學生涯起，長期寓居美國。她在京都漫步的時候，刻意讓文字段落形成意識的流動與穿插，一方面欣賞宗室、工藝的細緻與考究；同時又從心底喚起一陣陣來自美國大學演講廳裏的研究報告：日本人曾經在中國人身上所進行的種種殘酷實驗；身為女性的敏感記憶，則又同時在她耳邊想起叮嚀：當年出閣時，母親堅定地說過不用日貨。於是她的城市書寫同時承載了族群的烙印與女性的記憶。

將女性空間融入城市文學的另一寫照，是以身為人母的角度，在巴黎某個非觀光景點的兩個地鐵站之間，尋找愛兒最喜歡的一處電影場景。那樣一個紅氣球的故事，同時吸引了母與子。她決定為孩子記錄下共同欣賞電影的美好經驗，於是不停地找尋老電影中的教堂、街道，以及可能殘存的點點滴滴。當快門閃爍的刹那，那看不見的城市，新舊影像重疊在母親美麗的憧憬裏，希望她的孩子將來看得懂這些照片上娓娓動人的故事，每一幀都是愛。

第六章

流亡者的詩篇──文學
與政治

古巴人民心目中的建國國父——何西‧馬帝（J. J. Marti），一生爲了自由民主而奔走。在戎馬倥傯的軍旅歲月裏，他發揮了文學的才華，以詩歌、小說、戲劇、散文等文體，借用現代主義與象徵主義等藝術手法，執筆喚起國魂。我們今天從他的信箋、演講、宣言、日記，以及雜文等著作中，不難感受到那文學的筆觸與政治的企圖。他曾經穿梭於拉丁美洲，遊走於古巴、西班牙與美國之間，觀察三國的抗衡局勢。並號召知識分子以撰寫兒童故事作爲教育志業，希望孩童自幼體認自由平等的眞諦。它具有強烈的國家意識，願意爲終結古巴的被殖民而奮鬥。他在一八六九年至一八七一年入獄期間，寫下〈古巴的政治犯〉，將一個十八歲青年初探政治的斑斑血跡以文學之筆記錄下來。馬帝的小說善用比喻與象徵來鋪陳情節，短篇故事集《金色年代》以文學陳述政治、歷史與思想，它著眼於整個美洲，細心經營每一段故事及語彙。長篇小說《露西雅‧赫雷茲》則洋溢著現代主義藻飾、唯美、高貴、講究音樂性，與融合傳奇色彩與異國風情等特色。

然而眞正使他成爲古巴三大作家之一的創作文類在於詩歌。他經常使用色彩互襯或對比的方式來呈現作品旨趣，例如：黃色代表憂鬱、黑色代表死亡，藍色是蒼穹、金色是夢想。綠色是他最常使用的顏色，它一方面象徵脫俗的美與創造力；同時也可能是粗野的、嫉妒的性情表徵。他的詩篇中有山巒、太陽、雲朵、星辰等偏向靜態的描述；同時也用火山、烈焰、噴泉來譬喻心中的理想：

我是敦厚純樸男子

來自棕櫚生長故鄉

在我死去之前我要

散灑心靈詩韻篇篇

　　一九三三年他出版了《流亡的花朵》，詩集中吟誦出他所
關心的主題：自由、愛與責任。戰亂與流亡的政治書寫無疑
是二十世紀世界文學史蔚為可觀的文學現象。自二十世紀上
半葉起，由於政權的壓迫而導致民族割裂，張秀亞曾經寫出
穿越封鎖線的經驗，於今讀來仍能體會她的餘悸猶存：

　　我曾和兩位同班同學，穿越過敵人的封鎖線奔赴自由祖
　　國，在最後一戰——那隔開晝與夜、自由與奴役的分界線
　　——受到一個猙獰敵兵的嚴厲盤詰，我險遭悲慘的命運。
　　在最重要的一刹那，那個敵兵的刺刀尖峰劃破了苓的母
　　親照片包紙，立刻，那可怕的敵兵竟變成了一個軟弱的
　　孩童……

　　在戰爭與許多人被迫流亡的時代背景下，政治文學儼然
形成一分為二的局面：一是境內的本土文學；另一為匯興於
海外的流亡文學。離開祖國的文化母土之後，許多失鄉者往
往也同時陷入了失語狀態。流亡歐美的詩人、散文與小說
家，在文學語言竭力於西化，甚或美國化的同時，他們確實
使得母土文化漸為自由世界所瞭解，卻不見得能對本國文壇
產生影響。然而，當本土文學淪為政治附庸之後，這批在紐
約、柏林、巴黎、布拉格寄居的邊緣人，卻始終秉持著繼承
母國文化的信念。

　　海峽兩岸的政治與文學在一九四七年後，亦發展出特殊

的流亡論述。大陸寓台人士並非眞正流亡國外，雖然多數作家均曾反映台灣文化、語言、風土與大陸的差異，然終因文藝、國語政策與作家個人意識形態的契合，以致流亡作家不僅不曾失語，反而相對地容易取得發表場域。而台灣社會的美式現代化，又緊繫於安定的基本原則之上，於文藝層面進一步開啓了現代派思潮。現代主義之流行於台灣，某種意義上是塡補了出走美國而無以爲繼的自由主義思潮。新一代的外省作家於是運用意識流、內心獨白等文學技巧，來建構自父執輩以降的流亡生涯。

第一節　亂離與渡海

　　狂飆迷離的一九四七至一九五一年間，國共內戰的情勢由和談的氛圍急轉直下，戰局風捲殘雲，一九四九年二月前後是兩岸人們決定去留的關鍵時刻，遲疑之間已改變了許多人一生的命運。數以百萬的軍民奔逃渡海的結果是在台灣度過了後半生。在許多人面臨生離死別與抉擇的傷心時刻，動盪不安的局勢，使得想要逃離大陸，並不如想像中的容易。其中最困難的是交通問題。儘管死守家園的人所在多有，然而逃難的人潮仍遠遠超過交通負荷量。尤以大小戰役之後，運輸工具的受損情況異常嚴重，如鐵道受戰事的影響而中斷等等，都是對當時擁擠人潮的巨大考驗。張系國等人曾回憶當時的情景：

　　　　那年五歲，在南京火車站的逃離人潮中，終於被人擠入

開往上海的火車裏。母親卻在車外擠不上去，火車即將
開走，好心的人把張系國從車窗遞給嚎啕大哭的母親，
「如果那時就此走散，不知道現在我在哪裏，」
站裏已經不賣票了，全隨人自由上下。行李塞上車後，
我從窗口爬了進去，蒙頭蒙眼被車裏的人拉拔站住了，
睜開眼，只見滿坑滿谷擠得不成樣的人：車頂是人，車
窗是人，一地全是人……

一九四九年春，平津失守，上海危急，部分軍隊和政府
機關及其眷屬，紛紛坐船走避，從漢口登船經上海，奔赴台
灣。對於這批亂離人而言，台灣是暫時避亂的歇腳處。而他
們日夜牽掛的地方還是生長他們的故鄉。白先勇曾在他的小
說裏，深刻地描述了這樣的鄉愁：

> 有一天晚上巡夜，我在營房外面海濱的岩石上，發覺有
> 一個老士兵在那兒獨個兒坐著拉二胡。那天晚上，月色
> 清亮，沒有什麼海風，不知是他那垂首深思的姿態，還
> 是那十分幽怨的胡琴聲，突然使我聯想到，他那份懷鄉
> 的哀愁，一定也跟古時候戍邊的那些士卒的那樣深、那
> 樣遠。

這樣的文字，曾經出現在許多同樣經歷的作者筆下。未
曾與時稍歇。長達四十年的動員戡亂戒嚴法使兩岸魚雁難
行，萬金家書無從寄。一九八七年解嚴之後，政府隨之開放
大陸探親，許多當年的軍士、而今的老兵回到故鄉，看看幾
十年來不曾相見的親人，許多以返鄉探親為題材的作品，紛
紛出現。在文學史上，懷鄉主題總是人性普遍存在的課題。

　　回顧國民政府遷台時，跟隨政府倉皇東渡的公教人員及軍人在遠離家鄉頓失依靠後，來到一個語言不通，社會文化又與自身差距甚大的地方。因思想習慣的迴異而產生的衝突便開始考驗著島上的各個族群。「苦悶」二字則可說是當時外省青年的心境寫照，苦苓在小說《禁與愛》中寫出了他們的處境。甚至將主角取名為「劉國軍」，暗示了沒有社會背景的外省人，他們的思想和人生唯一的前途只在投身軍旅。

　　這段時期來台的大陸女作家，諸如蘇雪林、謝冰瑩、沈櫻、孟瑤、張秀亞，以及聶華苓等，她們大都生長於五四至後五四時代，不僅接受過新式教育，更對於自由主義傳統的體認與嚮往，具有高度信念，女作家張愛玲就曾經為文描述那個屬於她們成長過程的五四時代：

> 大規模的交響樂自然有不同，那是浩浩蕩蕩五四運動一般地衝了來，把每一個人的聲音都變了它的聲音，前後左右呼嘯的都是自己的聲音，人一開口就震驚於自己的聲音的深宏遠大；又像在初睡醒的時候聽見人向你說話，不知道是自己說的還是人家說的，感到模糊恐怖。

　　這些女性在從事創作、教學、翻譯、採訪或編輯等職業多年後，渡海來台，於當時國語政策的推行下，展現了高質量的文學成果，同時也造就了女作家群活躍於台灣文壇的時代。其中將刻骨銘心的渡海經歷，以及流寓初期所思所感，娓娓細訴予廣大讀者，且蜚聲於文壇的散文女作家，可以徐鍾珮及羅蘭為代表。

　　徐鍾珮於一九五○年六月十日，提著一口大箱子跟著大眾登上基隆港起，四個月間，寫下了《我在台北》一書，成

為日記與自傳結合的散文集。文中歷敘船上生活的種種艱辛與慰藉，抵台後從寄居到建立自己家庭的周折。其間曾深刻感受到與難友們高談闊論的暢爽，也有失去小外甥女的哀戚痛惋，以及對於家庭主婦所承受的沈重負擔，寄予同情和理解。在發現了台灣之美的同時，亦以曾經駐派英倫的經歷，對於來台後所見國際局勢之人情冷暖，感慨良深。

羅蘭本名靳佩芬，於一九四八年四月二十九日，帶著擺脫前半生歲月和甩脫詭譎內戰的想望，隻身來到了基隆港，手裏提的是兩只輕若無物的小衣箱。將近五十年後，她的腦海裏總不忘記的是：「我那有生以來第一次的『海行』」。遂於一九九五年寫下了回憶錄「歲月沈沙」第二部《蒼茫雲海》。將畢生對父親的思念，以及立足台灣半世紀所闡發之文化總評，消融在生活的涓滴裏，匯聚成江水滔滔的宏觀與細述。

戰後東渡來台的大陸作家，因政權激變，而拾起衣箱，踏上流亡的道路，從而改變了台灣文壇的發展方向與政治格局。僑寓文人從「權作避秦」，到「收復無望」，乃至於「終老斯鄉」的輾轉創作心路，終使得「流離意識」成為重要的台灣文學現象之一。外省作家凸顯出海外孤島作為民族流亡中心的特殊意義，直到第二代作家的出現，讀者都還能夠從他們的作品中清晰地察覺到中國人退守台灣的流放悲情，及其身處邊緣，卻又胸懷中心的文化意識。他們將個人的境遇，比附在整體國家命運的那種「憂時傷國」的態度，被白先勇斷言是：「繼承了五四時代作家的傳統。」從大陸到台灣，生於「五四」，長於「後五四」時期的女作家，因其本身才自重重束縛中解脫出來，於是將二十世紀新文藝女性的自

由、解放觀點，與台灣現實生活中奮鬥的經驗相互結合，並落實在流寓生活書寫裏。

當戰爭剝奪了人們理想和現實中的家鄉時，乘船渡海便成爲流亡生涯的第一步。一九四八年三、四月間，東北戰事緊急，二十九歲的羅蘭感受到自己在有形的戰爭與無形的黑暗中尋不到出路，日日所面對的是無望的歲月，她急欲掙脫這種無奈的陷落感，於是奔向海外之島的渴望，如同生命對空氣和陽光產生自然而然的生物趨向性一般。她登上了和順輪，離開大沽口，駛向上海，輾轉來台。

離開吧！在這黑暗愈來愈濃密的時候。

在港口等待潮水之際，彷彿船也遲疑起來：「眞的要走了嗎」，她起初的構想是：「我所要追求的是一個短暫的『海闊天空』。」作者在船上乘著晚風，將星空設想成「藍緞上灑著大把的碎鑽」，擁毯倚坐船頭，隨著船身左右均勻地搖晃，感覺像在母親的搖籃裏。於是她在大海上漂泊的時日裏，想起了自己的母親。想到母親推動他們兄弟姊妹七人搖籃的手。如今在漫天烽煙裏，始慶幸母親的早逝。女作家呢喃道：「我好像是很快樂。」並非眞感快樂而是因爲心繫遠方的家人。朦朧的意識裏，女性始終對於提起皮箱、登上輪船出走一事，感到自己在戰爭中，對於家人是殘忍和麻木的。如若沒有這份殘忍和麻木，如何斷然與「家」分手，成全自我？羅蘭晚年回顧、剖析這樣的心情道：「你曾想念過他們嗎？在長長的歲月裏，你曾爲自己的不孝而不安過嗎？沒有，好像沒有，似乎沒有，大概沒有……」不敢肯定，不能深入追問，因爲砲火下顚沛流離的滋味，已使人們善於克

制，克制自己不要悲傷、不要懷念，於是近乎沒有牽戀。

　　然而顛沛之間，女性的皮箱與輪船的故事，仍在持續中，並且隨著局勢的邅變而愈加倉卒與緊急。一九五〇年六月十四日，徐鍾珮說：「南京淪陷了，隨著也淪陷了我的家，和我旅伴們的家。」她形容當初所乘的太平輪二等艙是「一個黑黝黝的大洞」，人一下洞，便有一股異味撲鼻，地下又濕又黏，原來是一艘貨艙改裝船。儘管如此，她仍然十分珍視這同船渡的緣會。對於船上的旅伴伸出溫馨的援手。與她同行的四位太太平均每人兩個小孩。當孩子們一會兒吃，一會兒吐之後，徐鍾珮說：「我滿床成了一幅五彩圖。」想爬出船艙透透氣，結果「甲板上黑壓壓的都是人」，由她代為照顧的兩個辮梢走了樣、短髮已蓬鬆的孩子們，就成了「黑洞中的天使」。海風下，浮動的船身中，徐鍾珮想起的是另一位女作家，海軍將領之後——謝冰心。不暈船的冰心，自幼環繞在海隅、水兵和軍艦之間，她據此傾訴對父親的孺慕：「這證明我是我父親的女兒。」見船就暈的徐鍾珮遂又進一步聯想：「我的父親不是海軍出身，我也證明了我是我父親的女兒。」

　　在女作家的皮箱與輪船故事的背後，分別隱藏著母親和父親的身影。無論已婚或未婚，身為女兒的意識使她們將船身的意象幻化、聯想為溫暖的雙親，並藉由「母親的搖籃」與「我是父親的女兒」等想像與宣稱，使得海行成為家的延伸。女作家透過私密的感官體驗，以及對其他女作家的認同，將其所重視的瞬間印象，諸如：星空下搖晃的船恰如母親推動的搖籃，以及暈船噁心等具體感受正說明了自己是父親的女兒等跳躍式的聯想，使意象在似連非連之間，暗示了

內心的思鄉情懷，並以此直覺來縮合短暫的「流亡離散」與永恆的「思鄉懷舊」等兩大主題。

在相同議題上，相較於男作家的直接鋪陳，女性藉物質世界可感之物，間接而朦朧地表達出精神狀態中的事實，均帶來了掩映於亂離處境中的情思與想像。於此思維中，徐鍾珮將倉皇亂離之間所遭遇的暈船嘔吐等難堪的窘境，以「幽默而情味的文字」舉重若輕地排解了苦難中的憂愁與紛擾，於輕鬆的生活態度與認真地追尋自由之間，面對真實卻又荒謬的人生，展開自我的胸懷，笑看浮世繪裏的悲欣與種種的意外和落差。

歷史以治亂相循展演出綿延的文化軌跡，古來描寫大時代中人們流離失所的「亂離文學」，往往因詩人感情噴薄，樸素幾筆便產生生動的場景與震撼人心的氣魄。從《詩經·大雅·召旻》中所云：「民卒流亡，我居圉卒荒。」到漢末王粲因諸軍相互攻伐而避地荊州時，以一首膾炙人口的〈七哀詩〉言明：「西京亂無象，豺虎方遘患。復棄中國去，委身適荊蠻……未知身死處，何能兩相完？……南登霸陵岸，回首望長安……」北宋顛覆之際，江湖詩人劉克莊再以〈北來人〉道盡南渡流亡之士的悲慟：「老身閩地死，不見翠鑾歸。」張元幹亦云：「雲深懷故里，春老尙他鄉。」中國古來的放逐，最折磨人的，也正是有家難還。當代詩人、同時也是醫師的曾貴海，曾有一首詩寫一位罹患肺癌病人的鄉愁：「暗示他／家在哪裏／太太怎麼沒來／朋友呢／他只是沈默的搖頭／突然，一顆淚水噹的滴在／台灣的地圖上／蔓延」。李敏勇評述道：「許多新住民在殖民者與逃難者的混淆身分裏，不得不從過客成為歸人。在融入台灣的過程，鄉愁

鐫刻在心版。」

　　循此脈絡重讀男性詩人的亂離之作，如兩漢樂府：「十五從軍征，八十始得歸。」（〈十五從軍行〉）並重新觀察南朝詩人刻意模糊中原京華與江南世界的時空座標，其「登高眺京洛」、「回首望長安」（沈約〈登高望春〉）的熱熾，達七百年不滅。降及南宋辛棄疾曾經夜半狂歌：「悲風起，聽錚錚陣馬檐間鐵。南共北，正分裂。」（〈賀新郎〉）而一部《稼軒詞》從「海山問我幾時歸？」（〈臨江仙〉）與「看試手，補天裂」（〈賀新郎〉）的豪情，到「萬事雲煙忽過，百年蒲柳先衰」的心灰與悵惘。南北宋各占一半人生歲月的白話詞人朱敦儒，到晚年也壯志頓減：「此生老矣，除非春夢，重到東周。」（〈雨中花〉）「有奇才，無用處，壯節飄零，受盡人間苦。」（〈蘇幕遮〉）

　　此外，女性詩人在臨安淪陷、厓山覆亡之後，被迫去鄉千里。在顛沛流離中，我們不僅看到李清照的慨嘆：「春歸秣陵樹，人老健康城。」（〈臨江仙〉）更有被蒙人所掠奪而羈留燕地的才女，如陶明淑的：「塞北江南千萬里，別君容易見君難，何處是長安？」（〈望江南〉）吳淑眞的：「塞門掛月，蔡琰琴心切。彈到笳聲悲處，千萬恨，不能雪。」（〈望江南〉）華清淑的：「萬里妾心愁更苦，十春和淚看嬋娟。何日是歸年？」（〈望江南〉）如此白描的手法，敘述著經年羈留異鄉的憤恨與哀傷，以樸素之筆直抒胸臆，刻畫亂離社會的影子，又比男性遺民作家高雅典麗、悲壯堅實，詠物起興的風格更加深刻，而激越地反映出她們所肩負的苦難。這些詩詞映照在遷台女作家的心境上，羅蘭曾說：「多年來，我只敢看蘇、辛、陸、朱等詞家清曠的作品。他們幫我超然，助

我擺脫。」陸游筆下：「一個飄零身世，十分冷淡心腸。」遷台文人經歷了離別與割捨，面對飄零的身世，提煉出一副「獨來獨往」的「冷淡心腸」。流亡女性寄情於古典詩詞，抒發故國式的離愁，在念舊懷古的文學幽思中，暗自擁有一個屬於自我的「長安」，也在畢生修築感情的堤防背後，藉古人所云，向家人說一聲：「別來將謂不牽情，萬轉千迴思想過。」

　　亞洲華文世界的亂離文藝論述向來隱微不顯，然而若論漂流的中心與代表，則非台灣莫屬。一九四九年的大遷徙，是繼明末鄭成功率眾渡海來台之後，規模最大與流亡時間最長的大分裂。其間文藝思想頗有承續晉室東遷、宋人南渡以降，逐臣遷客、遊子戍人的傳統，同時亦開啟了二十世紀亂離文學的另一章。臺靜農對此文人處境，特以「始經喪亂」陳述之；而唐君毅則形容為中國人的「花果飄零」。無論是「喪亂」或「飄零」，台灣作為中國民族的離散中心，在政治及國際社會上的意義是將塞外小島轉移為國府中心；就文化層面而言，這一座孤島對遷台客來說，既是逃避現實的世外桃源，又是抗敵的精神堡壘；既是異鄉又是家鄉；既是國家又是省分……在多重身分迷失、憂國情結蔓延與危機意識深重的遷台作家身上，女性借用自然物象，包括風土景致的色彩、香氣，乃至於音調等感官上的交錯、互用，來提升古來傳統流亡書寫的民族大義與悲憤之情，則時而有之。

第二節 流寓生活

　　一九四九年之後，台灣文學中有許多作家將時序動亂之感與江山今昔之嘆，發揮在他們的歷史意識書寫下，例如：余光中擷取屈原委曲婉轉表達蕭條異代的惆悵之意而寫下〈小小天問〉一詩，周夢蝶援引杜甫動亂歲月中的鄉情而作〈秋興〉，他們所欲表達的是歷來亂世詩人放逐／回歸的永恆主題。余光中祖籍福建永春，一九四九年離開大陸，負笈漂泊台島，一九六〇年代起他創作了許多懷鄉詩，其中爭誦一時者，如：「當我死時，葬我在長江與黃河之間，白髮蓋著黑土，在最美最母親的國土。」即為當時憂國懷鄉氛圍下，詩人對地理、歷史和文化等整體中國的眷戀。余光中在二十一歲離開大陸前，已於南京生活了將近十年，紫金風光與孔廟的儒家薰陶，早已滲入他的血脈。他不僅受過傳統詩書的涵養，並且接受新文學的洗禮，抗戰期間輾轉流離於嘉陵江、巴山之間。余光中說：「如果鄉愁只有純粹的距離而沒有滄桑，這種鄉愁是單薄的。」一九七〇年代余光中在台北廈門街居所內寫下了〈鄉愁〉。他說：「詩比人先回鄉，該是詩人最大的安慰。」他的鄉愁是對中華民族的眷戀與深情：

> 我後來在台灣寫了很多詩，一會兒寫李廣、王昭君，一會兒寫屈原、李白，一會兒寫荊軻刺秦、夸父逐日。我突然意識到，這些都是我深厚「中國情結」的表現。
>
> 我在大陸大學演講時朗誦我的詩〈民歌〉，「傳說北方有

的民歌，只有黃河的肺活量才能歌唱，從青海到黃海，風也聽見，沙也聽見」，在場的學生和我一同應和，慷慨激昂，這就是我們的民族感情。

余光中回憶抗戰時期日軍大肆轟炸重慶，同胞受難人民同仇敵愾，「只要唱起『我的家在東北松花江上』、『萬里長城萬里長』，都會不禁淚流滿面。」爲此他曾寫下「關外的長風吹著海外的白髮，飄飄，像路邊千里的白楊」的詩句。同時他仍以「藍墨水的上游是黃河」來表明他的文學傳承與家國論述。儘管他曾經留美，並於詩文創作中受到一些西方文學的影響，但是中國文化的遺韻以及對於中華民族的緬懷，亦可見其深受《詩經》以降，乃至近代以來臧克家、徐志摩、郭沫若、錢鍾書等名家作品的影響。他說：「我以身爲中國人自豪，更以能使用中文爲幸。」「燒我成灰，我的漢魂唐魄仍然縈繞著那片厚土。」在他心目中，無窮無盡的故國，壯士登高的九州，英雄落難的江湖，便是他許多年來所以在詩中狂呼、低囈的中國。

來台定居後，余光中面對西子灣優美的環境和緊鄰壽山的景致，每每憑窗而立，直視海峽西面，腦海浮現出其身在台灣，眺望香港，守望大陸的心境。遷台遊子再也等不到河晏海清、生歸田園的願望，定居台灣的事實使他們感到進退兩難的窘迫與漂泊失根的沈重鬱抑。對此，張錯曾說：

> 所謂漂泊，並不限於地域或個人的行止，實也包含了「心情」。多年來宛如花葉飄零，在流浪的歲月裏，多少都能隨遇而安；但長久漂泊的心情，卻來自一顆懷有高度警覺而又脆弱的心。

　　長期漂泊亂離的人最大的困境還非生離死別，而竟是在身分界定上的尷尬處境，與對土地的難以認同。

> ……做一個中國人本來就簡單得見山是山見水是水，但歷史的謬誤，國運的乖離，時間的失誤，空間的變調，種種人為的陰錯陽差，卻讓我感到見山非山，見水非水。（張錯，《飄泊者》，一九八六年）

　　戰後大陸來台的作家面對歷史重演，經常引用屈原、杜甫，以及辛棄疾等古來戰亂烽煙之間稟承言志傳統以濟世的詩家精神，來抒發放逐的歷史興亡之感。從「光復大陸」的神聖使命過渡到落地生根於台灣的過程中，屈原「亦余心之所善兮，雖九死其猶未悔」的「高潔好修」；杜甫「此生那老蜀，不死會歸秦」立志回到首都與朝廷，以求「致君堯舜上，再使風俗淳」的決心，直到「親屬無一字，老病有孤舟」、「戎馬關山北，憑軒涕泗流」的艱苦煩難；還有辛棄疾初以忠義孤憤、矢志收復失土所云：「壯歲旌旗擁萬夫，錦襜突騎渡江初。」以至晚年憾恨有家歸不得時悵然道：「江南遊子，把吳鉤看了，欄杆拍遍，無人會，登臨意。」自《楚辭》、唐、宋詩人以降，文人的「憂患意識」不斷地為當代流亡詩人所引述，以道出他們從過客到定居者的處境與心聲。

　　許多作家在歷史劇變下，往往將個人生命的亂離比況為時代的縮影，於是作家在重溫中國歷史的同時，也為自己找尋新的定位。例如：劉大任在〈晚風習習〉中，追敘父執一輩的外省移民在國民黨藍色徽章的光芒裏叨念著故國河山：「武漢、昆明……八年抗戰，南京、上海……」他們維持著傳

統嚴父的威權，在拋不去的故國記憶裏存活。從白先勇《台
北人》裏幾乎「活在過去」的革命元老樸公，到王文興《家
變》中的「逆子」與「弒父」情節，以至於張大春《四喜憂
國》裏北伐將軍之子維揚的「反抗過去」……流亡既久，經
歷戰爭洗禮的人們渴望「回歸」。然而，原鄉渺矣，離散者真
實的歸宿在晚年返鄉探親後產生了周折性的變化。陳萬益教
授在探討台灣老兵的思維時，稱他們是「隨風飄零的蒲公
英」，點出了中國現代史上的動亂造成國人「失根無依」的痛
苦。牟宗三教授也曾感嘆當代亂離人「無根」的困境：「現
在的人太苦了。人人都拔了根，掛了空……人人都在游離
中。可是，唯有游離，才能懷鄉。」(《生命的學問》，一九八
五年) 在隔離了四十年後，政治解嚴與開放探親，卻並未讓
這些人的苦難結束，作家柏楊說，在大陸的時候，左派說他
是國民黨；到了台灣，國民黨又說他是共產黨。在柏楊及其
他外省人都被視為「台胞」之後，「返家」的路程恐怕只有
更加崎嶇了。於是柏楊在有意無意間說出了他的心聲：

> 「出門快一個多月了，有點想家。」
> 「你家不就是在河南嗎？」
> 「不，我家在台灣。」(《柏楊回憶錄》，一九九六年)

此外，許多軍旅詩人來到台灣，也都曾就地取材而寫出
了風土意象文本，例如：覃子豪紀遊花蓮、紀弦強調鳳凰木
與檳榔、洛夫歌詠愛河，商禽甚至將台灣小鎮比喻為溫暖的
子宮……羅蘭也曾經回憶道：「因為我喜歡旅行」，於是她用
「旅人的心情」來到台灣，並且幾乎是在開始於新公園內的電
台上班的同時，便欣賞起亞熱帶蓊鬱的花和藤蔓。女作家所

鍾情的九重葛和牽牛花等，都是具有「隨遇而安」以及「閒適之美」的攀豌植物。她說：「那柔軟的感覺使你覺得它們是那麼自在。」對於中國式的「安閒感」，羅蘭自有一番體會，她引用宋詞來詮釋自己的心境。她說：「『悠閒』的形成，有儒家的鎮定，也有道家的飄逸。所追求的都是一種更深遠、更寬廣的精神內涵。」「中國人愈是事業上有成，愈是書念得多的人，愈使人覺得他悠閒。」台灣社會逐漸步向現代化與商業潮流之際，羅蘭所提出的精神內涵，實質上正是深刻的人文關懷。她強調「閒世人之所忙」的冷靜心態。因爲「閒」則能步伐穩定、放寬視野，進而讀書、交友、飲酒、著書，乃至深謀遠慮、未雨綢繆、制敵機先……她自我期勉於眾人所盲目奔逐的事物之外，擷取爲人所忽略卻有意義的事情來從事，以求貢獻一己之力。

　　寫作相對於俗累所產生的「閒情」，其實是給女作家保留了工作與家事之餘的最後一點私人領域。羅蘭曾在丈夫帶著孩子去看電影的時候寫道：「我難得有段空閒的、屬於自己的時間，就坐在飯桌前，找出紙和筆，想寫點東西。」「我喜歡寫東西喜歡到不知爲什麼要寫的地步。反正只要給我一支筆，一些紙，我就覺得既快樂又安全。」女作家在瑣碎雜事、閒言碎語和婦職家事之餘，以「偷閒」心情遣發靜觀樂趣，寄託書興幽長，以建立自己存在的價值，設法從空虛中脫困，於是著意觀察生活，體驗台灣的文化差異。舉凡榻榻米、木屐、扶桑花，以及任何一種周到的待客方式，乃至於每隔一段時日徹底的衛生檢查等日本遺風和情調，在在使她連接起「這一代」飽經戰亂的中國人的身世。

　　而這一切在心境上所映照出的陌生與淒清，最後都化解

在「旅行者」的心態中，讓離開母土的無根與脆弱的心，能
夠從記憶、懷舊當中暫時抽離，以致從不同的角度，使自己
成為擁有新發現的欣賞者。而羅蘭在颱風雨中欣賞花木的飄
搖，則又進而將欣賞者的視角轉變成一位「創作者」：「切
身的苦樂幾乎在一瞬間都可以變成一個故事、一幕戲、一部
小說、一首詩、一首歌……很值得寫下來。」於是寫作成為
女性跳脫與化解「當局者」苦樂的轉化劑。

旅人的心情也同樣地出現在徐鍾珮的〈發現了川端橋〉，
她說：

> 我想我永不會忘記我對川端橋的第一眼！太陽正落在橋
> 的那邊血紅金黃，橋邊一片平陽土地，河水清澈，有幾
> 個穿著花裙的女孩子跪著在洗滌衣服，橋邊一輛牛車，
> 緩緩而行。
> 我呆立不動，久久無言……

徐鍾珮初到台北，於水源路旁，發現了川端橋映在遠處
的一抹青山和近處閒立的幾幢房屋之間。循橋東行，聞著農
家的泥土氣息，感受到靜穆與幽嫻的自然之美，比家鄉玄武
湖的湖光山色，有過之而無不及。霎時間的驚異與讚嘆，為
日後的卜居於水源之濱，帶來了每晚太陽西墜時的橋畔閒
步。作家將自我映襯於局勢不定間，隻身流寓離散的寂寞心
境，使她在清晨月夜，攜書至此，踽踽獨行中遠眺遙遙的天
際，在微風中遣送當時的愁緒，也盼望從這不知名的靈感
裏，找回失落的東西。

所謂失落，是一種無以名之的惆悵，是生活中不算奢侈
的寄望，包括了對於摯愛的人的懷念，在山河變色與不斷地

奔波中，遭受到折磨，因而面對過去時，但覺不堪回首；展望未來卻又引發生命力奄奄一息的感傷。羅蘭說道：「當初那阻擋我的是有形的戰爭，後來這阻擋我的是無形的環境。它不向任何人宣戰；它只讓你在四顧漆黑中無奈地陷落。那是一種沒有形貌的掙獰。」失落，或曰陷落，在另一位散文家張秀亞的筆下，亦曾深有所感：

> 孤獨與寂寞做了我的雙翼，我是一隻愛唱卻不善唱的鳥，我永不是四月林中的新來者，能唱出歡欣的歌。

女性此時所找尋的，哪怕是一點莫名的靈感，即使只能為白雲畫像，為山泉錄音，也擬擷取留存。於是寫作，成為一種生活態度和生存方式，為一葉浮萍的迷茫與惶惑，找到充實感，以安頓心靈的家。是「國軍轉進，戰爭失利」之大局混亂中，收拾自我這個小殘局的途徑與慰藉。

旅人的心，是暫時脫離如同漂浮在和體溫一樣溫度的水中，而失去數種感覺的狀態；以追尋未知領域的探險和尋覓的精神，去擴充自我的知覺界定和意識邊界。遷台作家倚賴著遍布在生命中每一件事物之細膩描繪，將明亮燦爛而情感洋溢的大大小小故事碎片，拼組成有意義的生命式樣，以展現其感官知覺曾經越過多少不同時空的文化領域。羅蘭說：「小快樂才是構成人生樂趣的主要旋律。」如同一九四八年來台的小說家與翻譯家沈櫻。她曾經在苗栗頭份一帶，過了一段翻譯與寫作的淡泊生活，卻也是一段人生夕陽裏的光彩。沈櫻喜愛描繪生活中的小事物，她說：

> 我對於小的東西，有著說不出的偏愛，不但日常生活

中，喜歡小動物、小玩藝、小溪、小河、小城、小鎮、小樓、小屋……就是讀物也是喜歡小詩、小詞、小品文……特別愛那「採取秋花插滿瓶」的情趣。（〈關於〈同情的罪〉〉）

在頭份果園中所構築的「小屋」裏，沈櫻以散文〈果園食客〉記錄生活樂趣，寫出台灣鄉情中大自然的花鳥風雨之情，遂使其「小屋」聞名於台灣女作家之間。掙脫戰爭與逃難的陰影，克服了離家的艱辛，女作家來到台灣，方始擁有維吉尼亞·吳爾芙所說的「自己的房間」（Virginaia Woolf: A Room of One's Own），她們以領略台灣之美的心境，轉化為隨遇而安的文字。因為旅行者的另一重心境正是「隨遇而安」，是以羅蘭說道：「人生遭際不是個人力量所可左右，在詭譎多變，不如意事常八九的環境中，唯一能使我們不覺其拂逆的辦法，就是使自己『隨遇而安』。」

事實上，深植閒情於小事物，同時也正寄託了女性對台灣的歸屬與定位。徐鍾珮於新居階院栽種起玫瑰、杜鵑和康乃馨，在一番縱情盛開，花謝旋又綻露新苞的同時，另有幾株花木卻正由綠轉灰，以至於枯葉落盡，幼芽不生。生活中有希望，也有失望，徐鍾珮說：「大概他們立意不管外界春去秋來，也不管移植的是東鄉西院。我的花樹全稟有倔強個性，只是發展方向不同，一個是離開本土，絕不放青；一個是只要我放青，管它是什麼土地。」台灣對於流亡女作家而言，究竟是否能夠成為滿懷開花結果希望的溫床？梅家玲針對外省女作家的作品做出如下的歸納：

這個蕞爾小島的意義其實並不僅止於暫時歇腳的跳板。

在為數可觀的女性文本中，台灣代表一個療傷止痛的空間，沈澱洗滌過往的錯失與罪愆；更重要的是它象徵一個希望的溫床，對女性而言，尤其是再出發的起點。

台灣成為再出發的起點，便也意味著乘船渡海是女作家生涯中重要的分水嶺。羅蘭離家時，曾誓言：「絕不願意再由於任何原因而回到我亟欲擺脫的環境裏去。」一九四八年中，就在個人的成長階段需要一分為二的時刻，海峽兩岸的政體也同時在進行一場分道揚鑣的政治隔絕。羅蘭於此時和朱永丹成家，婚後幾個月內，工作上仍持續播報國軍渡江、轉進，共軍占武漢、上海等新聞。台灣從三月限制軍公教人員及旅客入境，到五月宣布戒嚴，直至國軍完全退守台灣，兩岸對峙乃成定局。兩岸家書一片蒼涼，女作家著眼於現實生活，仍然是在工作與家庭之間旋轉，淡漠政治的習性，在時局混亂，人們來往穿梭，無所適從，戒嚴法令人怵目驚心的時刻，羅蘭抓住當下唯一的希望，面對新成立的工作與家庭，掩不住興奮地說那是：

我極快樂的生活片段。

猶如孟瑤小說《浮雲白日》，將渡海來台、無依無靠的流亡女性在台灣相互扶持的生活困局，巧妙地轉化為姊妹情誼下的女性理想烏托邦，用以取代傳統的父權家庭制度。聶華苓也曾在《桑青與桃紅》裏，寫下一群難民以漠視禮教地歡樂做愛來消散流亡者的集體文化記憶。女作家一再地透露其自由追求下對家國與民族思想的解構。亦從而暗示了歷史文化與集體建構記憶出的國族想像，在女性實質生活體驗等思

維模式中所占有的分量。

流亡女作家的認同取向，在韓戰爆發後，進入一波新進程的論述空間。在美方軍援和經援接踵而至的情況下，和收入懸殊的台灣人相比，社會上文職或軍職的美國人，便成為一特殊階層。此一階層雖不至於高高在上，卻將現代化和商業化的觀念，一步步深入台灣。羅蘭省思道：「來台之後，經常發現，本省的家庭和大陸的老式家庭十分相像，所使用的飯桌、供桌、神龕、條案等等家具，都和大陸一般無二。這裏儘管經過了五十年的日本占據，民間所保存下來的生活形態和傳統禮俗，卻像是比來自大陸的我們這一代還要傳統。」「我們這一代」，不斷地出現在流亡女性筆下，用以度量兩岸及兩代之間在生活形態與思想上的鴻溝。她們接受「五四」的洗禮，走過一九三〇年代的內戰與北伐，從中學或大專起，國仇家恨已滲入了其學思與心靈。羅蘭說：「這一代人們，無論他是在海峽的那一岸，在一生的歲月裏，所努力以赴的，是救國與建國；而在這慷慨悲歌的漫長生途之中，他們所拚命圍堵的，卻是個人的感情。」

來台後不久，女作家發現，台灣長者文人從漢詩文造詣，以至於對自己文化的一種無形的信心與堅持，遠勝「五四」以後的大陸文人。然而這一切在日據不曾喪失的文化挺拔姿態，卻在美援之前逐漸垂頭，徐鍾珮感嘆道：「年來的孤淒寂寞是難堪的，但是在孤淒寂寞裏，也最能悟出真理。」「自從發現台灣發現自己後……我們看盡了世態炎涼……」，她因鄰近機場，故而對麥帥座機的來去深具臨場感：「台灣經緯度未變，丰姿依舊，以前未蒙青眼，現在卻又被驚為天人。」對於流寓台灣的抉擇，她始終堅持自我尊嚴的維護立

場：「即令美國無有第七艦隊，世上無有美國，我們也不會替自己理想豎起白旗。」

正當台灣經濟起飛，逐步邁向已開發和經濟奇蹟之際，女作家看到的是社會潮流指向放棄儒冠，國人轉以小商人爲師，在自我炫耀和標榜的社會習氣中，她們秉持人文關懷的理性良知，以更長遠的文化教育觀點省思，並不諱言道：「我們是失敗的。」於台灣認同問題上，當許多人捲入中共大規模進攻，聯合國席次難保，又或許美援不來等多重漩渦中無法自拔時，徐鍾珮僅以簡明的一句話答覆異國友人：「任憑弱水三千，我只取一瓢飲。」是女性流亡者強韌姿態的再度證明。

袁瓊瓊曾代母親如是說道：「異地的夜，只是昏昏昧昧。涼涼的夜風吹過來，也像欺生。」流寓文人以地理位置所產生的距離作爲開端，從遊子文學出發，帶出身分階級、社會政治、歷史文化等變動脈絡的環環相繞，將眼前的地理景觀交纏於同一代戰亂下的流亡者內在的思維裏，進而塑造出不同於在地文人的地理觀照、歷史定位和人文風物。一再纏繞著流亡者的家國想像與文化制約，終而歸結到「自我認同」的族群身分標記之中。一生中能夠抵達遙遠的彼岸，無疑是給與作家另一副眼界和另一種心境。當文學不再只是酬酢往來的禮品或政治攻防的工具，進而昇華至對命運遭際的思考時，所謂的作家便誕生了。

中國近代的戰火，從民初延續到一九五〇年代，儘管名目不一，人們遭遇顚沛流離的苦況，卻無不同。羅蘭說：「渡海來台時的背景即使每人不盡相同，一個海峽的徹底隔絕，卻是沒有兩樣。」此一隔絕，在所有現實意義之上者，

直指「感情」。自倉皇渡海到重新立足，流亡生涯對於多位女作家而言，有著比一般人更警覺的感覺世界，和經歷多重文化所衍生之意識流動不息的印象。在不安與飄蕩的驚夢中，作家藉由書寫以尋覓變動的時代下，唯一凝住不變的一剎那。而她們的寫作，卻又始終環繞著平實親熱的人生觀。於細膩的遣詞造句中，抒發其敏銳的感官搜尋，以及各色各樣生活體驗。而此類日記與自傳體之散文最主要的形式特徵，在於寫作的意義即是一種詮釋自我的過程。女作家揀選渡海經歷、流寓生活加以描繪，實際上是在多樣生命面向中，組創出一個自我認定的版本，藉由寫作找到主體的認同。

穿過戰亂和離家的陰影，女性運用日記和回憶錄灑下了點點智慧星光，使人們於此「亂世之文」中，閱讀到雖是平淺散文，卻猶如情節離奇的小說；作家既深陷重重困境，卻又輕靈地於現實中超越提升。如此「詭麗」特質，使得這些篇什不再默默平蕪。透過朦朧的象徵，在是耶非耶的隱喻間，我們仍將發掘字句背後所有堅強的信念與深沈的懷念。

第三節　自由文藝

自由主義和民族主義在西方近代政治思想史的展演過程中，占有相當重要的地位，以義大利建國爲例，當馬志尼（G. Mazzini）以啓蒙運動的信念完成了艱巨的國家統一工作之後，卻發現這個國家仍受到警察制度的監控，而使人民失去人身自由。是以人們發現自由主義與民族主義往往存在著既合作推翻封建舊制的關係，卻又繼而產生衝突的狀況（圖6-1）。以

圖6-1 斯陀爾夫人作《湯姆叔叔的木屋》引發了美國社會對黑奴制度的反省

中國近代歷史而言，「啓蒙」與「救亡」何嘗不是兩種存在於知識分子思想中揮之不去且相互角力的政治概念。

由於國家利益與個人自由之間所可能產生的衝突，往往導致知識分子雖受自由民主的洗禮，卻在國家內憂外患的壓力下，被迫暫時甚或永久地選擇以國家自由爲優先的政治抉擇，因此使得一部世界近代史到處充斥著如蘇聯的史達林（J. Stalin）、德國的希特勒（A. Hitler），以及義大利的墨索里尼（B. Mussolini）等獨裁政治的慘痛經驗。

西方古典自由主義的發展向來爲人所熟知的兩條主軸，分別是以洛克（J. Locke）及孟德斯鳩（de Montesquieu）爲代表的兩種典型。前者以啓蒙運動爲開端，亦即「個人」爲主體的自由主義形態；後者則將國家及社會既定的秩序視爲自由存在的先決條件。而洛克基本上認爲人與生俱來的自然

權力（natural power）的維護與保障，是共同社會，亦即國家政治機構的根本責任。在此思維脈絡中，國家組織成了保障人民自由的工具。因此當它侵害了人民的自然權力時，此國家機器乃至於統治者存在的正當性隨即被質疑，同時人民也具備了推翻政府的正當理由。

前述近代史演進中，救亡與啓蒙激烈辯證的同時，在學理上所反映出的問題關鍵，即爲知識分子在自由主義兩條路線之間所做的分配比重。而戰後之初台灣自由主義及其在文學作品上的表現，大抵也是循此兩條路線之爭而展開的辯證歷程。首先，《自由中國》創辦人胡適的思想背景大致可從中、西方的文化與哲學理論依據來加以綜合論述。他幼年時所受的教育無疑是中國人文傳統思想的基礎。一九四五年，他在哈佛大學的演講會場中曾說：

> 回想到安徽南部山中我第一次進入那個鄉村學校。每天從高凳上，我可以看見北牆上懸掛的一幅長軸，上面有公元八世紀政治家和書法家顏真卿的一段書札印本。當我初認草書時，我認出來那張書札開頭引用的就是立德、立功、立言的三不朽論。

胡適在談及這段往事時，人生已匆匆過了五十年。他幼年時期所受的傳統教育與薰陶已在他的觀念中根深柢固。稍長後，嚴復與梁啓超等人所譯介的自由主義也隨之進入他的邏輯思維底層。兩相結合的結果表現在他之以公共事業爲重的理路。他說：

> 我這個小我不是獨立存在的……是和社會的全體和世界

的全體都有互為影響的關係的……

此外，《中庸》所云：「君子動而世爲天下道，行而世爲天下法，言而世爲天下則也。」同樣爲胡適所引以爲一生行事的準則。他於《中國古代哲學史》中說：「在人生哲學一方面……我與人同是人，故『己所不欲，勿施於人』，故『惡於上，毋以使下』，『故所求乎子以事父』，故『老吾老，以及人之老』。」由於儒家的「三不朽論」及「恕道」將個人的生命意義提升到社會上崇高的神聖地位，因而使胡適得以肯定個人在社會中的積極性角色。這一點是中國式自由主義和西方個人與社會之間往往形成某種對立與隔閡的差別所在。它的長處是避免個人主義擴充到放任、利己的程度；堪虞之處則在以社會爲優先考量時，對自由主義健全化所可能造成的阻礙。然而整合「己所不欲，勿施於人」的儒家精神與穆勒（J. S. Mill）所說的「自由以勿侵他人之自由爲界」，而形成中國式的自由主義思想體系，自嚴復以來，到胡適才完成理論的建立。

戰後初期延伸胡適自由主義思想的代表人物是雷震。一九五〇年代由他掌舵的《自由中國》曾嘗試在「一個中國」的原則下，尋求國際力量介入台灣海峽，以幫助中華民國反攻大陸。因此這份刊物的立場是拒絕接受台灣海峽停火協議的，儘管在一九五五年共軍攻下一江山，造成台海情勢高度緊張的時刻。

然而一九五〇年代中期以後，《自由中國》開始反省反攻與自由、人權之間的關係。當時他們的想法是，台灣既一時無法收復大陸，而海峽兩岸對峙的情勢也已成定局，則當

時的要務應以推動民主政治的發展為優先考量。因此，「反攻無望論」在自由主義發展中的意義，可解釋為學界企圖將國家自由的準則調整到個人自由身上，其思想脈絡將有助於台灣民主政治的落實。當時殷海光曾指出，國家處於非常時期而需要個人犧牲自由來換取群體利益的理由，是不夠充分的，因為「團體」與「國家」的定義到底是空泛而令人迷惘的。所謂的「國家自由」，對外可與國際間其他國家相互約束，對內則缺乏犧牲個人自由以維護其運作的正當性。《自由中國》因而提出：「國家應為個人利益而存在，不是個人應為國家利益而存在。」而這份刊物的文藝版曾經網羅了許多台灣作家的名作，例如：林海音的《城南舊事》、孟瑤的《幾番風雨》、張秀亞的《暮春漫筆》、於梨華的《也是秋天》，以及朱西寧的《何處是歸處》……等等。而選文的主編也是當時的女作家聶華苓。

聶華苓出生於湖北宜昌，正是《詩經·廣漢》所吟「漢有游女」地方，她自敘生逢亂世，從小便過著流離張皇的生活，顯然成了「游女」的最佳寫照。在《失去的金鈴子》裏，她寫出了一個抗戰時期中國女子——苓子的流浪與成長。聶華苓於一九四九年渡海來台，一九五二年進入《自由中國》擔任編輯委員，審核該刊每一期所登出的文章。她在追求自由民主的風氣中深受習染，對針砭政治推動民主憲政頗有心得。同時她以女性身分跨足文學與政治批評雙重領域，在當時也是突出的現象。在政治上，她與《自由中國》的立場一致；在文學上則因為對自由主義的體認進而自創風格。

一九七〇年代她完成了最重要的女性離散文學之一——《桑青與桃紅》。許多人都說，這部小說的出版史恰似故事中

女主角桑青的流亡過程。桑青乘船過瞿塘峽時，一方面忐忑於身懷家中辟邪玉而逃家的罪惡，一方面卻徜徉在無知的快樂境界裏，初試流亡學生的江上雲雨情。「她們」以少女的姿態出現，在女性的敘述意識中，這個由少女想像所投射出來的世界，其實是內在心理與外在整個家庭社會對決的狀態。並且在此結構中，作者試圖保留少女恬適、純真與封閉的形象。聶華苓透過少女原型的書寫，嘗試展現自我的另一面。同時也透過少女的書信與日記形式，意圖擺脫性別與身分的僵局。在作者獨特的女性主體意識觀照下，小說中儼然建立起一套不同於秩序世界下的女性，以呈現具有愛欲的自我。用少女式的單純與天真來對照整體社會長期以來的政治鬥爭及其所由生的人世變化。

小說作者將流亡主體以精神分裂的筆法一分為二，其中桑青歷經對日抗戰到國共內戰，她的流亡路線從四川、北京到台北，最後再移居美國。少女失卻的歡顏與徘徊不去的精神分裂，更加深刻地描繪出女性在家庭、社會層層倫理關係面前進退維谷的感受。故事中的人物雖因戰爭而四處流竄，但卻未予人家國興亡的沈重感，取而代之的是天真浪漫的女性情懷。一群難民漠視禮教，以歡樂、做愛消散了集體文化記憶對流亡者的約束，聶華苓於此透露了自由主義者對家國觀念的解構。書中象徵國家神聖地位的天壇變成了難民晾破褲子的地方，而皇天上帝的牌位也被扔在地上。國家的權柄被棄如敝屣，這無疑是徹底顛覆了代表國家典儀的文化系統，以及群眾共同的歷史文化及集體記憶，在聶華苓自由主義思考中，正式宣告瓦解。聶華苓藉桃紅之口說出：

我是開天闢地在山谷裏生出來的……我哪兒都是外鄉人。但我很快活。這個世界有趣的事可多啦！

　　一九六三年，美國詩人保羅·安格爾走訪亞洲，無意間解脫了聶華苓心繫囹圄的痛苦。他們雙雙赴美，並於愛荷華大學中展開了教學、寫作與翻譯的文學生涯。愛荷華碧藍的克拉威爾水庫，成了她和安格爾創造「國際寫作計畫」的發祥地。聶華苓的文學特色在於筆觸細膩，善於運用細節描繪人物並抒發感情。例如她描述三十歲即守寡的母親時說：「您還坐在床上看著《亞洲雜誌》上我的一篇英文文章。每逢在醫生或是護士走過，您都招招手，把雜誌給他們看，撇著嘴說：『我自己可是半個字也不認得！』說完之後望著他們一笑。您的頭髮已經落光，您的臉已經瘦削得變了形，但是啊，姆媽，您那一笑，卻是我見到的最美麗的笑。」

第七章

未來的多元文化思維
——文學與藝術

在文字尚未出現的遠古時代，口耳相傳的文學體現了各式各樣人類在大自然中奮鬥的故事。這些故事運用豐富的節奏與手舞足蹈、發聲唱歌等形式，講述多采多姿的神話、傳說與歌謠，振奮了人們的精神，也抒發了人們心中的感情，這是人類愛美的開端。自有文字之後，文學與人生的關係又更加地密切，文學創作的內涵與題材包羅萬象，在文學家的眼中，山林江河，一花一木，都能美化人生。英國詩人濟慈曾說：「美是持久的喜悅。」文學之美不是單獨存在的，它往往在與多元文化的互動中，共同創造出奇異的生命之光。在涉獵文學與藝術的過程中，我們的心靈受到了感動而醒悟；於變化氣質、增長智慧與創造理想之間，我們同時也體現了文學對於人生無限的啓迪與開發。

第一節　文學與繪畫

關於文學與其他各類藝術之間的關係，以文學與繪畫爲例，黎巴嫩文壇的哲理詩人暨傑出畫家紀伯倫（K. Gibran）便是一個很重要的例子。他與泰戈爾一樣是使近代東方文學走向世界的先驅。紀伯倫是阿拉伯現代小說和藝術散文的主要奠基人。一九二〇年代初，阿拉伯的第一個聞名世界的文學流派，「敘美派」就是以紀伯倫爲中堅和代表而形成的阿拉伯僑民文學。

在短暫而輝煌的生命旅程中，紀伯倫飽經顛沛流離與疾病煎熬等痛苦。他出生在黎巴嫩北部奇兀群山之間，故鄉的秀美風光是他日後藝術創作的重要靈感。十二歲時，爲脫離

奧斯曼帝國的專制，隨母親赴美，在波士頓唐人街度過了清貧的歲月。一八九八年，十五歲的紀伯倫隻身返回祖國學習民族歷史文化，以瞭解阿拉伯社會。一九○二年返美，此後以寫文賣畫爲生。一九○八年，幸得友人資助赴巴黎學畫，並得到羅丹（A. Rodin）等藝術大師的親授與指點。一九一一年後長期客居紐約，不顧病痛，終日伏案從事文學與繪畫的創作，直到四十八歲英年早逝，成爲領導阿拉伯僑民文化的精神領袖。紀伯倫在生命的最後歲月裏，寫下了傳遍阿拉伯世界的詩篇《朦朧中的祖國》，詩中道出他對祖國畢生的苦戀：「您在我們的靈魂中——是火，是光；您在我的胸膛裏——是我悸動的心臟。」紀伯倫以愛與美的創作主旋律，突破了國與國之間的疆界：「整個地球都是我的祖國，全部人類都是我的鄉親。」他熱愛自由，勇於向暴權宣戰；他反對無病呻吟，誇誇其談，主張以「血」寫出人民的心聲。這點從他甘冒阿拉伯世界禁止任何偶像的大忌，爲阿拉伯古詩人與哲人造畫像的創舉中，便可見一斑。

紀伯倫早期的創作以小說爲主，後期則以散文詩爲主。所謂「散文詩」，是以散文的抒情特徵來寫詩，不分行的自由形式，使得詩歌具有一種獨特的散文美。由於它的體裁短小，又飽含了語言的內在韻律，因此不同於詩意的散文，而具體呈現出詩的緻密。這項跨文類寫作的審美趣味在於使用簡潔、淡雅、凝鍊的語境訴說生活的點滴。我們所熟知的屠格涅夫（I. S. Turgenieff）、波特萊爾和泰戈爾等，都是從事散文詩創作的大家。尤其是泰戈爾的《飛鳥集》與《吉檀迦利》等名作對後代作家的影響很大。

文學與繪畫這兩項藝術形式同樣承載了紀伯倫的思想意

識，他的畫風和詩風都受到英國詩人威廉‧布萊克（W. Blake）的影響，一九〇八到一九一〇年在巴黎藝術學院學習繪畫藝術期間，羅丹曾肯定地說：「這個阿拉伯青年將成為偉大的藝術家。」「世界將從這位黎巴嫩天才身上看到很多東西，因為他是二十世紀的威廉‧布萊克。」紀伯倫的繪畫具有濃重的浪漫主義和象徵主義色彩，不求形體之美，而是勾勒出形體背後的精神與生命初始神秘的靈性。著名的畫作如「先知的面孔」、「吻」等等。他畢生的七百幅繪畫精品，絕大部分都被美國藝術館和黎巴嫩紀伯倫紀念館所收藏。紀伯倫的詩風與畫風同時具有理性、嚴肅的思考，以及詠嘆調式的浪漫與抒情。他善於在平易中發掘雋永，在美妙的比喻中啟示深刻的哲理。他的語言極有個性，無論是阿拉伯文或英文，都能運用得清麗流暢，像從一股東方吹來的風暴，橫掃西方世界。紀伯倫對於生命的讚美和留戀，有時化身為散文詩，有時也用畫作來表達。他曾經忠實地記錄下母親臨終前一刻，安詳地躺在床上，臉上柔美的光影。這等於是為他所說的話做了最好的印證：人的靈魂離開軀體的一瞬，臉上會留下最後的光輝。

　　除了詩人兼畫家的雙重身分造就了文學與繪畫的相輔相成以外，小說家筆下描述如何使畫作登峰造極的情節，當然也是文學與繪畫兩相結合所成就的另一類典型。明代馮夢龍編撰的《情史類略》中，有一篇〈小青傳〉便是其中一例。這篇小說描寫一位美貌出眾、才華洋溢的薄命女子——小青，短短一生的愁苦歷程。小青十六歲時嫁給了豪門公子為妾，卻不見容於大婦，因此她總是小心翼翼，不敢走錯一步。這樣的生活使得她怨忿鬱積，終於染上了疾病。在臨終前，小

青請畫師爲她畫像。當畫師畫完第一張畫之後，小青取過鏡子來端詳自己的面容，她說：「你雖然畫出了我的形貌，然而卻還未能充分表現出我的精神。」於是畫師又重畫了一張，小青看了以後說：「這次雖然已經表現出我的精神來，但是風姿卻還不夠活潑靈動。這是因爲你太拘謹了，看我的時候，目不斜視，所以用筆過於嚴肅端莊。」接著她讓畫師拿著筆觀察她生活和神態。她與老女傭指點顧盼、談笑風生，一會兒搧茶爐，一會兒翻圖書，一會兒用自己的手去抹平衣服上的褶痕，一會兒替畫師調配顏料。畫師在這輕鬆的狀態下，開始發揮他的想像力，等到靈感來時，又再度作畫。這一次果然能將小青嫵媚多姿、纖細秀美的風情表現出來，而且畫得唯妙唯肖。小青這才笑著說：「可以了。」這個故事裏還提到小青在生命垂危之際，亦不忘精心打扮，她挑燈夜讀《牡丹亭》，將杜麗娘引爲知己，臨終前也和杜麗娘一樣地爲自己留下了眞容。尤其是畫像的部分，作者將細節刻畫得生動逼眞，因此不僅小說內容涉及作畫的道理，事實上小說的筆法也讓我們體會到人物之神情、思想與動作的描摹，亦可視爲繪畫原理的延伸。影響所及，後世的小說、戲曲，包括《紅樓夢》等巨著的某些敘事內容，都可以從其藝術手法中得到創作經驗。

第二節 古典小說中的音樂與愛情

《紅樓夢》第八十六回「受私賄老官翻案牘 寄閒情淑女解琴書」中，賈寶玉因襲人提及「心愛的人」，一時觸動心

弦，逕往瀟湘館走來。只見黛玉靠在桌上看書，而書上的字，他一個也不認得。「有的像『芍』字，有的像『茫』字，也有一個『大』字旁邊『九』字加上一勾，中間又添個『五』字，也有上頭『五』字『六』字又添一個『木』字，底下又是一個『五』字……」這裏賈寶玉所看到的是琴譜上的音調指法。以古琴形制而言，從琴面較寬的琴首一端數來，共有十三徽。而琴面上依序由外向內，由粗而細，則有七弦。彈琴指法上，右手部分有大指的托、擘，食指的挑、抹，以及中指的剔、勾，加上無名指的摘、打……等三十多種。左手部分的按弦法，則分別以大指、食指、中指、無名指之吟、猱、綽、注為主。是以古琴字譜常以指法譜標示，亦稱為「減字譜」。這是用漢字減少筆畫的方法，將左右手之指法及音位等相關說明文字，減省筆畫後，組合而成。是以林黛玉解析賈寶玉所看到的「並不是一個字，乃是一聲」，用左手大拇指按琴上的九徽，而右手勾五弦。

　　中國古琴的譜式，遲至漢魏之交，已有文字譜的創立。現存之《碣石‧幽蘭》，便是陳、隋之間隱士丘明（四九四至五九〇年）所傳，經唐人手抄的文字譜晚期形式。它是一種完全用文字來記錄演奏手法的琴譜，因而在閱讀上較為複雜和繁瑣，所謂「其文極繁，動越兩行，未成一句」。於是，隋唐之間產生了較為簡便的減字譜體系，將漢文減省筆畫以組成彈琴指法。此類古琴音位記譜法的完成，歷史上歸名於音樂家曹柔。減字譜的創發被譽為「字簡而意盡，文約而音該」，從而使得唐代著名琴家陳康士、陳拙等人得以據此大量創作並記錄琴譜，以流傳後世。

　　說明識譜後，繼而談及琴理。黛玉道：「琴者、禁也，

古人制下，原以治身，涵養性情，抑其淫蕩，去其奢侈。」
這一段話標舉出秦漢以來，儒道以琴體現人格的理性實踐。
漢代桓譚《新論·琴道》有云：「琴者禁也，古聖賢玩琴以
養心，窮則獨善其身，而不失其操，故謂之『操』。」事實
上，自孔門至伯牙以降，琴道有漸漸進入以悲愴意識為本質
的趨向（圖7-1）。《樂府題解》中記載伯牙學琴，必待移情
於大海孤島之絕境中，方能靜心體會到文明社會對人心的異
化。於是進一步在宇宙自然中，以返璞歸真的心態，進入生
命層次與生存處境的原始探求。這也正是漢代蔡邕《琴操》
所云：「昔伏羲氏作琴，以禦邪僻，防心淫，以修身理性反

圖7-1　琴高乘鯉圖

其天眞也。」琴學成爲君子於濁世中養心修性的進路，於是「操」之作爲曲名，便意味了窮困之人不願隨世俯仰，與世同濁，而獨標高格的節操。事後林黛玉以〈猗蘭〉、〈思賢〉兩操和韻以自況，也就足以說明她在賈府中的精神煎熬，猶如大海中的孤島。既無法積極開創新局，遂只有禁制人格之淪於僻邪，以保持清淳本樸的人生境界。

林黛玉說：「若要撫琴，必擇靜室高齋，或在層樓的上頭，在林石的裏面，或是山巔上，或是水涯上，再遇著那天地清和的時候，風清月朗，焚香靜坐，心不外想，氣血平和，才能與神合靈，與道合妙。」古琴作爲文人靜心養性的音樂，自有其清高的雅趣。林黛玉的一套琴論，暗合《重修眞傳琴譜》中明代楊表正所謂「十四宜彈」之說。蓋古琴演奏之雅趣，貴在琴人獨處自娛，或與一二知音惺惺相惜之雅集。因此自來有「遇知音，逢可人，對道士，處高堂，升樓閣，在宮觀，坐石上，登山埠，憩空谷，遊水湄，居舟中，息林下，值二氣清朗，當清風明月」等強調以清高自詡，與山水自然合契，同知音交心的演奏環境。

林黛玉對賈寶玉的琴教，實際上並不與《紅樓夢》「大旨談情」之全書界定須臾或離。書中運用纖細靈巧、雅俗折衷之同音雙關語之處理技巧，早已達到每令讀者興起語意繁複神妙與寄意幽微深長之感。因而林黛玉的「琴觀」，即成爲我們觀察其「情關」的重要視角之一。以「琴」疏論，彈琴者的心性自有其清雅孤高，而對聽琴者的要求，則是絕對的知己。此二者在林黛玉的情性與情觀中，都能形成最具體的相應。前者證諸其詩才，則有更顯明的映照。林黛玉作詩，向來以藝術家的執著，盡情追求完美。不似薛寶釵，雖同屬博

學多才，卻懂得收斂鋒芒與圓滑處世之道。林黛玉之不掩其才，魁奪詩社，造成她孤芳自賞、目下無塵的客觀形象。〈問菊〉詩云：「孤標傲世偕誰隱，一樣花開為底遲？」最能展現其清高與輕俗的性格。而這樣的品行又適足以使其成為《紅樓夢》這一部芸芸眾生大書中，唯一能夠撫琴的雅士。林黛玉的孤芳自賞、與人群隔離，不僅表露於論琴與詩才，同時亦與絕俗的生活意境，互為表裏。看她出門前交代紫鵑的話：「把屋子收拾了，摺下一扇紗屜。看那大燕子回來，把簾子放下來，拿獅子倚住，燒了香，就把爐罩上。」（《紅樓夢》第二十七回）林黛玉沈酣於意境的高邈情懷，在《紅樓夢》中，經由詩、琴、藥、香散發出來，愈發使人感受其幽僻與絕塵。是故，從人物形象由內而外的整體塑造，到以諧音探討雙關語意之間的聯繫，以至不忘環繞全書大旨。設若後四十回為高鶚所補的說法成立，則續書人以「解琴」一文進一步追索林黛玉的情觀與情關，已可謂得原著者之三昧。

　　寶黛既以知己之情立足於人世，則他們的情觀與思想意識，有時互相包容涵蓋，有時則互為補充。當林黛玉述及琴理時，她說：「若必要撫琴，先須衣冠整齊，或鶴氅，或深衣，要如古人的儀表，那才能稱聖人之器。然後盥了手，焚上香，方才將身就在榻邊，把琴放在案上，坐在第五徽的地方兒，對著自己的當心，兩手從容抬起：這才身心俱正。還要知道輕重疾徐，卷舒自若，體態尊重方好。」寶玉似乎對於這套古人靜心養性的說法有所退拒：「我們學著玩，若這麼講究起來，可就難了。」在賈寶玉浪漫的人文情懷中，宗法與體統是他亟欲抗衡的洪水猛獸。他以天生「重情不重禮」的反「理」性格，為蔣玉菡和金釧承受不肖種種的笞撻；又

因「物」爲人之性情所用，而充分尊重個性自由，因而對晴雯撕扇發出「千金難買一笑」的豪語。他將大觀園裏的生活，變成了無須晨昏定省的悠閒自由天地，和姊姊妹妹們讀書寫字、彈琴下棋、吟詩作畫，乃至於描鸞刺鳳、鬥草簪花、低吟悄唱、拆字猜枚……等無不有趣，其原因便在於掙脫了傳統道德倫常的禁管。尤有甚者，賈寶玉對於「玩」之一字，自有其心領神會。第二十回，過年期間，寶釵、香菱、鶯兒和賈環趕圍棋擲骰子玩。賈環連輸了幾盤之後，竟耍賴起來。被鶯兒搶白一陣，又惱羞成怒，哭著撒野。適時寶玉經過，看著不像話，大約也再次證明了男子是濁物的論點，於是上前一頓教訓：「大正月裏，哭什麼？這裏不好，到別處玩去。你天天念書，倒念糊塗了。譬如這件東西不好，就捨了這件取那件。難道你守著這件東西哭會子就好了不成？你原是要取樂兒，倒招得自己煩惱。」

賈寶玉至情至性地認爲，凡讀書明理之人，切忌將原本極有樂趣的事情，轉成了不好玩的下場。他因爲懂得玩，所以和林黛玉一同閱讀《會眞記》；因爲通達於享樂的眞理，於是在晴雯撕扇子的時候，笑道：「撕得好，再撕響些。」他的興趣是廣泛的，所謂「意淫」，即指其情意氾濫，癡情也含有越禮、乖張、反對禮教禁錮的成分，也就是魯迅所說的「愛博而心勞」。於是賈寶玉將世情與學問總括爲體驗情感與抒發情懷。捨此，則都是缺乏眞性情、沽名釣譽的反人文作態。所以，無論彈琴、下棋、擲骰子，都在追求「遂己之欲」與「達己之情」。對賈寶玉而言，彈琴若強調聖人遺訓而不敢稍有忤逆，那不僅是將原本好玩的事變成了不好玩，違反了他的生活態度；同時也使之成爲「窒欲」、「反情」的舉動。

這裏和黛玉造成的對話空間在於，寶玉情感的廣度與愛的泛溢，如果更以好玩為其依歸，那麼黛玉所感受到的將是危機和不幸。原來林黛玉的處境，並不容許以好玩為前提，來談情愛。她以生命孤注一擲的方式，追求愛情。其專一而深情的態度，面對寶玉的愛博，從而使得他們在共同的人生旨趣為基礎的愛情道路上，拉開了一段看似若即，卻實有若離的間隔。林妹妹一心只在琴／情上，寶玉終究還是笑道：「聽見妹妹講究的叫人茅塞頓開，所以愈聽愈愛聽。」林黛玉也就隨之發出了內心的慨嘆：「只是怕我只管說，你只管不懂呢。」

《紅樓夢》第八十六回裏，林黛玉因「前日身上略覺舒服」，便在大書架上翻看一套琴譜，漸漸地為其琴理與雅趣所吸引，適巧賈寶玉來問，也就順勢闡述了一番琴學。末了賈寶玉怕累壞了林黛玉，然而黛玉卻不以為意：「說這些倒也開心，也沒有什麼勞神的。」這是回應了回目所云：「寄閑情」的精神狀態。她此時的思想感情乃與撫琴者之憩、遊、居、息以寄託高人雅士之閑情韻致，若合符節。古來琴人，必以超世絕俗之情態，與清新雅淡的才華，將巧妙的靈思賦與琴操。其目的就在於展現一「閑」字。而「悠閑」之作為一套理論，直指東方哲學世界裏最高境界的崇尚。中國人面對西方機械文明的侵入，進而以匆忙的生活步調以及價值觀，取代了閑適遊息的生活美學，這對明清以前的傳統文人來說，是不可思議的事。

自孔子所云：「游於藝」，至莊子的偉大之作：「逍遙遊」，遊憩以寄閑情的生活態度可謂源遠流長。晉代陶潛著〈閑情賦〉亦曾有云，其萬千思慮，無論是一領、一帶、一

席、一履……盡皆遊於「八表之憩」。此足以說明，文化原本即為悠閒的產物。近代林語堂則更明白地指出：「文化的藝術就是悠閒的藝術。在中國人心目中，凡是用他的智慧來享受悠閒的人，也便是受教化最深的人。」對於中國人而言，過於勞碌的人不若善於悠遊歲月的人，能產生真正的智慧。而悠遊歲月的哲學背景，實際上是來自於儒家文士所崇尚的道家人生觀，這同時也是一種藝術家的性情，講求在和平與和諧的心境中，感受「江上清風」與「山間明月」的幽靜。並以超塵脫俗的意識，透視人生對於名利的野心，進而將其人格與靈魂看得比俗世功名重大。於是生活的樂趣實源於一顆恬靜的心與曠達的意念。

熟稔《三國演義》的讀者遙想孔明的神機妙算，無不豔羨驚嘆！第九十五回〈馬謖拒諫失街亭　武侯彈琴退仲達〉，話說馬謖失守街亭、列柳城之後，孔明即將大軍分撥出去：一部分由關興、張苞引領，在武功山小路上鼓譟吶喊，使魏兵驚疑；一部分則由張翼領軍修劍閣，備歸路；另一部分則派到西城縣搬運糧草。不料此時忽然十餘次飛馬來報，說司馬懿引大軍十五萬，望西城蜂擁殺來。此時孔明身邊已無大將，只有一班文官及二千五百軍守在城中。眾官聽聞這個消息，盡皆失色。然孔明卻傳令：將旌旗藏匿，四門大開，以軍士扮百姓掃街。他自己則「披鶴氅，戴綸巾，引二小童攜琴一張，於城上敵樓前，憑欄而坐，焚香操琴」。逮及司馬懿親自飛馬遠望，「見孔明坐於城樓之上，笑容可掬，旁若無人，焚香操琴。左有一童子，手捧寶劍；右有一童子，手執麈尾。城門內外有二十餘名百姓，低頭灑掃，旁若無人。」頓時心中大疑，頃刻間，大軍退往北山路。

　　若從戲台上，則更顯見中國成功人物的典型性格：岳飛的方步，關公的斂眉，諸葛亮泰山崩於前而面不改色……在在贏得觀眾喝采。無論名士、儒將，從容鎮定、談笑用兵，才顯出藝高人膽大。於是傳統中國人從不彰顯繁忙，反而對於從容、散淡之間運籌帷幄的風範，一片神往。無怪張潮《幽夢影》云：「人莫樂於閒，非無所事事之閒也。閒則能讀書，閒則能交益友，閒則能飲酒，閒則能著書。天下之樂，孰大於是？」可見「閒適」作爲人生的修養境界，自有其深遠與寬廣的精神內涵。

　　有道是：瑤琴三尺勝雄師。司馬懿之所以懷疑孔明設有埋伏，乃因孔明操琴時神態閒適自若，彷彿勝券在握。此時絲音之美，在於孔明已將儒家的鎮定與道家的瀟灑融合一氣。有趣的是，當林黛玉談及撫琴者之衣冠與體態時，也就是以諸葛亮的空城記，剪裁融入自己的話語中，強調鶴氅、焚香，卷疏自若、體態尊重，這說明了林黛玉所體認到的琴學理想境界，也只是閒適與自信。這一份幽美閒雅的心境，通常掩蓋在她鋒芒畢露與「小心眼兒」的外表下，唯有賈寶玉知覺。第二十六回，寶玉「順著腳，一徑來自一個院門前，鳳尾森森，龍吟細細，正是瀟湘館……只見湘簾垂地，悄無人聲。走至窗前，覺得一縷幽香，從碧紗窗中暗暗透出……耳內忽聽得細細的嘆了一聲道：『每日家情思睡昏昏』。」林黛玉引《西廂記》道出她不受閫範的情思，與繡窗無事的閒情，和《牡丹亭》裏的杜麗娘一樣，因幽幽午睡愈顯情欲流動。而林黛玉之以琴傳情，便與賈寶玉的薦書之忱，形成了相互輝映的綿綿情語。

　　琴音如同情語，但求知音。李漁《閒情偶寄》已明此

理：「伯牙不遇子期，相如不得文君，盡日揮弦，總成虛
鼓。」尤其琴瑟自古以來便是男女傳情達意的媒介，《詩》
云：「妻子好合，如鼓琴瑟。」「窈窕淑女，琴瑟友之。」李
笠翁繼而有言：「花前月下，美景良辰，值水閣之生涼，遇
繡窗之無事，或夫唱而妻和，或女操而男聽，或兩聲齊發，
韻不參差。無論身當其境者儼若神仙，即化成一幅合操圖，
亦足令觀者銷魂……」《紅樓夢》之迥別於一般才子佳人小說
處，在於「知音」觀念的昇華。傳統戲曲、小說的寫法是
「郎才女貌，一見傾心」，之後藉吟詩撫琴以求山盟海誓、鸞
鳳合鳴，即使高妙如《西廂記》、《牡丹亭》，也不過如此。
因為琴／情音「易響而難明」，故「非身習者不知，唯善彈者
能聽」。此番知音之論，以停留在相如、文君；張生、鶯鶯之
膠漆男女聯絡情意的層次上為滿
足。不若《紅樓夢》中寶黛互為
知己的寫法，更進一層以彼此人
生道路的投合，作為知己論的基
礎（圖7-2）。

　　《紅樓夢》第三十二回，史
湘雲和薛寶釵一樣勸寶玉道：
「你就不願意去考舉人進士的，
也該常會會這些為官做宦的談講
談講那些仕途經濟……」寶玉聽
了，大覺逆耳，竟下逐客令道：
「姑娘請別的屋裏坐坐罷，我這
裏仔細腌臢了你這樣知經濟的
人！」不想黛玉正走進來，陡然

圖7-2　《西廂記真本》，
元王實甫撰，明李贄評，
陳洪綬、魏先等繪，項南
洲刻（明末刊本）

聽見寶玉道：「林姑娘從來說過這些混帳話嗎？要是他也說這些混帳話，我早和她生分了！」黛玉聽了不覺驚喜交集，同時也悲嘆愈切：「果然自己眼力不錯，素日認他是個知己，果然是個知己。」寶黛之愛，建立在互相引為知己的基礎之上。而這份知己之情，又呈現在他們同時對自我「本分」的反省上。賈寶玉痛絕於「仕途經濟」，聽不得「混帳話」，已如前述。事實上賈寶玉的叛逆意識，時時刻刻作用在他對於現存觀念與制度的反省與亟欲破除上。他對於時人將生命的價值聯繫在功名、爵祿、家族倫理，乃至婚姻命定上，甚感空洞與無謂。他認為所謂名教和生死大節，乃是根本可疑的。「人誰不死？只要死得好。那些鬚眉濁物，只知道『文死諫，武死戰』這二死是大丈夫的死節⋯⋯哪裏知道有昏君方有死諫之臣！只顧他邀名，猛拚一死，將來置君於死地？必有刀兵，方有死戰；他只顧圖汗馬之功，猛拚一死，將來棄國於何地？⋯⋯那武將要是疏謀少略的，他自己無能，白送了性命，這難道也是不得已嗎？那文官更不比武官了！他念兩句書，記在心裏，若朝廷少有瑕疵，他就胡彈亂諫，邀忠烈之名；倘有不合，濁氣一湧，即時拚死，難道這也是不得已？」賈寶玉自幼不滿道學口實，一向稱功名中人為「祿蠹」，因此從未有「留意於孔孟之間，委身於經濟之道」的想法。他堅決排斥時文八股與忠孝節烈，同他所身處的身分階級和家族社會對他光宗耀祖的要求，產生尖銳的思想意識對立。

而此一叛逆性格同時也是林黛玉所選取的人生道路。由於自幼喪母，少了一層閨中禮教的束縛，因此她少提針線，只伴書香藥香生活。香菱學詩，林黛玉笑道：「既要學作

詩，你就拜我為師。我雖不大通，大略也還教得起你。」（《紅樓夢》第四十八回）可是薛寶釵卻另有意見：「我實在聒噪得受不得了！一個女孩兒家，只管拿詩做正經事，講起來，較有學問的人聽了反笑話，說不守本分。」（第四十九回）「不守本分」是賈寶玉和林黛玉的共同形象，曹雪芹稱這樣的人既是「情癡情種」，又是「高人逸士」，「置之千萬人之中，其聰俊靈秀之氣，則在千萬人之上；其乖僻邪謬不盡人情之態，又在千萬人之下。」（第二回）這是他們互為知音的基礎，卻同時也是使他們感受到人抵觸於天的孤立所在。林黛玉所嘆皆為悽惻之音：「既你我為知己，又何必有『金玉』之論。」（第三十二回）她一無憑藉，僅以「草木之人」的感情與生命，抵抗金玉良緣和婚姻命定的思想。在《紅樓夢》的世界裏，儒家思想宰制一切，但它同時又是男女主人公極力反抗的價值標準，兩造之間形成的張力無所不在。導致賈寶玉處處懷疑現存制度的永恆性，成了「百口嘲謗」的逆子；傳統社會的責任與禮數、個人想欲與追求完美，也就成為林黛玉短短一生中，永遠化解不了的煩惱：「漂泊亦如人命薄，空繾綣，說風流！草木也知愁，韶華竟白頭！嘆今生誰捨誰收？」（第七十回）

　　第八十七回，賈寶玉路過瀟湘館，忽聽叮咚琴聲，同時聽見林黛玉低吟琴曲四疊。

　　風蕭蕭兮秋氣深，美人千里兮獨沉吟。望故鄉兮何處？倚欄杆兮涕沾襟。
　　山迢迢兮水長，照軒窗兮明月光。耿耿不寐兮銀河渺茫，羅衫怯怯兮風露涼。

子之遭兮不自由，予之遇兮多煩憂。之子與我兮心焉相
投，思古人兮俾無尤。

人生斯世兮如輕塵，天上人間兮感夙因。感夙因兮不可
惙，素心如何天上月。

第三疊林黛玉調高君弦，以無射律清吟：雖然你我兩心
相投，然而你的處境使你不自由，我的際遇使我多煩憂。確
實是寶黛二人情困的寫照。最後一疊，突作變徵之聲，收攝
不住的感情，發出：「我的心，如天上明月！」情之所至，
音韻可裂金石，忽然「崩」的一聲，弦斷了……賈寶玉並未
因而叩門求入，與黛玉討論君弦調音太高，以致不與無射律
協調，或四疊忽變徵聲等琴技問題。他之作為林黛玉心靈上
的知音者，其心中領會，未當面說出的話，乃是：「我有一
顆心，前兒已交給林妹妹了。」（第九十七回）無奈客觀環境
中，薛寶釵才是賈寶玉婚姻問題上顧及家世利益的不二人
選。於是寶玉只能眼看著他的知音，他的人生伴侶，繃緊了
生命最後一絲氣力，彷彿為他們的不自由與多煩憂，發出了
疲憊的求救聲。

天籟之美，在無聽之以耳而聽之以心。古人論琴知音的
最高境界，亦在於得無弦琴意而莫逆於心。《紅樓夢》第九
十六回賈寶玉失去了通靈玉，終日怔怔然不言不語，竟至失
魂喪魄、恍恍惚惚起來。賈政見他目光無神，大有瘋傻之
狀，遂同意賈母與鳳姐趕辦與薛家聯姻，藉金鎖壓壓邪氣，
以望沖喜。林黛玉聽說「寶二爺娶寶姑娘的事情」，萬念俱
灰，僅剩下最後的願望，就是聽聽寶玉心底的聲音：「寶
玉，你為什麼病了？」「我為林姑娘病了。」極簡的對話，襲

人、紫鵑不一定理解，而林黛玉卻早已「美人巨眼識窮途」，有了這句話，心裏反而坦然了。「可不是，我這就是回去的時候兒了。」此後，焚稿斷癡情，病情日重一日，終於魂歸離恨天。賈寶玉昏憒已極，同薛寶釵拜堂成大禮。從此天上人間。林黛玉的琴音，訴說著她的疲憊與無助，從而迫使賈寶玉正視其理想的終將破滅。因此，賈寶玉的恍惚，作為一種精神危機的表現，也就可以被視為他在發展出主體建立與精神救贖之前，所必須通過的強大憂傷威脅的身心裂變歷程。

傳統小說中，論琴／情談知音者，不難令人聯想起「才子佳人」的命題來。從漢代李延年的〈佳人歌〉以降，容貌豔麗的女子，生來具有不可抵擋的魅力。傾國傾城，叫人生死以之。自唐傳奇伊始，如霍小玉、崔鶯鶯等深情女子，即不斷受到文人雅士的賞嘆。而佳人擇才子，實際上也渴望才子以一見鍾情偷約始，以金榜題名完婚終。在兩下裏一樣害相思的時節，「一個絲桐上調弄出離恨譜，一個花箋上刪抹成斷腸詩；一個筆下寫幽情，一個弦上傳心事。」因望東牆，恨不得腋翅於妝台左右，於是漫把相思添轉，一面撫瑤琴引擾芳心；一面染霜毫構思情語。是以「小娘子愛才，鄙夫重色」，成了傳統愛情小說的基調。

「琴」在如此重情天地裏所扮演的角色，即為傳遞追求與思慕訊息的鵲橋。漢代司馬相如以一曲〈鳳求凰〉，贏得卓文君的傾心，兩情相願結成伉儷，使得此曲留下了「夫妻之曲」的美名。然而，才子佳人，憐才慕色，雖足以提供作品本身美感架構，以激盪讀者情靈，卻不必然涵攝人們內心深受感動的「情」。於是曹雪芹便說道：「至於才子佳人等書，則又

開口『文君』，滿篇『子建』，千部一腔，千人一面……在作者不過要寫出自己的那兩首情詩豔賦來……非理即文，大不盡情。」（第一回）因此《紅樓夢》裏，賦與才子佳人新的見解與寫法，重新梳理慕才重色的愛情觀，以使人意識到「知音」的眞諦。

　　儘管，寶黛共讀《西廂》，已成了傳世的畫面，而林黛玉也確實盛讚《西廂記》與《牡丹亭》「辭藻警人」，誦之「滿口餘香」。然而，寶黛之愛卻未因而奠基於愛才重色之上。雜學旁收的賈寶玉，雖有過目成誦的能耐。大觀園試才對額之際，也展現出高於眾清客的捷才。然而，一旦與林黛玉相比，賈寶玉卻處處顯得「不知不能」、才疏學淺。海棠結社雅吟，林黛玉之奪魁，與賈寶玉的壓尾，總是相映成趣。可見黛玉並非傾慕於寶玉的才情。至於黛玉之貌，作者輒以寫意筆法描染，所云風露清愁、裊娜風流，直寫生命情調之美。不若鮮妍嫵媚、豔冠群芳的薛寶釵，有一段雪白酥臂，引惑賈寶玉凝睇形如「呆雁」。只是令人神魂若癡的薛寶釵，卻始終是賈寶玉強烈掙扎的婚姻枷鎖，可見寶玉將心交給了林妹妹，並不僅著眼於佳人容顏之麗。《紅樓夢》作者至此突破了千百年來慕才重色的愛情基調，賦與才子佳人情意投合背後更深刻的思想內涵（**圖7-3**）。

　　中國小說家終於意識到，愛情不僅僅在才、色之上著墨，更重要的是，人生價值的攜手追尋。此間「撫琴」一事，即扮演了重要的轉捩角色。琴之作爲鳳求凰的傳情媒介，自漢以降，已逾千年。至《紅樓夢》出，始轉化爲更深沈更內在地叩問：愛情的出路與歸結。林黛玉的感情道路，由堅強走向脆弱，其過程反映在清醒認識到禮教束縛後的悲

圖7-3 《西廂記真
本》，元王實
甫撰，明張深
之評，明陳洪
綬繪，項南洲
刻（明末刊本）

哀，與面對婚姻問題的焦慮，「一年三百六十日，風刀霜劍
嚴相逼」，壓力與時俱進，直到摧毀她的生命意志力為止。曾
經離喪與動輒思鄉；遭逢禁錮與感受世態炎涼，最終都消融
於「不自由」與「多煩憂」的琴曲中，說明她身心俱疲的處
境。於是撫琴吟曲成為她與寶玉最後一次溝通心靈的傳情媒
介。而寶玉聽琴，也確實懂得。於是接下來所發生的「失玉」
與「掉包」，便無須費解。賈寶玉唯有令自己麻木失心，才可
能放棄理想與信念中的情人，接受家族安排的政治婚姻。愛
情的出路與歸結，不再是婚姻。寶、黛的愛情，結束在林黛
玉的悲懷莫罄，一死酬知己。琴／情之美妙意境，惟知音者
終身相惜。

　　林黛玉所解之琴，實際上是一段「解脫」之情。愛情的
開始，是兩條人生道路的交集，交集在同一頻率上，使情人
在無聲的世界裏，聽見彼此的聲音，繼而以共同的理念，相
偕追尋。是故情之所鍾，不僅在於「悅己」，更高的要求則是
「知己」。《紅樓夢》以前，愛情故事動輒以「慕才愛色」為

起點，才子因愛悅而撫琴，蓋以琴／情諧音，於是「彈琴」（談情）意味著追求與戀慕。是以古典文學中借用「撫琴」來暗示男女悅慕、夫妻和諧，以及歷代文人以「琴絲」隱喻「情思」者，不絕如縷。

　　雖然「慕才愛色」作為愛情發生的起源，並未失真。寶、黛初見時，即已注意彼此的才貌，黛玉看寶玉：「面如敷粉，唇若施脂；轉盼多情，語言常笑。天然一段風騷，全在眉梢；平生萬種情思，悉堆眼角。看其外貌最是極好⋯⋯」寶玉眼中的林妹妹則是：「態生兩靨之愁，嬌襲一身之病。淚光點點，嬌喘微微。閒靜時如姣花照水，行動處似弱柳扶風。」（第三回）兩人因對方的才情與容顏，甚或舉止間的偶然特質，而引發浪漫聯想，這是愛情的開始。然而它的持續，則有賴生活與思想中深刻的共同意念。歷來風月故事的本質，僅至於悅容貌、喜風流，戲曲小說最大的突破，亦不外以「私定終身」來強調自由戀愛。而寶黛愛情建立在反經濟仕途與互相深敬的基礎上，不摻雜半點權衡利害與世務應酬，可謂愛情對於道德本性的重新照見。寶、黛之互為理想與意念中的情人，使得「撫琴」一事在《紅樓夢》中，成為凸顯他們的共同意念在現實生活中多所窒礙的具體明證。林黛玉以琴曲訴說此間所遭到的「風刀霜劍」，與不自由、多煩憂。直到四疊韻畢，琴絲突然崩斷，則琴弦便已成為寶、黛愛情故事結構中，情思難再的隱喻。

第三節　樂器與人物造型

　　在中國古典小說世界裏，「人物形塑」向來是占有核心地位的美學課題。自魏晉時期《漢武帝故事》將《山海經》中虎齒豹尾的西王母，點畫成修短得中、溫文爾雅、容顏絕代的美婦人起，人物言行性格刻畫中所流露出的生理美感特徵，便以各種藝術技巧紛呈於作家筆端。例如唐人傳奇中許多神采飛揚、饒富韻味的人物形象，往往是作家們藉由細節的虛構與言行的刻畫，而取得了逼真的描摹效果。到了宋元時期，文言及白話小說在六朝志怪與唐代傳奇的基礎上，使得人物描寫儘量擺脫了實錄式或大體有所依據的寫法。對於以人物為中心的作品，則更加強描繪其才華文采、形容外貌、神情意態乃至心中所思，以期逼顯出最無法描摹又不易捉摸的神情韻致，這也是小說作家在人物摹寫過程中，極力追求的精神境界。同時也是讀者品味鑑賞時，感到最富藝術魅力的部分。

　　宋元時期的小說，在古小說的記言與敘事兩大藝術手法之外，加入了大量描寫人物神情與動作的筆墨。根據《醉翁譚錄》的記載，這是受到說書人善於敷衍故事、描畫情節人物的影響：「煙粉奇傳，素蘊胸次之間；風月須知，只在唇吻之上。」說書人的本領主要表現在描畫人物上，所謂：「冷淡處提掇得有家數，熱鬧處敷衍得愈久長。」比起唐代以前，小說雜著重視人物全程經歷，以顯示其思想性格，並蘊涵道德褒貶的寫人傳統；宋元以降的文人之作，更重視人物

的肖像描摹與言行刻畫，在眉目與笑罵之間，傳達深刻而真實的藝術感染力。

此外，小說人物又是特定時代作家審美理想的形象化表現。所謂典型人物，是指作家通過各種藝術手法，塑造出具有高度概括性和代表性的人物形象。她／他特別代表某一時期的歷史、文化、藝術精神或本質，比現實人物更加鮮明和動人。宋人小說中多篇以人物為主的作品，即可見小說作者在肖像描寫過程中，調動對比、襯托、白描、氣氛渲染、環境烘托……等諸多方式綜合運用，以造就出人物的語言、行為、心理，乃至於潛意識之各種人物造型的立體感。小說人物在形塑過程中，如何不流於一般化，甚至於只是為故事情節所差遣的扁平化模式？則必須具體考察文學性格塑造時，如何在個別中顯現類型，在類型中顯現個別。

以《琳琅秘室叢書》中的〈李師師外傳〉為例，這是宋代傳奇中藝術水準較高的作品，除了展現宋代小說紀實性強的特色之外，情節的騰挪跌宕與人物遺貌取神的典型化筆法，使其成為唐傳奇與明清文言小說、白話小說，與戲曲之間的重要橋梁，同時也為長篇章回小說提供了素材。

李師師是汴京永慶坊染技工匠王寅的女兒，因自幼與佛有緣，所以據當地習俗取名為師師。四歲時為娼妓李姥收養，並逐漸在技藝與姿色上冠諸曲坊。小說接著敘述宋徽宗即位後性好奢華，藉著青苗法的施行，集資市集店鋪稅金來充實府庫。除宮室院囿之樂，更將海內奇花異石搜探殆遍，又築離宮「艮嶽」玩樂其中。等到日久生厭，更想微服出宮做狎邪之遊。宦官告知李師師色藝絕倫，於是皇帝命備厚禮，詭稱大商人趙乙，入夜之後來至鎮安坊。李姥從低矮簡

陌的堂戶中出迎，在慰問周至、進獻香雪藕與水晶蘋果之後，作者反覆再三地讓皇帝與讀者皆延佇以待，卻遲遲未見李師師出場。

首先，李姥引領徽宗到一翠几臨窗、縹緗數帙的清幽小軒，窗外所見，是參差弄影的新篁。皇帝悠然獨坐，雖說安詳閒適，卻「獨未見師師出侍」。少頃李姥引皇帝到了後堂，桌上陳列著烤鹿、醉雞、生魚、羊羹，徽宗就著香子稻米飯進了一餐，姥姥也總在一旁款語多時，然而「師師終未出現」。皇帝疑惑方起，李姥忽然又請皇帝入浴，並附耳曰：「兒性好潔，勿忤。」徽宗不得已，浴罷，回到後堂，見桌上餚核水陸、杯盞新潔，李姥又勸帝歡飲，「而師師終未一見」。過了許久，李姥執燭引帝至一房內，只見簾幕之後，一燈熒然，「而絕無師師在」。至此，讀者對於作品女主人公的動心與懸念已達於頂顛。

古典小說作者經常運用穿插藏閃的藝術手法，不直接敘明故事的前因後果，而是將正在進行的人物與行事分拆以後，經過從容布置和細心點染，使情節波瀾迭起的過程中，設置了懸念的技巧，以此逗起讀者的閱讀期待。在急欲觀後文的心情下，得到文章藏閃的樂趣。猶如《紅樓夢》第三回，敘述寶玉出場的片段。讀者往往為看寶、黛姻緣而展讀此書，卻不料一直到第三回林黛玉進了榮國府，又從賈母說起，次寫邢、王二夫人，以及李紈、鳳姐，與迎春三姊妹，接著又使黛玉拜見賈赦、賈政二位舅舅，至於寶玉，仍未出場。晚清內蒙古《紅樓夢》評點家哈斯寶，將此烘雲托月的筆法比喻成「一個小姑娘想捉一隻蝴蝶作耍」：「……走進花園卻不見一蝶，等了好久，好不容易看見一隻蝴蝶飛來，

巴望它落在花上以便捉住,那蝶兒卻忽高忽低、忽近忽遠地飛舞,就是不落在花兒上。忍住性子等到蝶兒落在花兒上,慌忙去捉,不料蝴蝶又高飛而去。折騰了好久才捉住,因為費盡了力氣,便分外高興,心滿意足。」〈李師師外傳〉的作者正是運用了忍性捉蝶的工巧筆法,使讀者到極不可耐之際,才讓人物登場,因而使得讀者見到李師師後,興味異常,同宋徽宗一般地感到心花怒放。

當徽宗在几榻之間坐立難安,來回踱步時,李師師終於現身:「又良久,見姥擁一姬,姍姍而來。」然而李師師出迎貴賓的妝扮,卻又出人意表:「淡妝不施脂粉,衣絹素,無豔服。新浴方罷,嬌豔如水芙蓉。」李師師不僅「淡掃蛾眉朝至尊」,而且一身黑絹短襖,雖極雅素,卻有別於常理想像中名妓首度登場的豔光麗容。回顧唐傳奇中李益初見霍小玉時,頓覺滿室生輝,深深為其眼光轉動、光彩照人所吸引。滎陽生偶遇李娃,更是驚豔於李氏嫵媚的神情、明亮的眼睛,與雪白的肌膚,以及走起路來的美姿容……宋人小說繼唐代傳奇之後,想要在名妓的舉手投足、神韻氣度等形象塑造上有所突破,達到柳暗花明的新境地,以使小說人物避免重複與平庸,同時期待情節發展漸次以引人入勝,則不得不在原可直接陳述之處,採用曲折筆調;又在讀者已經熟悉的場景中,安排翻空出奇、出人意表的故事變化,使得情節曲折奇妙,不落前人俗套。

於是李師師的淡妝素服,貌倨無禮,不僅未曾見怒於帝王,反使皇帝在燈下凝睇物色,欣賞出「幽姿逸韻,閃爍驚眸」的靜雅之美。師師「見帝意似不屑……問其年,不答。後強之,乃遷坐於他所」的貴倨之態,正是小說家將板滯的

歷史敘事，轉筆成峭健活暢的特殊挪展技巧，使得人物性格撲朔迷離，予人目不暇給之感。接下來，李師師解下玄絹褐襖，換上輕薄綢衣，捲起右手袖子，取下壁間古琴，「隱几端坐，而鼓〈平沙落雁〉之曲」的舉動，也可以做如是觀。徽宗在以靜御動、以逸待時的眇曠音韻之中，細細品味操

圖7-4　宋徽宗趙佶的〈聽琴圖〉

縵者「輕攏慢撚，流韻淡遠」的幽逸與恬靜，「帝不覺爲之傾耳，遂忘倦」。

　　古典文學中之詩、詞理論，到了宋代，均有所轉新與整全。其中詩、書、畫合一，再加上音樂理論的交互融合，成爲宋代文藝思想的重要特色。古琴藝術的軼聞佳話，古來不絕，自豫讓刺秦王、司馬相如琴挑卓文君、伯牙子期高山流水遇知音、嵇康廣陵散的失傳，乃至孔明空城操琴退曹兵、蔡邕識取焦尾琴……等，渲染了唐以前古琴的傳奇色彩。唐以後，由於琴制、指法、節奏、旋律與記譜方式的逐漸發展與定型，加以民間配樂歌詠的風氣日盛，進而造就家弦戶誦的風氣。而琴譜、琴書漸爲文人所傳，雅士抱琴登山臨瀑、焚香撫弦的風韻情畫，至宋代方始蔚爲風尚。操縵、金石、書畫、詩詞，也在此時成爲文人的修養與專長（圖7-4）。

　　琴曲彈奏的上乘藝術非關速度與技巧，而是講究個人意境感性上的氣韻和風骨。因此，操琴作為文人活動的一環，目的非為演奏或娛樂，而是體驗自我修為。李師師彈奏古琴雅樂的舉措，配合她的居住環境與純素形象，以及她對於「趙大商人」的輕視態度，正應從這個角度來詮釋與觀察。而宋徽宗無意間成了李師師的知音，作為歷來著名的文人君王，他的審美情趣自然能夠超越一般的豔舞嬌歌，於聽琴之際，遙想神思之外，因而「會得五弦琴上意，水流雲在已多時」。是故等到〈平沙落雁〉一曲三終，「雞唱矣，帝亟披帷出……旋起去，內侍從行者，皆潛候於外，即擁衛還宮。」從談琴者與聽琴人彼此互為創作主體的兩相交流，進而忘我的情境描述中，小說作者已將宋人藝術審美中的時代人文精神，包括藝術家對於自然生命同流、脈動相連的追求，以及在簡易閒澹之中，體味深遠無窮的氣韻，融入作品敘事的內在本質中，進一步深化了小說作品的主題。

　　李師師獨坐幽篁，將一番閒靜功夫寄與瑤琴絲桐。其人物形象確實有別於一般說唱劇曲、歌舞春風的青樓豔妓。尤其是所鼓之〈平沙落雁〉，又名〈落雁平沙〉，或〈平沙〉，自唐、宋流傳至明、清，是古琴曲中意境高遠的經典曲目之一。描寫秋高氣爽、風靜沙平的時刻，鴻雁飛鳴於天際，胸懷雲程萬里。彈琴者表現氣韻疏長的節奏，用以闡述逸士的心胸與遠志。〈李師師外傳〉所云：「此曲三終。」即指此曲節奏凡三起三落，初彈時摹擬鴻雁翱翔於飄渺雲霄，與同行序之大雁和鳴往來，繼而描寫雁群迴旋欲落，彼此呼應盤旋，最後達到子母雄雌均適得其情的理想狀態。這首琴曲不僅敘述了緊續迴環的動感畫面，同時通過雁兒幽落、平沙靜

謐的詩意景象，暗示文人生活中恬靜曠遠的心靈美感意境。同時，也更加突出了詩意與音樂的融合，進而展露儒道之間隱而不隱的心境與意趣。

以古琴的雅致形容女子貞靜形象的作品，還有明代釣鴛湖客的傳奇小說〈招提琴精記〉。這是一篇意境優美的文言短篇小說，文辭清麗典雅，具有傳統詩文的特質。故事描述書生金鶴雲在秀州住遊時，每夜都聽到隔壁傳來少女的歌聲。這「約年十七八，風環露鬢，綽約多姿」的女子後來與金生幽會，兩人相愛，彼此情投意合。一夜，女子忽然前來道別，她說自己本是學得仙術，優游洞天的化外女子，因凡心未泯而被貶落人間。如今與金生緣分已到，必須離別，但將來還有相會之期。兩年後，金鶴雲在金陵太守任內獲贈一床古琴，然而這琴「置於石床，遠而望之，則前女子；就而撫之，則依然琴也」。此時，金鶴雲才恍然大悟，原來那女子是一個琴精。這顯然也是一個將樂器比賦於美女形象的實例（圖7-5）。

相較於古琴形象的優雅沈靜，宋人小說中〈楊太眞外傳〉裏，楊貴妃所使用的琵琶與磬等樂器，就顯露出另一番女性風情。在這篇小說裏，首先說到楊貴妃善彈琵琶，進而對皇

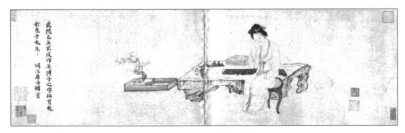

圖7-5　武陵春鼓琴

圖7-6 唐明皇與楊貴妃演奏音樂
（明刻本）

家樂器的貴重做如下的敘述：「妃子琵琶邏逤檀，寺人白季
貞使蜀還獻。其木溫潤如玉，光耀可鑑，有金縷紅文，蹙成
雙鳳。弦乃莫訶彌羅國永泰元年所貢者，淥水蠶絲也，光瑩
如貫珠瑟瑟。」另外，貴妃亦善擊磬，並經常奏出新樂聲，
引得唐玄宗開懷，於是特地為她打造新樂器：「採藍田綠
玉，琢成磬，上方造流蘇之屬，以金鈿珠翠飾之，鑄金為二
獅子以為跌，綵繪縟麗，一時無比。」琵琶與編磬都是能夠
發出清脆高亢聲響的樂器，加上製作華貴，用材都是上好的
玉器、木質、蠶絲，以及金銀珠翠等等，使得樂器光輝耀

眼，因此自然在楊貴妃的形象塑造上，加強了活潑歡樂、富貴逼人的藝術效果。此外，像〈綠珠傳〉、〈梅妃傳〉等篇章裏，都不乏演奏樂器的形象描述，可見古典小說中以女性形象爲主題的作品，其寫人技巧與音樂藝術之間具有密切的關聯（圖7-6）。

第四節　文字與音符的轉換

　　義大利小提琴家帕格尼尼具備了有史以來無與倫比的演奏技巧，因而被譽爲「小提琴之王」。他的圓熟技巧在於即使拉奏速度極快的樂曲，也能使聲音聽起來十分和諧。德國詩人亨利希·海涅（H. Heine）在一次漢堡的演奏會結束後，寫下了著名的小說《佛羅倫薩之夜》。文中以獨特的詩意，配合浪漫的情節，讚美帕格尼尼的琴聲如同一對情侶，時而親吻、戲謔，時而追逐、擁抱，直到兩人合而爲一，消融在和諧的境界裏。又像一雙快活嬉戲的蝴蝶，在金色的陽光下，一會兒挑逗對方，一會兒躲藏於花後。海涅在小提琴樂聲中，彷彿看見黃昏中的夜鶯，因爲薔薇的芳馨而陶醉在幸福裏。作家對音樂的描述，有非常動人的一頁：

> 在這琴聲裏，蘊涵著一種無以名之的神聖激情，時而神秘地顫動著如柔波細語，叫人幾乎聽不見一些兒聲息；時而又如日夜的林中號角，甜美得撩人心弦。最後，卻終於變成了縱情歡呼，恰似有一千個行吟詩人同時撥動琴弦，高唱著昂揚的凱歌。

這樣的妙音呵，你可永遠不能用耳朵去聽，它只讓你在
與愛人心貼著心的靜靜的夜裏，用自己的心去夢。

　　詩人在音樂聲中想像著如夢似幻的動人情節。海涅是繼
歌德之後，締造抒情詩之另一高峰，因而贏得桂冠的浪漫派
詩人。他的作品強調創作主體的絕對自由，在他的幻想世界
裏，他隨時用幽默的話語諷刺或挖苦自我的幻境與渴望。他
那獨特的語調與文風，不僅擅長抒發男女之間的愛情遊戲，
同時他也運用清新自然、誠摯優美的文字與音調創作關於愛
情的藝術歌曲：

乘著歌聲的翅膀，
心愛的人，我帶你飛翔，
向著恆河的原野，
那裏有最美的地方。
滿園盛開的紅花，
籠罩在寂靜的月光；
蓮花在翹首期盼，
她們親密姊妹的蒞臨。
紫羅蘭輕笑調情，
抬頭向星星仰望；
玫瑰將芬芳的童話故事，
悄悄地在耳邊傾訴。
溫馴聰穎的羚羊，
跳躍過來傾聽；
聖潔的河水波濤，
則在遠方喧騰。

我們要在那躺下，
躺在棕櫚樹之下，
吸飲愛情的寧靜，
沈入幸福的夢境。

這首一八二二年所作的〈乘著歌聲的翅膀〉，至今仍是德
文音樂界裏經典的藝術歌曲。另外，萊茵河中段曾經流傳著
美少女羅蕾萊的故事。傳說她擁有誘惑異性的魔力，最後卻
自沈於河中。羅蕾萊在海涅的筆下穿梭於現實與虛幻之間，
她幻化成一個梳著金髮，以歌聲及美貌引誘船夫觸礁的水
妖：

不知為什麼，
我是如此悲哀：
一個古老的傳說，
令我無法忘懷。
空氣清冷，天色向晚，
萊茵河水靜靜地流；
山頂映照著
落日餘暉。
那絕色美女
坐在上頭，姿色撩人，
她的金飾閃爍著，
她梳著的金髮
她以金色的梳子梳髮，
一邊唱著歌，
而歌聲具有

迷人震撼的魔力。

小船裏的船夫

狂野的痛苦侵襲著他；

他看不到暗礁

只顧往高處瞧。

我相信，浪濤最終

吞噬了小船及船夫；

這是羅蕾萊

用她的歌聲造成的。

這首詩的原文韻腳使它讀起來像唱歌，而且同時使人彷彿感受到羅蕾萊利用歌聲刺激船夫所引起的發狂與痛苦。海涅賦與羅蕾萊希臘神話中水妖的魅惑歌聲，這首家喻戶曉的抒情歌曲無意間使得靜靜的萊茵河聲名大噪。

各類藝術之間的交流，無疑是人文精神活動中的重要課題，它象徵著解消疆界與藩籬的浪漫主義精神正在蔓延與發酵。而浪漫文學與音樂的合作又顯示出作家不再固守文類的自由心境。藝術家需要不斷地發揮想像力，使藝術創作不再是單一的呈現，而是在動態的刺激下，打開我們的各種感官，使之交流、互戲。當畫家不再滿足於畫布、小說中偶爾出現了詩句、文學中運用了戲劇的媒介……不同藝術間就能跨界運作，無論是文學、繪畫，或音樂，藝術的表達形式只是外在的現象，其內在的靈感與想像往往是合而為一的。創作者與接受者在各種眼觀與耳聽的媒材之間不斷地互動與溝通，將製造出更多用心聆聽與閱讀的契機。

第八章

從閱讀到書寫
　　——美的接受與再創作

清人龔橙的《詩本誼》一書，將千百年來有關《詩經》的編譯、引用、闡釋以及流傳等各種情況做出總整理，提出《詩經》有八誼（義），分別是：作詩之誼、談詩之誼、太師采詩、瞽矇諷詠之誼、孔子定詩建始之誼、賦詩引詩節取章句之誼、賦詩寄託之誼，以及引詩以就己說之誼。其中除了第一條是探討作者原意之外，其餘七項都是強調閱讀者（接受者）的解讀，以至於應用等情形。二十世紀初，許多文學家揚棄了古典美學講究逼真，而導致讀者缺乏想像力的文學寫作模式，改以意象派、象徵派等各種藝術技巧從事創作，從此文本逐漸走向語言曖昧、歧義迭出的風格，現代派乃至於後現代派的作品漸次產生。讀者的想像與發揮得以大量地填補文本的空白處。隨著讀者的審美意識介入文本之深，以讀者為中心的文學理論便順勢而興。

由於當代文學理論中「文本」觀念的確立，使得以往環繞在作者與作品之間的討論關係，轉移為強調讀者在閱讀過程中的重要性。從前「作品」僅視為作者的生產品，而今作品擴大為「文本」，即等同於讀者閱讀時創造出來的場域。讀者對作品的一切認識活動即可視為一種「書寫」，其間的意圖與態度，都值得研究者深思。底下以《紅樓夢》與《白蛇傳》為例，進一步探討現代作家對傳統作品的重塑及演繹。

第一節　紅樓文本的重塑

《紅樓夢》自十八世紀成書以來，在中國乃至國際社會廣為流傳，其意義與價值進一步為世人所認識，此與學術界和

藝文界的活動息息相關。尤其是各階段的紅迷作家往往不拘
於曾一度是主流紅學的「索隱」與仍然很強勢主導的「考證」
藩籬，將該作視爲學習與活用的典範，更使得《紅樓夢》成
爲一部富有生命力的文本。有趣的是，隨著台灣社會政、經
結構的日新月異，以及當代文學批評受西方思潮的影響等因
素，《紅樓夢》的典範作用也逐漸地被重塑。這種重塑的工
作，表現在執筆爲文的台灣現當代作家群中，是一幕幕鮮活
的眾生相。其中有文學流派與社團的介入，有長篇小說配合
時事的改寫，有女性文學的抒發，更有醫藥、飲食、傳播媒
體、創作經驗等各方面的潛論。這些表現說明了紅樓文本的
重塑，是值得開發的創作課題。

　　《文心雕龍・知音》云：「蘭爲國香，服媚彌芬；書亦國
華，玩繹方美。」文學本身不能審美，所以作品的美學價值
必須透過欣賞主體的玩味與演繹方能呈現，因此劉勰說：
「玩繹方美」，亦即劉永濟在《文心雕龍校釋》中所說：「作
者往矣，其所述造，猶能綿綿不絕者，實賴精識之士。」此
外，中國文學批評中的「玩味說」、「妙悟說」、「興趣說」
等，皆是在讀者參與文本的閱讀活動中產生的解讀理論。當
代許多作家都以自身的時代環境、學說思潮，嘗試重新詮釋
古代的經典。除了改寫古代文學以外，更重要的目的在於以
古喻今。因此往往能夠超越古典的囿限，而表現出更多的自
我意識與原創活力。他們以個人的才性與情思去觀照曹雪芹
曾經觀照過的社會人生。在《紅樓夢》這部大書裏，各取所
需、各騁其才，使得紅樓夢美學解讀與現代文學創作得以充
分結合，呈現《文心雕龍》「玩繹方美」的最佳寫照。南宋劉
辰翁說：「凡大人語不拘一義，亦其通說透活自然，觀詩各

隨所得，或與此語本無交涉。」(《須溪集》卷六) 清代王夫
之說：「人情之游也無涯，而各以其情遇，斯所貴於有詩。」
(《薑齋詩話》) 袁枚亦云：「作詩者以詩傳，說詩者以詩傳。
傳者傳其說之是，而不必盡合於作者也。」(《成綿莊詩說》)
許多經典本身已形成具有開放性架構和召喚性魅力的藝術作
品，讀者在欣賞過程中，不僅接受作品的思想，同時也運用
自己的生活體驗及其豐富的情感對藝術形象進行聯想與補
充。事實上，伴隨明清小說發展以來的諸多評點家，如金聖
嘆、毛宗崗、張竹坡與脂硯齋等人，在閱讀活動中已經建立
了許多美學修養的示範。而當代讀者的審美活動也像作者的
創作過程一樣，帶著強烈的個人色彩而成為一種藝術的再創
造。《紅樓夢》的閱讀活動就是典型的例子。

　　戰後台灣文壇由於文化工業的漸趨整全，使得文學創作
主體的標籤鮮明，作品的文類也朝向多元化與專精化邁進。
許多從事台灣現代文學流派分類研究的專著，目的在探討文
學社會中各種團體、勢力消長的過程。許多作家的個人才性
或其所屬社群的特色，都與《紅樓夢》等古典小說保持著深
厚淵源，這一點可以上溯至清末民初流行於上海、蘇州一帶
的「民國舊派文學」，特別是鴛鴦蝴蝶派。《紅樓夢》到鴛鴦
蝴蝶派的言情傳統，啟發了台灣當代大眾文學界許多重要作
家的創作，包括高陽、廖輝英、張曼娟，甚至早期的張愛
玲、司馬中原、瓊瑤、三毛……等等。而他們發表著作的刊
物《皇冠》雜誌，則同時是美式與海派等兩種風格熔於一爐
的產物。以形式而言，《皇冠》發行人平鑫濤因早期所刊載
的作品多翻譯自美國的 *CROWN* 雜誌，因而定其刊物之名為
「皇冠」；然而在創刊宗旨、編輯方針與經營理念上，《皇冠》

卻又是一九三〇年代上海《萬象》雜誌的沿襲。平鑫濤出身於出版世家,《萬象》的發行人平襟亞是他的堂伯,證諸前後兩份雜誌一貫的「文學綜合性」特色,就可以說明:作爲台灣大眾文學發源地的《皇冠》雜誌,它的出現是其來有自。「皇冠」不僅有基本作家制度,其中還有四位作家是與其共存共榮的。該刊四十周年慶時曾刊登一則「關於皇冠的四十種說法」,當時曾提及這四位作家的姓名,依次是張愛玲、三毛、瓊瑤,以及倪匡。

張愛玲與「皇冠」的合作關係可追溯至一九四〇年代上海的《萬象》雜誌。張愛玲筆下世紀末華麗又蒼涼的景象,在某種程度上,給與「懷想中國」的台灣文化人心理補償的作用。一九八〇年代的台灣文壇因而興起一股「張愛玲風」,這群私淑張愛玲而當道於台灣文學界的女作家,包括了蕭麗紅、袁瓊瓊,以及當時朱西寧旗下的三三作家朱天文、朱天心等人。呂正惠稱之爲「閨秀文學」,王德威則視之爲「張腔作家」。張愛玲之熟讀《紅樓夢》、考據《紅樓夢》(《紅樓夢魘》)與從事《紅樓夢》的再創作,是眾所周知的事。她於一九三四年寫過《摩登紅樓夢》,一九六一年又編寫了《紅樓夢》劇本。以《摩登紅樓夢》而言,張愛玲將古代的紅樓人物搬到現代的上海灘,故事裏有寶玉拿著傅秋芳的照片與林黛玉比美,賈璉得了鐵道局長的官,賈元春主持時裝表演,芳官、藕官加入歌舞團……張愛玲以摩登的十里洋場取代了大觀園,使得小說題材時髦,內容新穎,雖屬鴛蝴派之嫡系,其想像力的發揮使得蘇青形容《摩登紅樓夢》爲「荒唐而又逼眞」的作品。《紅樓夢》裏的「說到辛酸處,荒唐愈可悲」,在張愛玲筆下不僅荒唐不可悲,反而創造了《紅樓夢》

與現代（摩登）生活之間的關係。

　　從文學雜誌的角度來考察《紅樓夢》的傳播與再創作，還有一九六○年代的《現代文學》。走過反共戰鬥的時代之後，一般的文藝青年既不滿空洞的教條與口號，因而逐漸傾向於標舉「現代文明」的美式文化，通過探索個人心靈的方式從事寫作，同時大量地譯介西方現代主義作家的作品。在這段被稱為「二度西潮」的過程當中，白先勇、王文興、陳若曦、施叔青等人既摸索新的藝術形式與風格，同時紛紛反應他們對《紅樓夢》的熱愛或意見，以及他們寫作上受《紅樓夢》影響的部分。現代派作家同時擁抱古典文學《紅樓夢》的主要原因，也是《紅樓夢》的主題之一，即許多紅學學者都視《紅樓夢》為一段寶玉（頑石）歷劫回歸的「心路歷程」，簡言之，就是一個少年成長的心路歷程。白先勇等人在其中經常探討的是《紅樓夢》反映了哪些中國式的人生哲理。這種屬於心靈層次的探討，正是一九六○年代台灣文學主流現代派作家所關心的議題。他們將《紅樓夢》中的體會轉移到作品中，以至於無形中對他們的創作造成了影響。

　　白先勇名將之後的身世，以及早年曾與張愛玲結緣的經歷，使我們很容易地聯繫起他與張愛玲共同觸碰到《紅樓夢》的主題之一——沒落貴族的蒼茫身世之感。白先勇認為偉大的文學必須同時兼具其時代性與超越性，例如：《紅樓夢》寫十八世紀清初貴族的興亡盛衰，是其時代性；然而書中反映人生變幻、世事無常的佛、道哲理就是一種超越性的主題，每個時代的人讀《紅樓夢》都能體會出不同的意義來，因此優秀的小說通常有多重主題，而且批評家不應以主題來類別小說的優劣，重要的是，作家是否應用了適當的形式來表達

其所欲處理的題材。因此，白先勇說：「我認爲一部好作品之所以了不得的話，是因爲在每個時代都有新的意義產生，這樣才會長存下去。」

《紅樓夢》是一部內容豐富的小說，包含中國儒、釋、道三家的人生哲理在內，具有超越而深刻的思想。如此深奧的題材則必須相當高超的藝術技巧來表達，方能發揮動人的文學感染力。因此白先勇認爲一部作品的成敗，關鍵在於題材與文字是否能夠相得益彰。他說：

> 一本書文字的好壞並不能單獨抽出來看，要看整本書的體裁。
> 文字，得跟題材配合，《紅樓夢》的題材很典雅，是極華麗富貴的，感情很濃的……如果《紅樓夢》用很白描的白話泛開來，恐怕不能表現得好。曹雪芹是很講究技巧的，他對詩、詞、曲，尤其是曲，很熟很熟；文字，我想他是注意的。（《明星咖啡館》，一九七八年）

文學語言的白話，與一般口語的白話不同，即使是五四以後的作家也不一定堅持使用白話。作家須根據題材判斷以何種文字最適宜表現其題旨。這一點顯示在白先勇企圖將傳統融入現代的藝術觀點上。他認爲作家最重要的事，就是以美的形式表現普遍而永恆的人性，至於題材無論是什麼都不重要，因爲：「不管怎麼寫，我們還是在重複老祖宗說過的話。」在人物形象的塑造方面，白先勇認爲人性中善惡的衝突是小說家最感興趣的課題，現實生活中，個人與天的衝突、與社會的衝突，甚至於人與人之間的衝突，在在顯示人性的複雜。瞭解人性的作家才能創造出成功的人物形象。以

十二金釵中的王熙鳳為例：

> 有經驗的作者一定不會三言兩語把它講盡，一定從多方面反映，像《紅樓夢》，鳳姐這個人，到底是怎麼樣一個人，你三言兩語很難講，但曹雪芹就厲害了，他設了很多線都表現了鳳姐的一面，她對應長輩的，對應下人的，對應情敵的，對應丈夫的，他從來不講鳳姐是怎麼樣的一個人，他是從各方面表現出來，這才是戲劇化。（《明星咖啡館》，一九八七年）

白先勇強調：人性本能中的惡性、色欲與道德理性的種種衝突，正是小說家取之不盡的素材。

> 我看曹雪芹之所以偉大，他看人不是單面的，不是一度空間的……他對這樣凶、這樣心毒手辣的女人，她極人性的一面，他也顧全得到。因為人不可能完全壞的，而且鳳姐，講起來，整個來說，也不算是完全百分之百喪失道德能力的人，你看她臨死對女兒那種母愛，我覺得是很動人的一幕。是賢妻良母的話，寫她人臨死對女兒關切，不會怎樣動人，但像鳳姐這樣的人物，到死的時候如此淒涼，尤見曹雪芹悲天憫人之心。（《明星咖啡館》，一九八七年）

將鳳姐死前懇求劉姥姥幫助巧姐這一幕，與劉姥姥一進榮國府時鳳姐亮麗的高姿態對比，讀者不得不感嘆人生變化無常。對白先勇而言，小說是先有人物才成其故事的，因此他對人物刻劃的要求很高，如果作家沒有一定程度的人生經驗，對於人性和人生觀沒有完整的體認，則很難出現好小

說，於是白先勇讚嘆地說：

> 《紅樓夢》裏面沒有十全十美的人，也沒有一個十惡不赦
> 的人。

在小說敘事觀點的選擇上，白先勇分析《紅樓夢》作者
善於運用全知的觀點來表達小說主題中的各種概念。例如：
藉忠僕焦大之口說出賈府子孫不肖，及其家門沒落的悲哀，
是很有說服力的。又如賈家榮華富貴、盛氣凌人的氣派，藉
由劉姥姥一個鄉下老太婆的眼睛來看，比任何親戚都更有效
果。

> 焦大只出場兩次，第一次就是罵公公爬灰，對賈珍下了
> 道德判斷。
> 從一個幾代的忠僕，他吃馬尿，省下水給賈代化，從這
> 忠僕來看他們的家勢，第一是可信，因為他經過呀，第
> 二以這樣一個忠心耿耿的義僕來批評他的少主……比作
> 者自己寫一段罵賈珍，有效得多。
> 第二次出場……在抄家以後。我記得他講，我只跟太爺
> 去綁別人的，到這個時候，我怎麼會給別人綁呀，你想
> 想，一個八九十歲的義僕到賈政面前痛哭，這一場非常
> 動人，表現了賈家的沒落……從義僕的眼光來敘述貴族
> 家庭的沒落，遠比曹雪芹自己說有效得多。
> 劉姥姥進大觀園一段，發生了很大的意義，非常細膩，
> 非常精微的來批評賈家那種朱門酒肉臭的生活，因為主
> 題之一是賈家的興亡。劉姥姥問鳳姐茄子怎麼做的？鳳
> 姐說這些茄子用多少隻雞來配……又問賈家吃幾籠螃

蟹,劉姥姥在算,五五二十五,三五一十五,夠我們鄉
下人一年的生活了,那種窮極奢侈的生活由劉姥姥的嘴
來批評,可信得多。(《明星咖啡館》,一九八七年)

小說觀點的轉移看似自然,其實並不容易,有點像開車
變換車道,可能會遇到危險狀況。而《紅樓夢》的作者能夠
自然地將敘事觀點從寶玉身上(通常寶玉在場時,作者都是
以寶玉的觀點看事情)轉移到更適當的人選上。這種觀點的
轉移運用,在西方現代小說技巧上,稱為shifting view-
point。《紅樓夢》的複雜性,不可能單用第一人稱敘述到
底。因此在全知觀點的運用過程中,該選擇何種人物作為視
角出發,以及在觀點的轉換過程中,做到不露痕跡,其實是
很值得推敲的學問,它有時連帶決定了文字的風格與人物的
性格,甚至於主題的意義等各層面課題。也唯有小說創作者
才能從這個角度探視《紅樓夢》。

此外,《紅樓夢》在結構層次的安排上也非常得宜。其
主題之一是——人生聚散無常,白先勇舉出在凸碧山莊賞月的
那一場景中,一反過去喜氣洋洋的例子。先是賈母不肯睡,
眾人勉強說些笑話湊趣兒。待賈母瞌睡睜眼醒來,只剩探春
一人。配合之前淒涼的笛音,賈母感覺到曲終人散的悲傷。
底下接著寫湘雲和黛玉聯詩,最後出現「冷月葬詩魂」一句
來,預告了賈府的凋零,與黛玉的夭亡。作者將此二場景緊
鄰在一起,加強了主題意識。白先勇說:

場景的安排,在小說中是很重要,這一場這個時候出,
那一場那個時候出,很要緊,等於戲劇,場景的轉換在
戲劇裏更重要,某一場在整個戲的先後,不能亂來。

整個來説，《紅樓夢》裏，每個人出場的先後，每個場景安排的先後，都很好的。

關於《紅樓夢》中運用實際的語言文字「象徵」抽象意涵的部分，白先勇也做了分析和闡述：

> 中國文字……長於實際象徵性的運用，應用於 symbol，應用於實際的對話，像《紅樓夢》，用象徵討論佛道問題，用寶玉的通靈玉，用寶釵的金鎖，很 concrete（具體的）、很實在的文字。
>
> 從頭到尾完全是非常實在的 action，非常實在的人物，表達了非常抽象的問題。（《明星咖啡館》，一九八七年）

《紅樓夢》在具體的節令移轉中，透露著中國的人生哲學。這種以時節來表現時間的經過，以襯托人物內心意識流動的藝術技巧，便是很高明的象徵意義。又如《紅樓夢》中一真一假兩個寶玉，其實是象徵著寶玉內心出世與入世的掙扎。白先勇說：「賈寶玉真正的意思是要出家，甄寶玉呢，是 social being，社會化的，走社會要求的路，求功名，象徵意義重。」在中國，儒家的理想世界和佛道的理想境界是不相容的，因此寶玉感到掙扎。這種象徵的技巧，西方現代文學要晚至赫曼・赫塞的《徬徨少年時》才成形，曹雪芹在兩百年前就使用了這個技巧，是非常了不起的。他用摔玉（欲）這個動作試圖解除人生最痛苦的根源。「這就是《紅樓夢》之偉大，雖然表現的是很抽象的思想，但是，卻寓在那麼實實在在的生活裏。」

儘管構成《紅樓夢》成功的藝術條件很多，但是最基本

的「語言文字」，白先勇並未忽略。而且從分析中領悟到自己
的文字受其影響很深。他特別注意對話，因爲通常小說可以
分爲兩部分：一部分是敘述，一部分是對話，白先勇說：

> 《紅樓夢》中的對話技巧，在中國小說史上是無出其右
> 的。他這種技巧，西洋批評稱爲劇景法（scenic
> method），他能夠把《紅樓夢》中的每個劇景（scene）都
> 處理得那樣成功，整本《紅樓夢》從頭到尾都成功的戲
> 劇化了，因此《紅樓夢》呈現的世界是那樣的生動活
> 潑，歷歷如繪。（《明星咖啡館》，一九八七年）

《紅樓夢》中寶玉和黛玉的對話全是日常生活語言，卻又
能輕易地談禪說理，其功力就呈現在「對話」技巧上。文學
作家徒然有豐富的閱歷和悲天憫人的襟懷，若沒有很好的文
字技巧來表達，也是枉然。所以作家除了對人物有深刻的瞭
解外，還必須有一筆好文字。單是好文字，不能寫出好小
說，但是好小說，一定有好的文字。白先勇說：「影響我文
字的是我遠在中學時，看了很多中國舊詩詞，恐怕對文字的
運用，文字的節奏，有潛移默化的功效，然後我愛看舊小
說，尤其《紅樓夢》，我由小時候開始看，十一歲就看《紅樓
夢》，中學又看，一直也看，這本書對我文字的影響很大……
…」從事西方現代文學研究的白先勇，在創作方面，始終受
到中國傳統文學和方言的薰陶，於是能夠駕馭高超的文字技
巧，將心中豐富的感情深刻地表達出來。

許多熟讀白先勇小說的人都曾指出，白先勇筆下眾多的
女性腳色，個個形象鮮明而難以歸類，是受了《紅樓夢》的
影響。曹雪芹開宗明義即反對「千部一腔，千人一面」的模

式,因此他筆下的眾金釵各有不同的容貌和性格。例如《台北人》中〈永遠的尹雪豔〉:「宋家阿姐,『人無千日好,花無百日紅』,誰又能保得住一輩子享榮華,受富貴呢?」這沒落貴族的輓歌,換成《紅樓夢》裏的話,便是「好了歌」。由於現代主義是西方戰爭瓦解傳統價值秩序的產物,因此作家對於人類、人生信仰的信心,以及面對文明的態度基本上是悲疑的。白先勇在其受《紅樓夢》影響最明顯的作品〈遊園驚夢〉中,藉竇夫人眼中富麗堂皇的宴會傳遞一項訊息:如此華麗唯美的大觀園,其實只是一場虛幻的夢境。〈遊園驚夢〉「以戲點題」的藝術手法也源自《紅樓夢》,白先勇以《牡丹亭》點出的小說主題──歲月無常,唯解脫是真,其內涵卻也就是現代主義文學對人生的看法。

中國社會以人為本,小說戲曲也以人物為主軸來表現故事的主題。白先勇小說中的人物與《紅樓夢》的關係,大致有以下幾種情形:一是「忠僕」的形象,例如:秦義方這個上將的貼身副官,曾經跟隨主人南北征戰數十年,一旦年老多病,即被上將辭退,住在台南榮民醫院裏,羞於向人提及自己被趕出公館的委屈。誰知主人竟比他先走!他抱病前來奔喪,對那些頭臉收拾得十分乾淨的年輕侍從萬分惱火:「長官直是讓這些小野種害了的!他心中恨恨的咕嚕著,這起吃屎不知香臭的小王八,哪裏懂得照顧他?只有他秦義方,只有他跟了幾十年,才摸清楚了他那一種拗脾氣⋯⋯」秦義方的忠僕形象具有賈府焦大的特質,而且白先勇說他小時候曾和一位副官親近,因此忠僕形象的塑造在他的筆下顯得特別靈活逼真。

白先勇小說人物與《紅樓夢》相關的第二類型是所謂的

「阿宕尼斯式的美少年」，尤其是他早期的作品，如〈青春〉裏的少男、〈月夢〉中老醫師的伴侶，以及〈玉卿嫂〉裏的慶生。「阿宕尼斯」（Adonis）是英國古典文學中儀表出眾具有同性戀傾向的「原型」（archetype）。在〈月夢〉中，老畫家面對這可望而不可即的模特兒，低呼：「赤裸的，Adonis！」以及〈玉卿嫂〉裏容哥兒對慶生產生的情愫。容哥兒喜歡慶生的眉清目秀，「水蔥似的鼻子」，「嘴唇上留了一撮淡青色的鬍毛毛」，特別令人醉心，「看起來好細緻，好柔軟，一根一根，全是乖乖的倒向兩旁，很逗人愛，嫩相得很。」白先勇曾在〈賈寶玉的俗緣：蔣玉菡與花襲人〉一文中，分析寶玉和蔣玉菡之間的同性之愛，從《紅樓夢》第二十八回「蔣玉菡私贈茜香羅」，以及第三十三回寶玉招認蔣玉菡為他而逃離忠順王府，在紫檀堡置買房舍等事實看來，兩人顯然過往甚密，至九十三回，寶玉眼中的蔣玉菡是「鮮潤如出水芙蕖，飄揚似臨風玉樹」，顯示賈寶玉與蔣玉菡之間的親密同性之愛。白先勇說同性戀的特質，是在同性間的戀愛對象上尋找另一個「自己」（self），一個「同體」。它有別於異性戀，是在尋找一個「異己」（other），一個「異體」。如同希臘神話中的納西色斯，愛戀上自己水中的倒影，即是尋求一個同體之愛。賈寶玉和蔣玉菡的愛情，是基於深厚的認同，蔣玉菡猶如寶玉水中的倒影，寶玉的另一個「自我」，或是另一個世俗的化身。

　　《紅樓夢》通過文學雜誌作為傳承媒介的第三個例子是一九七〇年代的「三三文學集團」所籌辦的《三三集刊》。文學社團創辦刊物的目的在闡明自己的文學主張，同時也提供同仁參與發表的創作園地。「三三文學集團」的啟蒙來自張愛

玲與胡蘭成。在胡蘭成看來，《紅樓夢》雖是小說，對讀者
而言卻不是感情的刺激，而是知性的興發，他說《紅樓
夢》：「……是有一種知性的光的。知性是感情的完全燃
燒，此時只見是一片白光。而許多激動的刺激性的文學，則
是感情的不完全燃燒，所以發煙發毒氣，嗆人喉嚨，激出眼
淚。知性才是歡喜的，連眼淚亦有一種喜悅。」從這樣的觀
點發展出的審美意識，便往往集中在《紅樓夢》透察人生的
理性思維上。第一回跛足道人口念〈好了歌〉道：「世人都
曉神仙好，唯有功名忘不了，古今將相在何方？荒塚一堆草
沒了……」《三三集刊》第二十二輯《桃花渡》亦有一首裘林
的〈好了歌〉：

為了自己的耕種自己的膚
搭吧走吧是自己的橋
黑管、高低薩、大小提琴
我寧掀起朗誦，衹要你們歌
那枚小小郵票的鄉愁
為了我曾為紅樓失眠
請以現代非夢覆我
當木棉花泛起了笑意

讓長笛唱出你們的歌
也讓南胡與定音鼓
拉打成經；會是一個結
一株璀璨自地升起
一種新姿，不剪即成影
四面八方都是，我們的

歌我們的歌我們的
春風三月雨

此外，《蝴蝶記》中有一篇高廣豪的短篇小說〈依白與
我〉，文後的〈心老歌〉也曾使馬叔禮想起了《紅樓夢》：
「她唱〈心老歌〉，可比『秋風無限瀟湘意，欲采蘋花不自由』
……」

來也好，去也好，多了又會再少。
真也好，假也好，閉眼隨風化去了。
春不語，花再開，花開也會自落不少。
任落，成泥，心老。一切也不再知道。

除了新詩以外，丁亞民的散文〈屬於我的《紅樓夢》〉寫
道：

卻說那日我重遊《紅樓夢》，也不知是何天氣，只見大觀
園裏景象依舊，瀟湘館翠竹依舊，蘅蕪院開軒迎風，花
廊下走過幾名女子，喜洋洋的往怡紅院去了。我見了無
端好笑，想著所謂的夢幻，所謂的歷劫，反倒是後世的
看官了，大觀園裏風光依然，一個個都好端端的，就連
黛玉依然是挑著花鋤花帚在對過小岸坡葬花呢！依然是
歌，說什麼：儂今葬花人笑癡，他年葬儂知是誰？——又
是大太陽底下的喪氣話這是了！當下見了好笑，說：
「好呵，看誰還這樣沒完沒了的！」她聽了眼淚未乾，招
手笑說：「是你呀！」我道：「你跟寶玉又怎麼了是不
是？」她淚隨即應聲而掉，正是那句好話，是眼中能有
幾多淚珠兒，怎經得秋流到冬，春流到夏。

金玉良緣之事，黛玉亦和我一樣是不信的，我説起那謠傳……她慣是眉兒一蹙，笑道：「是麼？這謊兒也實在不高明，那旁人且不提，就寶玉即使是以起了呆症做幌兒，豈能將我跟寶姐姐分不清楚呢？而既然外面的人都當寶姐姐是慣會做人、玲瓏剔透，怎又忘了要她如何交代於我呢？我看這話又是外面的人編排的，存心是要貶他二人，瞧把寶姐姐描繪成這樣木膚膚！」

來説説我們這位寶二爺。那日我見他自蘅蕪院惹了無趣又要往瀟湘館找奚落，半途兩人狹路相逢，先便在園裏逛盪，他是個大閒人，一派心思閒逸的模樣……寶玉説大家都知道，大觀園這一干人都讓續書者給弄得家破人亡，不管它也罷……可是，這筆公案究竟該如何解決呢？寶玉詭詐一笑，説：「你呆瓜，不解決不就成了嗎？」上回遇到一個人議論説：「是像寶玉這樣一個人，末了也畢竟是負了黛玉。」我説給他聽，寶玉又賴皮起來，小爺們性情，哼道：「是嗎？惜是他不懂得！」我看他這等不服氣，問：「那你是沒負嘍？」他隨即又搖頭晃腦苦惱起來，説：「這不是什麼負不負的！就像上回仙枝説四郎探母，是説忠孝，亦是不忠不孝，你要拿他怎麼説呢？」當下我隨即懂了，跳起來便要打他，説：「好啊，你這人！」兩人一件心事笑在心底，先就在大觀園裏玩耍去。

　　古典文學對現代作家的影響，是值得我們玩味的，從古典小説在現代作家筆下「再生」的實例中，我們發現作家們接納傳統文化，表現出細微的經營格局，以及揭示偉大主題

的用心。張愛玲和白先勇等人所擅長的許多大題小作,無疑是宋代話本與明清小說一脈相承的傳統。從明代的三言、二拍,到《金瓶梅》、《紅樓夢》……等,都顯示了傳統小說對中國大社會裏小悲劇的重視。當代作家熟讀這些傳統小說,甚至自然地套用了前人的語彙與想法,使得現代藝術透顯出古典的魅力,傳統文學的生命因而在他們的手上得到了復甦。

第二節　白蛇故事的演繹

　　漢民族文化自來呈現多元文化對立、妥協的歷史演進特性,因而文學典律的形成及作品消費乃至在接受與評論的過程中,亦往往帶有跨文化交融的特點。這對於作家取材於傳統文本所做的重新詮釋,也會有一定程度的影響,而白蛇傳奇的流傳、再創作即為顯著的實例。

　　每一個時代及地區,有其閱讀風尚與書寫趣味,歷來的白蛇故事在發表之初,誠然有其特定的思想意義,然而過了那個時期,便可能被其他接受者解讀出別的意義。因為每個時代的讀者對作品的模仿及接受過程,便是一種既和作品又和歷史保持密切關聯的多元性活動。「白蛇傳」作為一部不斷在發展與演變中的文學作品,它的形象在時間的推移與地域的轉換之中,由於讀者群的各種屬性,因而使得故事情節與架構一再地得到新的人文品味與審美風格。

　　回顧歷來重寫白蛇故事的文學作品,白素貞身影的出現及其姿態的轉變,時常是伴隨著不同時代之政治、社會局勢

而來。其中也影射了作家們對於現當代主流與非主流意識形態的反省，以及在宰制者與被宰制者之間互動與依存關係的考察及其心得。作爲女性情欲與情感之主體的白素貞，在一九七〇年代台灣開始接受歐美女性思潮與婦女運動的同時，被靈活地轉換出女性可以主宰情欲流向，並反抗男性威權統治的新面貌。於是白蛇故事得以在重新作爲一個「人」的基礎點出發，藉著白素貞這個異類的人間修行，走出在戰後台灣的社會、文化及其時代背景下，一個具有自覺意識的第二性處境。作家們藉著她作爲一個「人」的困窘，及其在人間生活歷史的脈絡下，來檢視現當代台灣社會女性與工作、性別與身體、自覺與成長、族群與情欲流向等問題。

　　清初白蛇故事從眾人懼怖的蛇魔搖身一變，成爲大眾所接受的富有「堅貞」形象的「義妖」，這其間隱含著滿清以異族入主中原，所須需在民間取得正統地位的濃厚政治色彩。曾在一九五〇年代被劃歸右派，並於一九七八年重返文壇，開始發表監獄及勞改生活小說作家從維熙，於一九八四年完成的長篇小說《斷橋》，亦將白蛇故事寄託在作家身處的政治背景當中。故事內容描述國民黨空軍軍官的遺孀徐虹（同時也是共產黨眼中的特務）和報社司機朱雨順在文革期間生死患難的情誼，作者透過兩人的愛恨情愁，刻劃十年文革浩劫對民族造成的苦難。朱雨順因爲愛護徐虹而遭到礦山勞改的命運，使他們受盡離別之苦，最後在徐虹得到癌症過世後的第二年清明節，莊華直起佝僂的身腰說道：「這不是我莊華和朱雨順的個人不幸，是整個中國的悲劇。」「你我他只不過是在這幕大悲劇中扮演了不同小小角色而已。」（《斷橋》，一九八八年）另一位大陸作家蔣子龍在一九八五年完成的長篇

小說《蛇神》，亦將故事基本架構建立在十年文革期間，男主人公邵南孫因愛上「小封建者藝人」花露嬋，而遭受被送至毒蛇窩勞動改革的命運。相較之下，同樣將斷橋相會的故事寄託在文革背景中，嚴歌苓的小說便在一九九○年代的台灣，解讀出性別認同與多元性欲解放的議題，作為論述的主要思想。後代作家在面對前代作品進行重整工作時，他的聯想空間與外在世界的相關知識之間有密切的關聯。我們從中不難發現後啟作家透過個人的生活閱歷，重組前代故事的意義，使小說的解讀與再創作呈現出愈來愈豐厚的成果。

白蛇故事經歷女人似妖的可怖形象，一變而成為執著愛情等於執著色欲的半妖半人形象，再變而成為傳統封建社會秩序的反抗者，它的文本意義從未被定性，它是一個未完成的啟示性結構，因此每個時代不同地域的藝術生產主體皆可將他對於世界的看法凝聚在這個故事之中，面對不同文化、性別、階級的作家，「白蛇傳」永遠都有演奏不完的弦外之音。

「菰蒲無邊水茫茫，荷花夜開風露香。」猶如華爾騰湖塑造了美國文豪梭羅（H. D. Thoreau）及其《湖濱散記》；在中國，戀戀情深的西湖之水，千餘年來，亦不知孕育了多少文學與人生的疊影。西湖十景中，除了「柳浪聞鶯」處曾經發生過一段〈賣油郎獨占花魁〉的傳聞軼事，至今仍在江南傳唱不息之外，最為人所熟識的西湖故事，當屬從斷橋起至雷峰塔終的《白蛇傳》了。

白蛇故事家喻戶曉，婦孺皆知。它的起源，早在有文字紀錄之前，便以神怪之言傳說於民間。從小說發展的歷史軌跡觀之，則可追溯自唐人傳奇。唐代與白蛇故事有關的文言

短篇小說有〈李黃〉、〈李琯〉與〈蟒精〉等三篇。前二者出於《博異志》，後收錄在宋人李昉主編的《太平廣記》。至於後者則為明代小說家馮夢龍潤飾、編輯後，收錄於《情史》當中。上述三篇傳奇都有典型的人蛇相戀情節，主旨亦皆以好色貪淫為戒，後者更以屈道人作法降妖作為結局，為後世的白蛇故事發展提供了素材。

至宋元時期，說話人為白蛇故事做了進一步的鋪展。南宋話本有〈西湖三塔記〉與〈雙魚扇墜〉兩篇與白蛇有關的故事。前者收錄在明洪楩的《清平山堂話本》，後者見於《古今小說》。歸納這兩篇話本的內容，已初見斷橋相會、清明相遇、丫嬛作媒、幾度離合，以及造塔鎮壓等情節。然而主題思想仍不脫戒之在淫。

後人根據上述的傳奇與話本，以及更早之前的神話與傳說，繼續加以補充、生發及再創作，自明萬曆之後，白蛇故事的文學形式陡然繁增，舉凡小說、彈詞、越劇、秦腔、小曲、京劇、八角鼓、子弟書……等各地方言、各種樂曲，皆投入為白蛇故事重新撰述與詮釋的行列之中。白蛇故事因而廣為流布，締造出中國俗文學文本多樣、內容豐厚的顯例。其間，《警世通言》刊行於明代天啟四年（一六二四年），書中的〈白娘子永鎮雷峰塔〉，是我們今天所見白蛇故事從原始素材進步到基本架構定型的第一篇「白蛇傳」。其故事情節從遊湖借傘、訂親贈銀、發配蘇州、戲弄道士、扇墜招禍、發配鎮江、懲嚇淫徒、金山尋夫、法海降妖，到永鎮雷峰等，皆為後世「白蛇傳」所沿襲。因此，就小說結構而言，〈永鎮雷峰塔〉這篇經過改寫的話本當為白蛇類型故事發展趨於成熟的重要作品。然而小說內容描寫白娘子以色誘人，而且

行事作風顯示妖性大於人性，則此間的主題仍與前述之傳奇、話本相近，在宣揚佛教色空觀念與禁欲主義上，多有著墨。

有清一代至民國初年，白蛇故事仍在繼續改寫、改編之中。如乾隆年間黃圖珌的《雷峰塔傳奇》上下二卷、佚名氏的《雷峰塔白蛇傳》、方成培改本的《雷峰塔傳奇》，與嘉慶年間玉山主人的章回小說《雷峰塔奇傳》、陳遇乾作顧光祖改編的《義妖全傳》彈詞，以及民國十七年佚名者根據《義妖全傳》改寫的章回小說《前白蛇傳》等各書，均可視為白蛇故事的成熟階段。在人物性格方面，此時白娘子已脫去貪淫殘忍的妖性，一心為報恩而熱戀許仙，為丈夫排憂解難，捨生忘死，鍾情專一，集愛侶、賢妻、慈母於一身。而許仙亦從為妖怪所害的受難者，轉變為起初性格動搖後來情感逐漸專一，最終並走向佛家色空之路的實踐者。這一時期，法海代表穩定社會秩序的控制力，白蛇象徵敢於衝破命運網羅的世間癡愛，面對法海持握佛祖與北極真武大帝旨意的拆散與鎮壓，白娘子的愛恨情愁，以及她與許仙、法海之間在思想性格上的矛盾與衝突，便構成了空前的戲劇張力。此時的主題亦已超越佛家教誨，完全進入婚戀自主的思想與訴求當中。

終戰前後，大陸劇作家田漢以反封建階級與反迷信的觀念改編京劇《白蛇傳》（一九四四年），並於一九五○年代兩次修改，將白娘子與小青塑造成反抗地主階級、鬥爭封建勢力的戰神。並以小青練劍救白娘子出塔作結，以昭示封建必敗的信念，成為大陸戰後以來白蛇故事續作的代表。

戰後台灣文學作家改寫的白蛇故事，首先是張曉風的散

文〈許士林的獨白〉，作者藉由白蛇的主題，抒發了一九四九年之後兩岸暌隔三十餘年，兒子對母親的思念之情。水晶的中篇〈午夜夢囈〉，以意識流的手法勾勒一九六〇年代初期的社會現象與青年的心靈苦悶。香港作家李碧華的長篇《青蛇》在台灣出版，小說以青蛇的情欲掙扎作為敘事主體，反映邊緣人物的雙性戀情結。李喬的長篇《白蛇新傳》則著重探討佛法與人性、情愛之間的糾葛。一九九〇年代末在台灣出版的嚴歌苓中篇小說也藉由白蛇的議題，開發出情欲暨同志論述的空間。戰後文學作家對「妖魔聖賢化」、「高僧妖魔化」的故事，以及白蛇從「妖孽」轉化為「素貞」，而法海以佛法鎮壓了愛情，同時也使得自己無處容身等許多故事的演繹，呈現出白蛇傳奇在續寫與再創作上，一方面忠於原貌，同時又有重新詮釋原著的創作活力。

從歷來的白蛇故事演繹當中，我們可以循序梳理出一條衍化過程，即是白娘子由妖而人的道路。在原始素材裏，白娘子是一個以色誘人、騙人錢財、食人心肝的妖魔。《白娘子永鎮雷峰塔》的作者在宣導現實歡樂的虛妄，唯有遁入空門才能得到永恆平靜的同時，帶出白娘子這個人物。於是她的性格與思想便只能限制在負面的妖魔形象上。這是中國俗文學發展過程中，佛教文化與載道傳統顯著發揮影響力的現象之一。

在歷代的白蛇故事發展中，白娘子的名字歷經數變。唐代〈李琯〉稱她為白衣女子，宋代的〈雙魚扇墜〉名之為孔淑芳，〈西湖三塔記〉稱她為白卯奴，明代的《情史》則形容其為美麗婦人，〈白蛇記〉稱她為龍子，《西湖遊覽志》等只喚她作白蛇。到了清代，鈕玉樵的《觚賸》將她改名為

「何淑貞」,而《義妖白蛇傳》則正式定名爲「白素貞」。「貞」
字在《易經》乾卦「元亨利貞」之文王繫辭中有「堅守正道」
的意思。「素貞」的定名,意味著白蛇的身分到了清代,已
完全脫離惡魔的獸性,走上「義妖」的人性道路。

正是在乾嘉時代,白蛇故事轉趨成熟,白娘子的思想性
格便隨之產生了鮮明的變化。在清代改寫者的重塑之下,白
娘子勇於突破世俗門第貴賤的觀念,看重許仙少年老成的人
品,並且無論許仙如何搖擺不定,白娘子始終堅貞不移,爲
許仙排憂解難、興家立業,以至臨危託孤,充分體現了傳統
社會對女子賢妻良母等優良品格的要求。然而儘管如此,改
編者並未將白娘子形塑成一個完美的形象。她顯然也有許多
的缺點和不足。例如盜庫銀、竊梁王府寶庫,因而連累丈
夫。又如散瘟賣藥、變成吊死鬼懲治淫棍等等,這些情節一
方面反映出當時社會一般民眾的閱讀趣味,同時也可視爲作
家對於筆下人物形塑過程中,自覺地將白蛇故事抽離佛教思
維的籠罩,重新嘗試以「人」的觀點烘托白素貞的意義與價
值(圖8-1)。

而小青這個腳色的凸顯,則必須等到戰後大陸劇作家田
漢的《白蛇傳》問世,才進而將小青從屬於許仙、素貞的一
夫多妻制陋習予以刪除,同時對於白娘子甘於受鎮在雷峰塔
之下的缺乏鬥爭性格,感到不滿。因此將劇本改寫爲白素貞
在鬥爭反抗中掙脫出雷峰塔。現當代作家在白蛇新作的主題
思想上,與清代以前的文本之間所構成的對立觀點之一,便
是集中筆墨在「人性」問題的探討與挖掘上。

李喬《情天無恨》裏,白素貞以一個「美麗自由的生命」
自願成爲「落入輪迴的凡婦」,她不能以修得人的形軀爲滿

圖8-1　《白蛇傳》中的盜仙草（清代版畫）

足，執也好，迷也好，她要親自走一趟人間行，考驗「人性」，同時也接受人性的試鍊。她以一個「非人」的身分、「新人」的姿態探勘人間，看到萬有獨尊的人類之自私自利與可鄙可惡，如許宣父執輩在政爭中的爭權奪利，錢塘縣衙吏的監守自盜，許宣姊夫的出賣妻舅，並將錯就錯，將許宣發配姑蘇，而許宣也不甘示弱地威脅李君甫，必要時把姊姊、姊夫一同牽涉入案。之後白素貞蘇州行醫，許仙的前雇主吳兆芳先以發霉的藥材賣給她而毫無愧色，後又設毒計意欲迷姦她。許宣因素貞可製拯救百姓於瘟疫的藥，而滿心只想哄抬藥價，乘機發財……在白素貞新人眼中如同照妖鏡的檢視下，人性徹底地爆發出它的卑劣與無能。

　　諷刺的是，身為冷血蛇性的白素貞比真正的「人」，更常良心「不安」地自我反省：「我好自私；自私是我不可拔除

的本性吧？或者，成形爲人才這樣自私呢？還是，生命體就具全這種自私心？」她發現人間最動人的情愛，是根植於無窮的欲壑之中，它不是人生的終極關懷，而是人心靈台昏憒之後偶然閃現的星光，乍現還滅。許宣初識小青與素貞時心思盤桓道：

> 這裏只有他一個人。姑娘（小青）是衝著自己來的。姑娘的臉上漾著幾分刁點的笑意——看哪！她，自己擎一把紙傘外，左手腕上還掛著另一把呢。
> 「……」心思如電如閃，梳理不出具體的意念，但憑他多年的脂粉經驗，或者說是鴻運當頭所特有的那一絲感應，嘿嘿！是時候了……
> 「姑娘是？……我……」
> 他表現的有些慌亂羞赧的意思。這是臨時起意的，當然是胸有成竹的演出嘛！

及至成親當天：

> 白姑娘親自迎在大門口，這番恩！這份情！他真想摔下捧著拎著的，飛撲過去，然後跪伏下來。
> 不過，這只是心頭一閃的意念罷了。他（許宣）畢竟是老練人物，縱然心花怒放而跡近忘形，他還是能夠瞬間就抑制自己，然後擺出一份優雅自在。

白素貞的誠心誠意、自然投視，在人與人之間僵化的規矩與互動模式中，不斷地受到委曲與斲喪，於是終於驗證出人類感知底層中的虛假與懦弱。白素貞努力做「人」所肯定的事，然而，人，卻始終高高在上，孤立自己於萬物之中，

236

將她摒除在情愛的所有權之外。法海開口孽畜，閉口蛇妖，就是為了維護情愛為人所專有的「律法」，認為只有人才知道情愛的意義，儘管人間沒有真正的情愛。

除了男女之愛，親子之情也是白素貞在多變人間行走時所必經的磨練。根據玉山主人的章回小說《雷峰塔奇傳》的描述，法海在合缽之前，白娘子懇請許仙的姊姊嬌容念親親之情，代為撫養幼兒夢蛟。嬌容淒然應允，許仙頓足悲啼，法海則堅持奉旨而行，來到雷峰塔下，讓許仙與白蛇訣別，命白蛇入塔受刑。法海告訴白蛇，待其子得到誥封，回來祭塔，方是飛升之日。許仙悲痛之餘，出家金山寺。夢蛟自幼穎悟，然受同儕歧視，幸得觀音濟助，於刻苦攻讀之後，高中狀元，上表陳述父母離難，天子敕封許仙與白蛇，夢蛟返鄉祭塔救母，白氏災難逐除。

在田漢所編的京劇《白蛇傳》中，白素貞的慈母形象與對親子之愛，亦是她與許仙的堅貞愛情的一個側面。在法海合缽之後，要求讓兒子再吃一口離娘奶，並央求許氏撫養其子的情節，使人強烈地感受到母愛的光輝。法缽罩不住兒子對母親的牽絆，在一九七〇年代末的台灣，與另一層政治、文化因素結合，發展出新的文學意涵。由於兩岸時空的隔絕，造成台灣外省族群懷鄉文學的大量出現。在這一股文學潮流中，張曉風撰寫了一篇〈許士林的獨白〉，於兩岸暌隔三十年之久後，她將此文「獻給那些暌違母顏比十八年更長久的天涯之人」。張曉風在文中藉許士林之口，道出她對「人」的界義：

娘，你來到西湖，從疊煙架翠的峨嵋到軟紅十丈的人

間，人間對你而言，是非走一趟不可的嗎？但裏湖、外湖、蘇堤、白堤，娘，竟沒有一處可堪容你，千年修持，抵不了人間一字相傳的血脈姓氏，為什麼人類只許自己修仙修道，卻不許萬物修得人身跟自己平起平坐呢？娘，我一頁一頁的翻聖賢書，一個一個的去閱人的臉，所謂聖賢書無非要我們做人，但為什麼真的人都不想做人呢？娘啊！閱遍了人和書，我只想長哭，娘啊，世間原來並沒有人跟你一樣癡心地想做人啊！歲歲年年，大雁在頭頂的青天上反覆指示「人」字是怎麼寫的，但是，娘，沒有一個人在看，更沒有一個人看懂了啊！（《步下紅毯之後》，一九七九年）

白素貞以「非人」之身、「新人」之心不見容於人間，原來世間竟沒有一個像她一樣一心一意想做一個真人的癡心人！古往今來有幾人真正懂得「人」的界義，並且認真地發揮了人性的光輝。白蛇故事至此不僅與懷鄉主題結合，同時也對前清以來妖魔聖賢化的議題，做出進一步對人性深刻的探索。這一點無疑是重視人性尊嚴的具體表現。許士林塔前祭母的行為，其實也正是儒家倫理思想與佛教脫離人倫的觀念，在白蛇故事中產生拉鋸的痕跡與結果。大陸現代作家將白蛇故事的續寫場景設在文革期間，而台灣作家改寫白蛇故事的特殊性，則是藉由人的世界與昆蟲魚獸的世界之間的「變形」與「迴轉」，展現超現實的美學思維與神話架構，探討現代社會的「人禽之辨」與「倫理親情」，於是白蛇傳奇終於在兩岸之間，被轉化成富有現代意義的政治文本。

在一九六〇年代以後，逐漸以意識流創作小說的作家水

晶，於他的中篇〈午夜夢囈〉中，亦觸及了「人性」的討論。他以寫實性的文字風格，描繪在燠熱難當氣候下，淫雨霏霏的場景中，暗示了當時社會上一片滯悶的政治風氣。同時也襯托出第一人稱的男主角與他的室友鏡清兩人虛無苦悶的生活。同時男主角與林素貞的無緣，也反映在主角內心的焦灼與手淫、嫖妓等舉動上，凸顯了弱肉強食的愛情世界裏，弱者的沈溺與墮落。「人」在其間所顯露的卑瑣，是作者關懷的課題。

　　台灣文學界自一九五〇年代以後，逐漸興起存在主義與現代派等「回歸自我」，將價值歸於「主體」的哲學流風。存在主義哲學研究「我」的意義，討論「如何使人重新成為他自己」的課題，當「自我」落實在情意活動中，為了實現「情意自我」，人們藉由例證的援引，說明在空幻的群眾意象中，個人淹沒於群體的「非人化」現象，並藉由自我的不安與恐懼，牽引出人們試圖「恢復自我」的願望。當存在主義發展成為一種探討「人之所以為人」的哲學，文學作品便大量地進入「人」的世界內部去研究，進而成為一種「意識的敘述」。在中國的白蛇故事中，白娘子在一個非人化的世界裏，獨感不安與恐懼，她堅持實踐忠誠的愛情。她的踽踽獨行，恰好在現當代文學思想中形成一種探索人之「存在」意義的依憑。

　　文學反映不同的人生存在處境，立意要魔障伏法的法海一心相信「一切世界，唯法成就」，卻忘了在修行的過程中，道宣師父對他的提醒：「佛法唯一，方便法門，卻有八萬四千哪。」因此當他用法鎮壓了情之後，才愕然發現自己亦無容身之地了！李喬的《情天無恨》突出了法海這個角色的人

生困境是，無「情」則人性的尊嚴亦無由確立，徒然有千年的律法修行，亦無能使其容身於人間。唯有比法海更柔軟、溫情的白蛇的心性，才是人間正義感與祝福的皈依。因此，法海以佛界的原理與力量所做的一切努力，反而使他高僧的地位逐漸在民間流傳中一再地妖魔化。在〈午夜夢囈〉中相當於法海角色的瘸腿人，化身為現代社會中冷酷、傲慢的主管，對下屬與他人的無情管待，是令人倍感疏離、壓抑與窒息的來源。他缺乏人性原有的熱情和依戀、徬徨與猶疑，反而被視為一種病態。

　　一九九〇年代台灣社會因女性主義與同志論述的興起，復因文學獎的倡勵作用，情欲書寫頓時便成為一門新興的藝術課題。其中以當代小說、新詩及電影三大類形式對情欲的開發與解放做出較多的闡述。此時白蛇故事又成為流行的議題。例如香港作家李碧華的《青蛇》改變了歷來白蛇故事的敘事觀點，將第一人稱轉移到小青身上，其後更進一步改編成電影。書中青蛇面對與白蛇的同性之愛，及其對許仙的異性之戀，發展成一段情愛掙扎的心路歷程。其後對於法海沈淪在拯救許仙的執迷中，作者亦將其轉化、解釋為法海對許仙的同性吸引。而小青與素貞之間的關係則既有姊妹之情，同時又是兩個相互競爭的女人，作者先以白描、對話的直接手法描述青蛇純真的同性愛傾向，繼而刻劃兩人為了爭奪許仙而發展出劍拔弩張的情勢。她問白蛇：

　　「你不喜歡我？」

　　「喜歡。」她道：「但難道你不疲倦嗎？」

　　「我五百年以來的日子，都是如此度過了。」我有點負

氣：「對你的欣賞和讚美並不虛偽。如果虛偽，才容易
疲倦。」

她不管我，自顧自心事重重地踏上蘇堤。我纏在她身
後，絮絮叨叨：「你不喜歡我？你不再喜歡我？」（《青
蛇》，一九九三年）

當白蛇大戰鹿童與鶴童奪取靈芝之際，小青接了仙草先
回頭救許仙，因而有了與許仙獨處的機會，她在內心裏獨
白：

我銜了靈藥，慢慢地、慢慢地欠身、挨近他。我把靈藥
仔細相餵。當我這樣做時，根本沒有準備──某一刻，我
倆如此的接近……

許仙鼻息悠悠，舒緩而軟弱。他醒了他醒了！我心裏有
說不盡的歡喜。他勉力睜眼，星星亂亂，不知此身是主
是客。我與他四目交投……

他的離魂乍合，一片模糊。你是誰？我是誰？啊大家都
不明身世。

我起來了，倒退了三步，在遠一點的地域端詳他。最好
他什麼都記不得。一切從頭再來，東山再起。

一剎那間，我想到，我們雙雙跑掉吧，改名換姓，隱瞞
身世，永永遠遠，也不必追認前塵。

當許仙恢復意識，認出小青之後，作者以意識流的手法
處理一場挑情的床戲，一段情色的文學，同時呈現小青眼裏
心底的欲望，背叛素貞的焦慮，以及內心掙扎的痕跡：

靈芝蕩蕩的香氣，在我與他之間氤氳飄搖。無雙的仙草

……。他支起身，向我趨近。

我有點張皇。

他向我趨近。我有點張皇。

是的，好像他每一步，都會踩在我身上心上。才不過三
步之遙。

不知道為什麼變得這樣的無能。

一下子我的臉泛了可恨的紅雲。我竟控制不了這種挨挨
蹭蹭不肯散去的顏色。我剛才……？他看著我。看的時
候，眼中什麼也有，帶著剛還陽的神秘和不安，一眨
眼，將沒有了。

固知難以永久，不若珍惜片時。

連黃昏也遲暮了。

素貞快回來了！

這三步之遙，我把心一橫，斷然縮短。我要他！──難道
他不貪要我嗎？

快。急急忙忙的，永不超生的。

接下來作者運用絢爛的光色、各種甘苦的味覺、寒熱的起
落、心情的升降，藉物起興、交插疊配的比喻，鋪陳出情色纏
綿的、出軌的滋味：

天色變成紫紅。像一張巨網，繁華綺麗地撒下來。世界
頓顯雍容閃亮。──一種魅魅不可告人的光亮。可怕而迅
捷。沒有時間。

未成形的黑暗淹過來，淹過來，把世人的血都煮沸。煎
成一碗湯藥，熱的，動盪的。苦的是藥，甜的是過藥的
蜜餞。粽子糖，由玫瑰花、九支梅、棉白糖配成……人

浮在半空，永不落實。

不知是寒冷，還是潮熱，造成了顫抖。折磨。極度的悲哀。萬念俱灰。

什麼都忘記了。赤裸的空白。

素貞快回來了？

樹梢上有鳥窺人，簾外有聲暗喧。不。世上只有我與許仙。女人與男人。

　　在諧音字的轉換與變化中，「蛇」與「舌」同聲置換，於是「白蛇」轉化為「白舌」。文字學裏「蛇」原本寫成「它」，與古代性崇拜密切相關，因此「蛇」也可以視為遠古以來人類寄託性象徵的特殊符碼。表現在許多太古圖騰中，例如神話裏人類始祖伏羲和女媧便是人首蛇身的形象。於是白蛇故事開啟了隱寓情欲世界的一扇窗，供作家們馳騁想像，抒發各種情欲展演的劇情張力。

　　小說文本往往在某種程度上暗合呼應了社會上的主流意識形態。在愛欲、性別與書寫之間的關係被強烈討論的同時，女同志的議題在白蛇故事場域中的發揮與創作，便可逐漸疏離原典，取得更開闊自在的揮灑空間。嚴歌苓的《白蛇》描寫成功演出白蛇的女舞蹈家孫麗坤，在大陸文革期間受到監禁的生命與靈魂，突然在一場同性愛戀中得到釋放與救贖。得救的不僅是孫麗坤，連同愛慕她、陪伴她走過人生黑暗期的徐群珊，最後也得到了生命的平靜。然而在既有的異性戀相處模式的壓抑與規定之下，徐群珊的角色只好轉換成徐群山，一個背負著不男不女的特殊身分：

　　第一次聽人叫我大兄弟。跟《紅旗雜誌》、《毛選》一

樣，外瓢兒是關鍵，瓢子不論。我十九歲，第一次覺得
自己身上原來有模稜兩可的性別。原來從小酷愛剪短
髮，酷愛哥哥們穿剩的衣服，是被大多數人看成不正常
起碼不尋常的。好極了。一個純粹的女孩又傻又乏味。
原來我在熟人眼中被看成女孩子，在陌生人中被當成男
孩；原來我的不男不女使我在「修地球」的一年中，生
活方便也安全許多。尊嚴許多。這聲「大兄弟」給我打
開了一扇陌生而新奇的門。那門通向無限的可能性。
我是否能順著這些可能性摸索下去？有沒有超於雌雄性
徵之上的生命？在有著子宮和卵巢的身軀中，是不是別
無選擇？……
我輕蔑女孩子的膚淺。
我鄙夷男孩子的粗俗。
無聊的我。怪物的我……（《白蛇》，一九九九年）

在這段接近自傳筆調的回憶記敘中，作者凸顯在現有的
社會秩序建構下，性別與稱呼的分化在自幼習以女扮男裝的
主角之一徐群珊身上所呈現的衝擊。在生理上屬於女性的徐
群珊，童年時期處於性別渾沌的狀態是自然、無造作的自我
體現。成長後，經由他人的指認，性別的認同頓時令她產生
驚愕與挫折。為打破現有體制分化性別與稱謂的迷思，徐群
珊提出陰陽同體的可能性。原來每個人的身心同時存在著雙
性的稟賦，唯有體內雙性特徵處於調和、自在的狀態，人，
才成為完整的個體。同時徐群珊在「無聊的我。怪物的我」
中，用了第一人稱的敘事方式，顯示西進的女性主義在建構
自我世界的意識下，放棄了「女誡式」的第二人稱用法——

「你」。然而從徐群珊認識的我是無聊的、怪物的近乎自我否定的情形中，我們又不難發現身爲女性與同志雙重身分的「我」，仍然難以揮別雙重邊緣化的陰影。

　　白娘子的人物形塑，自來便呈現出反叛的特質。在傳統社會的體制下，中國人強調「禮」是一切的生活規範，克己復禮的壓抑生活哲學從人間一直延伸到神仙世界，仙班的秩序，修行的過程，充分地壓抑著身爲女性與蛇雙重身分的素貞。然而她的性格中卻帶有不馴服於壓抑、大膽衝破萬有運行軌跡的質素。不顧修鍊的功敗垂成，一意向「無欲」、「寂滅」等宗教禁欲觀念挑戰。這種天生性格，自然爲當代同志論述所運作，因此李碧華與嚴歌苓的從情欲與同志角度出發，對白蛇故事的改寫，在一九九〇年代世紀末出現的意義，不僅在於延伸了傳統文化中對「蛇」與「性」的聯想，亦開啓了白蛇故事的新面向，爲白蛇傳說的改寫史增添了豐富的扉頁。

參考書目

王建元，《文學、文化與詮釋》，台北：書林，2001年。

王鍾陵，《文學史新方法論》，台北：文史哲，2003年。

朱光潛，《談文學》，台北：文房文化，2001年。

朱國能，《文學概論》，台北：里仁，2003年。

朱榮智，《文學的第一堂課》，台北：書泉，2004年。

朱壽桐，《文學與人生》，台北：揚智文化，2004年。

李豐楙，《文學、文化與世變》，台北：中央研究院中國文哲
　　研究所，2002年。

吳錫德，《文學中的幽默與反諷》，台北：麥田，2003年。

沈謙，《文學概論》，台北：五南，2002年。

林素英、黃如焄，《文學生活與通識語文教育》，花蓮師範學
　　院，2003年。

周介人，《文學：觀念的變革》，北京：人民文學出版社，
　　1987年。

胡適，《文學改良芻議》，台北：遠流，1986年。

孫康宜，《文學的聲音》，台北：三民，2001年。

傅道彬、于茀，《文學是什麼》，台北：揚智文化，2002年。

陳平原、陳國球，《文學史》，北京大學出版社，1993年。

張毅，《文學文體概說》，北京：中國人民大學出版社，1993
　　年。

張誦聖，《文學場域的變遷：當代臺灣小說論》，台北：聯合
　　文學，2001年。

張雙英，《文學概論》，台北：文史哲，2002年。

張春榮，《文學創作的途徑》，台北：爾雅，2003年。

鄭振鐸，《文學大綱》，上海書店，1991年。

魏子雲，《文學名著品賞》，台北：水牛，1969年。

顏元叔，《學批評散論》，台北：驚聲，1970年。

龔鵬程，《文學批評的視野》，台北：大安，1990年。

龔鵬程，《文學散步》，台北：漢光，2003年。

筆記

筆記

筆記

筆記

筆記

筆記

人文社會科學叢書 2

文學是什麼

作　者／朱嘉雯

出 版 者／威仕曼文化事業股份有限公司

發 行 人／葉忠賢

總 編 輯／閻富萍

地　　址／台北市新生南路三段 88 號 7 樓之 3

電　　話／(02)2366-0309

傳　　真／(02)2366-0310

郵撥帳號／19735365

戶　　名／葉忠賢

印　　刷／大象彩色印刷製版股份有限公司

I S B N／986-81493-7-1

初版一刷／2005 年 10 月

定　　價／新台幣 320 元

國家圖書館出版品預行編目資料

文學是什麼 = What is literature? / 朱嘉雯著.
-- 初版. -- 臺北市：威仕曼文化，2005 [
民94]
    面； 公分. --（人文社會科學叢書；2）

ISBN 986-81493-7-1（平裝）

1.文學

810   94018240